hanserblau

Über dieses Buch

Caroline und Andreas sind ein erfolgreiches Paar und beruflich voll eingespannt. Eine Segelreise in die schwedischen Schären soll ihre Beziehung wieder vertiefen. Kurzfristig aber entscheidet Andreas, seinen jüngeren Anwaltskollegen Daniel und dessen Freundin Tanja mitzunehmen. Und kaum haben sie die Küste hinter sich gelassen, geraten vermeintliche Sicherheiten ins Wanken. Die Beziehungen zeigen Risse, die im Alltag leicht zu übersehen sind. Ist Andreas noch der Mann, den Caroline einst liebte? Wie weit würde Daniel für seine Karriere gehen? Welche Geheimnisse birgt der anziehende Skipper Eric? Als das Schiff in Seenot gerät, fallen die Masken, und niemand kann den existenziellen Fragen mehr ausweichen.

Mit spannenden Wendungen und atmosphärischen Naturschilderungen erzählt Kristina Hauff von dem, was unter der Oberfläche eines scheinbar perfekten Lebens brodelt. Und von einer Nacht, deren tödliche Bedrohung folgenschwere Wahrheiten ans Licht bringt.

»Einmal mehr erweist sich Kristina Hauff als Meisterin des psychologischen Kammerspiels.« *emotion*

Kristina Hauff

IN BLAU-KALTER TIEFE

Roman

hanserblau

Außerdem von Kristina Hauff bei hanserblau erschienen:
Unter Wasser Nacht

Ungekürzte Taschenbuchausgabe
4. Auflage 2026

ISBN 978-3-446-27982-7
Veröffentlicht bei hanserblau
in der Carl Hanser Verlag GmbH & Co. KG, München
Das Hörbuch erschien 2023 bei RBmedia, gelesen von
Josef Vossenkuhl, Sven Ofner, Madeleine Coco Sanders

Vilshofener Straße 10 | 81679 München | info@hanser.de

Umschlag: FAVORITBUERO, München
Motiv: Stocksy / © Hung Quach, © Jonatan Hedberg;
Shutterstock.com / © ganjalex
Autorinnenfoto: © Bartholot
Satz im Verlag
Druck und Bindung: GGP Media GmbH, Poeßneck

Für meinen Skipper Kurt

CAROLINE

Auf dem Wochenmarkt in Conquet-sur-Mer, als Zweite in der Schlange am Gemüsestand von Madame Annie, erkannte Caroline, dass sie keine Ahnung hatte, wie ihr Leben weitergehen sollte.

Vor ihr türmten sich die Auslagen auf, hellrote Karotten, an denen Erdkrümel hafteten, fleischige Artischocken, ein Nest aus gelben Buschbohnen, schwarz glänzende Auberginen, Radieschen als Sträuße in Rot und Weiß.

Sie konnte sich nicht entscheiden. Nicht einmal, was ihre nächste Mahlzeit anging. Sie brauchte kaum etwas, wozu also die Mühe, zu kochen, sich so viel Arbeit zu machen. Ihr blieb ja die Crêperie. Einen Complète bestellen, dazu einen Weißwein, *le même que toujours*. Sich beobachtet fühlen. Niemand aß dort allein.

S'il vous plaît, Madame? Die Frau vor ihr war an der Reihe, sie kaufte für eine große Familie ein oder legte Vorräte für Wochen an. Säcke von Kartoffeln, Körbe voll Roter Bete.

Caroline verstand nur wenig Französisch, dennoch versuchte sie, den hin und her fliegenden Sätzen zwischen Marktfrau und Kundin zu folgen. Es ging um das Wetter – eine regenreiche Woche war vorhergesagt –, um den Friseursalon an der Ecke, der seit Tagen geschlossen war ohne ein Hinweisschild im Fenster. Augenrollen, Kopfschütteln. Gelbgrüne Tomaten wurden befühlt, auf Festigkeit geprüft, *deux kilos, s'il vous plaît!*, kurzes Luftholen und ein neuer Schwall wohlklingender Silben und Laute.

Caroline würde warten, bis sie an der Reihe war, und blind auf irgendein Gemüse zeigen. Sonnenstrahlen brannten in ihrem Nacken. Heute Morgen war kein kühlender Windhauch zu spüren.

Auch für diesen Tag hatte sie nichts geplant.

Am Ende der Rue des Sardiniers konnte sie den Hafen erspähen, die Flut kleidete sich in ein seidig blasses Blau und hob die Segelyachten an ihren Stegen empor. Nirgendwohin auf dieser schmalen, felsigen Halbinsel konnte man den Blick wenden, ohne Boote zu sehen, weiße Segel in der Bucht. Postkartenmotive. Caroline würde nie mehr den Fuß auf eine Yacht setzen.

»S'il vous plaît, Madame?«

Das volle, gerötete Gesicht der Marktfrau, ihr zugewandt, ohne ein Lächeln. Caroline war eine Fremde, eine Touristin, die nicht viel kaufen würde, vielleicht eine Gurke oder eine Handvoll Kirschtomaten. Eine, mit der es nichts zu erzählen gab.

»Madame?«

»Merci. Rien. Ich brauche nichts. Excusez-moi, Madame.«

Caroline trat zur Seite, überließ ihren Platz der nächsten Kundin, die Frauen in der Schlange schlossen auf, niemand nahm mehr Notiz von ihr.

Sie lief über das grobe Pflaster im Schatten der Steinhäuser bis hinunter zur Cooperative Maritime. Es war nichts los im Hafen. Die Fischer, die in aller Frühe ihren Fang ablieferten, waren verschwunden, durch die geöffneten Rolltore der Hallen sah Caroline ein paar Frauen in Arbeitskitteln und Gummistiefeln zwischen den weißen, aufeinandergestapelten Kisten mit Eis und totem Fisch umherlaufen.

Caroline setzte sich auf eine Bank an der Promenade, sah ihnen zu und beneidete sie um ihr Tagwerk. Mit der Ruhe von Schlafwandlerinnen, ohne jeden Selbstzweifel, erledigten sie, was getan werden musste. Wuschen sich nach der Schicht den Fischgeruch von der Haut. Dachten nicht an die Arbeit, bis zum nächsten Morgen.

Obwohl Caroline es nicht wollte, wurde ihr Blick wieder von den Segelyachten angezogen, die bewegungslos in engen Reihen im Sportboothafen lagen.

Ein Kastenwagen bog in die Uferstraße ein, viel zu schnell ratterte er über das Pflaster, hielt vor dem Geschäft mit Ausrüstung für Fischer, Angler und Segler. Der Fahrer stieg aus, warf die Autotür zu, verschwand hinter dem Wagen und hob etwas von der Ladefläche. Er hatte dunkles Haar und einen Fünftagebart, wie viele Männer hier. Als er seine Last, eine offensichtlich nicht allzu schwere Klappkiste, in den Laden trug, richtete sie sich plötzlich auf, um ihn besser zu sehen.

Sein Gang. In der Erinnerung sah sie ihn vor sich.

Er war vor ihr gelaufen, auf einem endlos erscheinenden Holzsteg, der sie endlich wieder an Land führen sollte, aufgereiht die Segelboote zu beiden Seiten. Seine lässige Art, sichere, weitgreifende Schritte, während unter Caroline der Boden schwankte, weil ihre Sinne dem festen Grund nicht trauten, nach den vielen Stunden auf See.

Die Tür des Geschäfts schwang wieder auf, der Dunkelhaarige kam heraus, für einen Moment sah sie ihn frontal. Er trug eine Sonnenbrille, ein blaues Flanellhemd, eine Cargohose, Arbeitsstiefel, fremd, alles fremd, vor allem der Bart.

Trotzdem war sie wie elektrisiert.Er warf die Klappkiste in den Kofferraum, wandte sich um und verharrte einen Moment, den Blick aufs Meer gerichtet. Dann betrat er die Fischhalle, kam einige Minuten später mit einer weißen Box wieder heraus. Auch dieses Bild rief eine Erinnerung in ihr wach. Doch sie blieb verschwommen, Caroline bekam den Gedanken nicht zu fassen.

Der Mann stieg in den Wagen, fuhr nur ein kurzes Stück, parkte am Sportboothafen und betrat mit der Box unter dem Arm einen der Stege. Er bestieg ein Segelboot. Es war kleiner als die anderen Schiffe, der Rumpf aus dunklem Holz. Sie hörte den Motor starten. Das Holzboot legte ab und tuckerte aus dem Hafen, sie sah den Mann im Profil, bewegungslos wie eine Statue stand er am Ruder und steuerte das Boot aus der Bucht.

Caroline umklammerte den Einkaufskorb auf ihrem Schoß.

Seine Hand, die eine feuchte Haarsträhne aus ihrer Stirn strich. Die Insel, die Schreie der Vögel über der Steilküste, der Regen auf ihrem Gesicht. Seine Lippen, die sich auf ihren Mund legten. Sie wusste noch immer nicht, was sie für ihn empfunden hatte, was er für sie gewesen war. Wer er überhaupt war.

Sie nahm ihr Handy aus dem Korb und wählte Tanjas Nummer.

»Caroline?« Tanja klang gehetzt. »Du, es ist gerade schlecht.« Bestimmt war sie bei der Arbeit, im Hintergrund Stimmen und das Klappern von Geschirr.

Tanja hatte sie *Line* genannt. Der Kosename aus ihrer Kindheit. Das war erst vor sechs Wochen gewesen, diese Nähe zwischen ihnen.

»Ich glaube, ich habe ihn gesehen.«

Sie hörte, wie Tanja kurz und scharf einatmete. »Caroline, wo bist du?«

»In der Bretagne.« Caroline zögerte. »Ich wusste nicht, wen ich sonst anrufen soll.«

In der Leitung blieb es still, bis auf die Geräusche aus dem Speisesaal im Hintergrund.

Wie sollte sie Tanja erklären, was sie empfunden hatte? Der Mann hatte anders ausgesehen. Doch seine Art, sich zu bewegen … Ihr Herz hatte schmerzhaft schnell geschlagen, die Erinnerung hatte sich so echt angefühlt. Aber sie wusste, was Tanja dachte.

Er konnte es nicht gewesen sein. Weil er tot war.

Auch Tanja und Daniel mussten verarbeiten, was an Bord dieses verdammten Segelbootes passiert war, zurück in ihr eigenes Leben finden. Nun brachte sie die beiden aufs Neue durcheinander. Nur, weil es ihr nicht gut ging. Weil sie einsam war. Ihre Fantasie nicht im Griff hatte.

Durch die Telefonleitung hörte sie eine Stimme, laut und ungeduldig, jemand rief nach Tanja.

»Caroline? Bist du noch da? Kann ich dich später zurückrufen?«

»Nein, musst du nicht«, sagte Caroline. »Es tut mir leid. Ich habe mich ganz sicher geirrt.«

SECHS WOCHEN ZUVOR

CAROLINE

Es war dunkel im Schlafzimmer, sie hatte die Vorhänge zugezogen, das grelle Licht im Garten ausgesperrt. Über den Monitor ihres Laptops auf dem Bett huschten Bilder in künstlichem Blau, flackerten über den weißen Satin des Lakens. Ein Dokumentarfilm. Andreas hatte ihr vorhin den Link geschickt. *Damit du in Stimmung kommst.* Caroline nahm das Gerät auf den Schoß und sah für ein paar Augenblicke zu: Kamerafahrten übers Meer, eine im Dunst aufgehende Sonne, die sich auf dem Wasser spiegelte. Felsen, die meisten rund und glatt wie die Rücken von gestrandeten Walfischen, andere zerklüftet, samtblaue Buchten, gesprenkelt mit diesen kargen, hellbraunen Gesteinsbrocken. Die Schären. Eine einsame, unwirkliche Welt.

Bald würde sie dort sein. Wie in den Sommern ihrer Kindheit. Sich auf die flachen warmen Steine legen. Den Geruch von Salz und Tang einatmen.

Die Filmkamera schwenkte über Segelboote, die träge an Ankerleinen hingen und verlassen wirkten, das Bild verschmolz am Horizont mit einem blutroten Sonnenuntergang. Der melodische Singsang des Sprechers ging Caroline auf die Nerven, sie stoppte die Wiedergabe.

Niemand glaubte mehr an Paradiese.

Sie musste endlich packen, die Reisetasche lag aufgeklappt und leer neben ihr auf dem Bett. Koffer waren nicht erwünscht an Bord des Segelbootes. Andreas hatte ihr eine Mail des Skippers mit einer Packliste weitergeleitet.

Caroline scrollte durch ihre Mails. Die Nachricht war verschwunden, verschüttet von ihren beruflichen Nachrichten, die zu der Zeit noch hereingeflutet waren. Jetzt kamen keine mehr. Nur Newsletter und Werbung.

Endlich wurde sie fündig. Der Skipper hieß Eric Fauré. Ein Franzose? Ein paar Klicks, und sie würde es wissen.

Nein. Caroline wollte nichts über ihn recherchieren. Sie wollte blind Andreas' Plänen vertrauen.

Er war so überrascht gewesen von ihrem Wunsch, mit ihm zu verreisen. Überrascht und begeistert. Zehn Tage! Ein verlängertes Wochenende war das Äußerste, was sich Caroline an Urlaub erlaubt hatte, seit sie Chefredakteurin der *My Style* geworden war.

›Du musst dich um nichts kümmern, diesmal organisiere ich alles.‹ Aber wie ein aufgeregtes Kind hatte er das Geheimnis nicht lange für sich behalten können. Als er ihr verriet, dass er ein Segelschiff gechartert hatte und sie in die schwedischen Schären segeln würden, hatte Caroline mit ihm geschlafen, das erste Mal seit Monaten.

Bis er das zweite Geheimnis lüftete, hatte es länger gedauert. Weil er ahnte, dass sie nicht begeistert sein würde. Sie fuhren nicht allein. Er hatte Daniel Schmidt und seine Freundin eingeladen mitzukommen. ›Du kennst sie doch, sie waren auf dem Sommerfest.‹ Caroline wusste sehr genau, wer Daniel Schmidt war. Andreas' Kanzleipartner Lutz Trautmann, mit dem Caroline wunderbar flirten und über Leute lästern konnte, hatte sie am Büfett auf ihn aufmerksam gemacht. ›Da steht Andreas' Schützling. Der ist auf dem Partner-Track.‹

Ihr war bekannt, dass es im Team der Kanzlei zwei Arten von Mitarbeitern gab: Diejenigen, die mit ihrer Position als angestellte Rechtsanwälte mit weniger Geld, Arbeitsstunden und Verantwortung zufrieden waren, und die anderen, die ganz nach oben, Teilhaberin oder Teilhaber der Sozietät werden wollten. Schmidt hatte mit Anfang vierzig das passende Alter, und Andreas erwähnte ihn immer wieder lobend. Auf dem Grillfest hatte Caroline gespürt, dass er den Jüngeren, der ihm kaum von der Seite wich, wirklich mochte. An Schmidts Freundin erinnerte sich Caroline allerdings nur vage. Sie war ihr vorgestellt worden, natürliches Honigblond, braver Zopf, braves Leinenkleid. Sie hatten sich später nicht unterhalten. In den nächsten zwei Wochen konnte Caroline das nachholen. Auf einer Reise, die nun halb beruflich und halb privat werden würde, mit Leuten, denen sie ein perfektes Leben vorspielen musste.

Aber wäre sie wirklich lieber mit Andreas allein gesegelt? Ein Urlaub zu zweit, so wie vor der Geburt von Isabelle? Wäre das vorstellbar, ein Anknüpfen an die Zeit, als sie sich noch alles anvertraut hatten?

›Mit mir allein langweilst du dich doch nur.‹ Andreas hatte gelacht, die Bemerkung als Scherz verkauft. Caroline hätte ihm widersprechen sollen. Oder ihn in den Arm nehmen und küssen, ohne etwas zu sagen. Der Moment war verstrichen, und Andreas hatte allerhand Begründungen für seinen Plan geliefert. Die Schären seien ein tückisches Revier, selbst für erfahrene Segler. Und die Yacht sei ziemlich groß, perfekt für eine Crew von sechs Leuten. Caroline hatte nur gelächelt. Natürlich war es eine *ziemlich große* Yacht. Alles bei Andreas musste groß sein.

Eric Fauré. Carolines Finger tippten den Namen in das

leere Feld. Gleich der erste Link führte auf die Webseite der Charteryacht *Querelle*. Sie war weiß und schlank wie alle Segelboote, doch Caroline hatte kaum einen Blick für das Schiff übrig. Sie vergrößerte das Foto des Pärchens auf der Startseite. Der Eigner Eric Fauré und seine Partnerin Sylvie Haller. *Segeln Sie mit uns in die einzigartige Landschaft der schwedischen Schären.*

Dieser Eric gefiel ihr, obwohl er nicht freundlich aussah. Sein Gesicht war ausdruckslos, als sei es ihm egal, fotografiert zu werden, als ginge ihn der Anlass nichts an. Nicht sehr passend für ein Werbefoto: *Hier sehen Sie Ihre sympathischen Yachteigner!* Er war gebräunt, hatte schwarzes, offenbar lange nicht geschnittenes Haar und buschige Brauen. Augenfarbe dunkel, undefinierbar. Sylvie, die Frau an seiner Seite, bemühte sich um ein herzliches Lächeln, als wolle sie seine Gleichgültigkeit wettmachen. Ihr Basecap hatte sie in die Stirn gezogen. Es warf einen Schatten auf die obere Hälfte ihres Gesichts, sodass ihr sonnenbeschienener, rot geschminkter Mund das Bild beherrschte. Das Alter der beiden war nicht leicht zu schätzen. Fauré musste ein ähnlicher Jahrgang sein wie Andreas und sie, Sylvie hingegen wirkte deutlich jünger.

Eric und Sylvie. Menschen, die sich unweigerlich in Carolines Leben ausbreiten würden. Die Bedeutung bekamen, schon deshalb, weil sie zehn Tage lang auf wenigen Quadratmetern mit ihnen zusammengepfercht sein würde. Nein, das klang so negativ, sie musste sich zusammenreißen. Früher war sie neuen Menschen in ihrem Leben mit großer Offenheit begegnet.

Aber dieser seltsame Name ... Was waren das für Leute, die ihre Yacht *Querelle* nannten? Nicht *True Love, Winds-*

braut oder *My Fair Lady*, sondern ausgerechnet *Querelle*? Carolines Französisch reichte, das hieß Streit. Sie musste an den Film von Fassbinder denken. Es war lange her, dass sie ihn gesehen hatte. Sie rief Wikipedia auf und las die Zusammenfassung durch. Es ging um Freiheit und Macht. Und um Tod.

Unten fiel die Haustür ins Schloss. Caroline sah auf die Uhr, Andreas hielt sein Versprechen, früh aus dem Büro zu kommen.

»Caroline?«

»Oben!«

Während sie seine Schritte auf der Treppe hörte, klappte sie den Laptop zu, schaltete die Deckenlampe ein, setzte sich wieder. Er kam ins Zimmer, brachte eine Wolke seines Rasierwassers, vermischt mit einem Hauch Schweißgeruch, herein.

Sie lächelte. »Willkommen im Urlaub.«

»Danke, ebenso.« Er beugte sich über sie, küsste ihr Schlüsselbein, ließ sich dann neben sie aufs Bett fallen. »Dem Himmel sei Dank, dass ich so früh losgefahren bin. Daniel war noch im Büro und hatte prompt Lehnberg höchstpersönlich in der Leitung, der befürchtet, dass die Staatsanwaltschaft nun doch ...«

Sein Handy signalisierte den Eingang einer neuen Nachricht. »Ah, jetzt schreibt er, Entwarnung, alles in Ordnung.«

»Bist du sicher, dass du gerade jetzt verreisen kannst, wo dieser Lehnberg-Fall so hohe Wellen schlägt?«

»Die Kollegen haben das im Griff, dafür werden sie fürstlich bezahlt. Lass uns nicht mehr davon reden. Und bei dir?« Andreas verzog spöttisch den Mund. »Geordnete Übergabe an die Millenials?«

Er wartete ihre Antwort glücklicherweise nicht ab, ließ sich auf den Rücken fallen. »Komm her.« Den Arm nach ihr ausgestreckt, zog er sie zu sich heran, sie küssten sich, es fühlte sich warm und vertraut an, dann blieben sie eng aneinandergeschmiegt liegen. War Andreas so entspannt, wie er tat? Caroline fühlte sich erschöpft und aufgedreht zugleich. Noch nicht angekommen in der neuen Freiheit.

»Warte es ab, wenn wir erst mal hier weg sind …«, sagte er. »Das ist das Besondere an einem Segeltörn. Du vergisst deinen Alltag sofort.«

Es sei denn, man packt ihn ein und schleift ihn mit, dachte Caroline.

TANJA

Der betäubende Vanilleduft breitete sich im Zimmer aus, vertrieb den Geruch nach Inkontinenz, den sie täglich von der Arbeit mitnahm, aus ihrer Nase. Es funktionierte nur noch mit diesem penetranten künstlichen Aroma, deshalb hatte sie Vorräte an Kerzen und Duftbäumchen angelegt.

Sie überlegte kurz, ein paar Bäumchen einzupacken – wer wusste schon, wie es an Bord eines Segelschiffes riechen würde –, verwarf den Gedanken aber wieder. Daniel hasste den Geruch. Er hatte in der Kanzlei mit Leuten zu tun, die teures Eau de Toilette benutzten, nicht mit alten, hilflosen Menschen wie sie.

Sie zündete eine weitere Kerze an, zur Strafe, weil er zu spät kam, öffnete eine Flasche Bier. Sie war die Packliste des Skippers dreimal durchgegangen, um nichts falsch zu machen, hatte sogar Daniels Sachen schon ausgesucht und zusammengelegt.

Schuhe mit hellen, rutschfesten Sohlen.

Sie betrachtete die strahlend weißen Turnschuhe, die sie sich gekauft hatte. Daniel hatte sich sogar lederne Bootsschuhe in einem Seglershop bestellt, ganz schön übertrieben für eine Reise von nicht mal zwei Wochen. Aber er wollte einen perfekten Eindruck hinterlassen, das verstand sie. Sie hatte eher praktisch gedacht: Die Turnschuhe konnte sie hinterher gut für die Arbeit verwenden.

Vielleicht wären Lederschuhe doch passender gewesen?

Sie hätte jetzt gern ihre Mutter angerufen, ihre beruhigende Stimme gehört. ›Mach dir nicht so viele Sorgen, sei einfach, wie du bist. Alle werden dich mögen.‹

Aber ihre Mutter war tot, und Tanja wusste, dass sie genau das nicht durfte: Sein, wie sie war. Weil Daniels Chef und seine Frau sie unendlich langweilig finden würden.

Nur, *wie* sollte sie sein?

Sie musste sich anstrengen, für Daniel. Interessant und sympathisch wirken. Dieser Törn war seine große Chance.

Bestimmt kam er gleich. Sie blies die Kerzen aus, öffnete die Fenster und die Balkontür. Frische Luft strömte herein, löste die Vanilleschwaden auf. Daniel kam nicht zu spät, um sie zu ärgern. Sein Chef machte heute sicherlich auch Überstunden, am letzten Tag vor dem Urlaub, und Daniel konnte ja schlecht vor ihm nach Hause gehen.

Dr. Andreas Kepler, Caroline Kepler. Nicht *Daniels Chef und seine Frau*, sie musste sich endlich an die Namen gewöhnen.

Sie hörte die Wohnungstür aufgehen und lief Daniel entgegen.

»Entschuldige, es ging nicht früher, wir hatten noch ...«

»Macht doch nichts. Komm, magst du ein Bier?«

Sie küssten sich. Daniel hängte sein Jackett auf einen Bügel, streifte die Schuhe ab, ließ sich auf das Sofa fallen. Er nahm Tanja die Flasche ab und trank. Ein Hauch Vanille lag noch in der Luft. Kaum wahrnehmbar.

»Meinst du, die gehen?« Tanja hob die Turnschuhe hoch.

»Klar, warum nicht?«

»Ich habe deine Sachen gebügelt und dahin ...«

Er setzte sich auf. »Hey, komm mal her.« Wartete, bis sie neben ihm saß. »Was ist denn los?«

»Gar nichts, ich bin nur ...«

»Nervös?«

Sie sah ihn an. »Ich weiß nicht, ob das eine gute Idee war, die Einladung anzunehmen.«

Er atmete laut aus. »Nun fang nicht wieder damit an.«

»Aber wir sind beide noch nie gesegelt. Wir wissen nicht, wie das ablaufen wird. Was dein Chef – was *Dr. Kepler* von dir erwartet. Was soll das Ganze sein, eine Prüfung?«

»Ich hab's dir doch erklärt, er will mich besser kennenlernen.«

»Aber auf einem Boot kann alles Mögliche passieren. Du kannst nichts voreinander verstecken.«

»Was sollten wir denn auch verstecken?«

Du nichts, aber ich. Tanja verzichtete auf eine Entgegnung.

Er beugte sich zu ihr, zwang sie, ihn anzusehen, dann lachte er los. »Ich liebe dich, Tanja, aber du musst mal ein bisschen mehr an dich glauben.«

»Wirklich, sehr lustig.« Doch Tanja musste auch lachen.

Er nahm sie in den Arm und schüttelte sie dann leicht an den Schultern. »Du bist das Wunderbarste, das mir passieren konnte. Vertrau mir, das wird die beste Reise, die wir je machen werden.«

Tanja rückte ein Stück von ihm ab. »Eine Reise, die wir uns allein nicht leisten könnten. Er zahlt das alles. Stört dich das nicht? Wir hätten uns zumindest beteiligen müssen.«

»Ich habe es angeboten.«

Sie schwiegen, reichten sich abwechselnd die Bierflasche und tranken.

Nach einer Weile sah er sie an. »Ich hatte nicht einen Moment lang die Wahl, und das weißt du.«

Tanja nickte nur.

Er stellte das Bier auf dem Beistelltisch ab. »Entweder, wir grübeln weiter, machen uns Sorgen, was alles schiefgehen könnte. Oder wir lassen uns auf den Trip ein und begreifen ihn als Chance. Er hat nur mich gefragt, als Einzigen von allen Associates.«

Tanja lehnte sich an ihn, schloss kurz die Augen. Ja, die Reise war eine Chance, auch für sie beide. Sie liebte seine Zuversicht, seine Energie, seinen Ehrgeiz, alles an ihm.

Der Geruch der Duftkerzen war endgültig verflogen, reine, kühle Abendluft erfüllte das Zimmer.

»Ich mach uns was zu essen«, sagte sie und stand auf. Auf dem Weg legte sie die Turnschuhe mit der blitzweißen Sohle oben auf ihre gepackte Tasche.

Auf Höhe der Küchentür hörte sie ein Klackern und blickte sich um. Daniel schüttete etwas aus einer kleinen weißen Dose in seine Hand, warf es in den Mund und spülte es mit einem Schluck Bier herunter.

ANDREAS

Caroline auf dem Sitz neben ihm war eingenickt. Andreas drehte seine Playlist leiser, stellte den Tempomat des Mietwagens auf 200 und lehnte sich zurück. Noch war die Autobahn fast leer, Windräder und blühende Rapsfelder flogen vorbei. An einem Hang schimmerten Solarzellenpaneele metallisch blau wie die Oberfläche eines Sees. Sein Handydisplay leuchtete auf, eine Nachricht. Noch eine zweite. Um die Zeit traf er sonst im Büro ein, nicht alle Mandanten wussten, dass er verreist war. Er hatte bewusst die Funktion nicht eingestellt, sich eingehende Nachrichten während der Fahrt vorlesen zu lassen. Aber jetzt machte ihn das Geflacker wahnsinnig. Konnte Lehnberg schon wieder etwas wollen?

Seine Hand zuckte in Richtung des Smartphones, blieb dann doch am Steuer. Nicht bei 200 Sachen. Er überlegte, Caroline zu wecken, sie konnte nachsehen, ob es sein wichtigster Mandant war. Er warf einen Blick zum Beifahrersitz.

Sie hatte ihr Haar heute nicht hochgebunden, und mit den geschlossenen Augen sah sie fast aus wie ein junges Mädchen. Er wusste, dass sie die halbe Nacht wach gelegen hatte, ihre Schlafstörungen hatten wieder zugenommen. Er würde sie nicht wecken.

Space Oddity von David Bowie lief, ein Song, der ihn immer noch berührte, auch wenn er ihn schon tausendmal gehört hatte, Major Tom in seiner Raumkapsel, der Countdown vor dem Start, ten, nine, eight, seven ... Andreas spürte Gänsehaut auf den Unterarmen. Three, two, one. Abheben, Gitarren-Crescendo, Weltraum.

Er hätte gern laut gesungen, tat es nur nicht aus Rücksicht auf Caroline. Diese Reise würde großartig werden, er wusste es.

Eine Erinnerung piepte auf seinem Handy.

Ground Control to Major Tom ...

Caroline bewegte sich, öffnete die Augen, blickte aus dem Fenster. »Warum fährst du so schnell?«

Andreas schaltete den Tempomat auf 180 herunter. Der Verkehr nahm sowieso zu. »Du hast eine ganze Weile geschlafen.«

»Wo sind wir?«

»Kurz vor Hannover.«

Caroline inspizierte die Angaben des Navis im Display. »Wenn du weiter so rast, sind wir viel zu früh da.«

Ground Control to Major Tom. Your circuit's dead, there's something wrong ...

Andreas versuchte nicht, Carolines schlechte Laune zu vertreiben, damit hatte er selten Erfolg. Sie befand sich in einem Zwischenreich, halb noch in der Redaktion, halb erfüllt von skeptischer Erwartung. Unausgeschlafen, auf Koffeinentzug.

Er freute sich schon so auf das Meer. Auf Carolines Gesicht, wenn sie das Segelschiff sah.

»Könntest du bitte mal checken, von wem meine neuen Nachrichten sind? Ich will nur sichergehen, dass ...«

Caroline atmete laut aus, nahm aber sein Handy und tippte den Code ein. »Kein Lehnberg. Nur Daniel Schmidt.«

Er warf ihr einen fragenden Blick zu.

»›Fahre etwas später los, war kurz im Büro, Gutachten ist eingetroffen, per Eilkurier an die Staatsanwältin geschickt. Bis später, gute Fahrt‹.«

Andreas nickte.

»Und eine Nachricht von unserem Skipper.« Sie las sie stumm. »Na, sieh mal an.«

»Was?«

»Seine Partnerin ist plötzlich erkrankt und kann leider nicht mitfahren. Sylvie Haller.«

»Wirklich?«

»Er schreibt, dass wir zu fünft an Bord sind statt zu sechst, sich aber ansonsten für uns nichts ändert.«

Andreas hob die Schultern. »Vielleicht kommt sie ja später nach.«

Kurz vor ihm scherte ein LKW aus auf die linke Spur, zwang ihn zum Abbremsen. »Idiot!«

Caroline schwieg, tippte auf seinem Handy herum.

»Was machst du?«

»Ich schaue, ob es Bewertungen über unseren Skipper gibt.«

Andreas zog an dem LKW vorbei, blieb auf der Überholspur. »Und?«

»Keine einzige.«

»Er ist an keines von diesen Charterportalen angeschlossen.«

»Zu allem auf dieser Welt gibt es Bewertungen.«

Andreas grinste. »Unser Eric ist offenbar die Ausnahme. Ein Solist.«

»Hast du eigentlich mal mit ihm telefoniert?«

»Wozu?«

Caroline schüttelte den Kopf und sah aus dem Fenster.

Andreas schwieg. Er wusste einiges über den Skipper, doch das würde er für sich behalten. Seine Frau entwickelte schnell Vorurteile gegen Menschen. Generell hatte er nicht vor, sein Wissen einzusetzen, aber es konnte nie schaden, Klarheit darüber zu haben, mit wem man es zu tun hatte. Nach der Maxime lebte er auch sonst, vor allem in der Kanzlei.

Als er fünf Stunden später an der Ostsee aus dem Wagen stieg, riss ihm eine Böe fast die Fahrertür aus der Hand. Der Wind blies hier an der Küste viel stärker als im Landesinneren, ließ die Boote an den Stegen schwanken, fegte durch die Wanten und die Takelage. Er erzeugte ein hohes, nervöses Sirren, unterlegt mit metallischem Klappern.

Andreas atmete tief ein. Die Luft war rein und klar, welch ein Unterschied zum Bankenviertel in Frankfurt.

Die nähere Umgebung bot einen nüchternen Anblick. Betonierte Flächen, langgestreckte Lagerhäuser, Silos, Container, Parkplätze. Doch nicht weit entfernt an den Stegen lagen rot, grün, blau lackierte Fischerboote, und dahinter in zwei Reihen die Segelschiffe. Eine Steinmole verlängerte den Hafen weit ins Meer, auf ihrer Spitze stand ein grünweißer Leuchtturm. Schon morgen würden sie ihn hinter sich lassen und in Richtung Bornholm segeln.

Auch Caroline war ausgestiegen und streckte sich.

»Ist das grell hier.« Sie setzte ihre Sonnenbrille auf und ging zum Kofferraum.

»Lass die Tasche da«, sagte er, »wir schauen erst mal, wo es ist.«

Sie liefen am Hafenbecken entlang in Richtung der

Bootsstege. Am ersten Steg flatterten die Wimpel einer Charterbasis. Die Schiffe sahen aus wie geklont, alle in gleicher Länge und Breite, hochbordige, gedrungene Rümpfe. Genau das, was Andreas nicht gewollt hatte.

Caroline neben ihm verlangsamte den Schritt.

»Nicht hier.« Er ging weiter.

Beim nächsten Steg bog er ab. Hier lagen unterschiedliche Schiffe, neue und ältere Modelle, gepflegt und ungepflegt. Andreas erkannte die *Querelle* schon von weitem, sie fiel durch den hohen Mast und die lange, schlanke Form des Rumpfes auf. Als sie die Yacht erreicht hatten, blieb er stehen. »Da ist sie.«

Caroline betrachtete das Segelboot, während er gespannt wartete.

»Schön.«

Andreas hatte ein bisschen mehr erwartet als dieses Pokerface. Das war alles? ›Schön‹?

Er kannte Caroline, sie war keine Frau, die spontan in Begeisterungsstürme ausbrach. Selbst damals, beim ersten Blick aus dem Hotelzimmer auf den schneebedeckten Fujijama, eingerahmt von Kirschblütenzweigen, war kein Ausruf über ihre Lippen gekommen. Aber ihr Lächeln hatte er nicht vergessen.

»Komm, wir schauen mal, ob unser Skipper da ist.«

An Deck war niemand zu sehen, doch Andreas hörte ein schrilles Pfeifen aus dem Inneren des Bootes. Es klang wie ein Wasserkessel.

Das Geräusch brach ab. Er beugte sich vor und klopfte an den Bug.

»Moment!« Wenige Augenblicke später tauchte der Kopf eines Mannes über der Treppe im Niedergang auf, Andreas erkannte ihn von dem Foto, es war Eric Fauré, der nun nach oben kam.

»Hallo, die Keplers, wir sind etwas zu früh«, rief Andreas laut, um das Sirren und Klappern des Windes zu übertönen.

»Das macht gar nichts!« Eric Fauré überquerte das Heck des Schiffes und balancierte über eine Planke auf den Steg.

Andreas streckte ihm die Faust entgegen, wie er es sich in der Pandemie angewöhnt hatte, und der Skipper tat es ihm gleich. Sie berührten sich nicht.

Während sie über die Anreise plauderten, maß Andreas ihn mit Blicken. Fauré war größer, als er erwartet hatte, und wirkte hagerer als auf dem Bild im Internet.

»Kommt erst mal an Bord. Ich habe gerade Tee gemacht.«

»Wir haben die Bootsschuhe noch im Auto.«

»Kein Problem.« Eric Fauré drehte ihnen den Rücken zu und ging voraus, zeigte, wo sie sich am besten festhalten konnten. Andreas ließ Caroline den Vortritt. Die Planke bewegte sich, als sie den Fuß daraufsetzte. »O je!« Sie lachte.

»Genauso ist es richtig.« Der Skipper reichte ihr die Hand und zog sie an Deck. Er drehte sich zu Andreas um. »Geht es?«

»Na klar.« Auch Andreas war an Bord angekommen, betrachtete das Cockpit mit Bänken und Tisch aus Teakholz. Das musste Caroline einfach gefallen.

»Setzt euch. Hier draußen kann man sich gut an die Schiffsbewegungen gewöhnen. Der Wind ist heute stärker, als angesagt war.«

Andreas verstaute seine langen Beine unter der Tischplatte. Caroline saß schon und blickte sich um.

Eric Fauré war im Schiffsinneren verschwunden und

reichte ihnen Tassen und eine Thermoskanne heraus. »Entschuldigt, ich bin noch nicht ganz fertig hier unten. Nehmt euch Tee, ich komme gleich.«

»Ist ja unsere Schuld«, rief Caroline. »Andreas war heute früh nicht zu bremsen.«

Unter Deck lachte Eric auf, ohne dass Andreas ihn sehen konnte.

Sie gossen sich Tee ein. Er war schwarz und stark gesüßt. Andreas trank Tee sonst nur, wenn er ernsthaft krank war, er hätte lieber ein Bier gehabt, aber er war müde von der Fahrt, das dunkle Gebräu würde ihn munter machen. Caroline nippte nur und schob ihren Becher weg. Zucker war ein No-Go, sie achtete eisern auf ihre Figur.

Auf dem Steg rumpelte es, Menschen zogen Karren mit Gepäck über die Holzbohlen, Begrüßungen erklangen. Unten im Schiff klapperten Schranktüren.

»Ist das nicht Daniel Schmidt?«, fragte Caroline.

Andreas folgte ihrem Blick den Steg entlang. Daniel entdeckte ihn und winkte. Tanja, die neben ihm ging, wirkte jünger, als Andreas sie von der letzten Begegnung in Erinnerung hatte.

Dann blieben beide stehen und hatten nur Augen für das Boot.

»Da staunt aber einer«, sagte Andreas.

»Ja, da ist definitiv jemand beeindruckt.« Caroline lächelte. Er nahm ihre Hand und drückte sie.

»Na los, kommt an Bord!«, rief er den Neuankömmlingen zu. »Ihr habt das perfekte Wetter mitgebracht!«

Daniel trug weiße Shorts und ein weißes Polohemd, was seine Büroblässe noch verstärkte. Er hatte in den letzten Wochen kaum die Sonne gesehen.

»Na, Herr Schmidt, wollten Sie eigentlich zum Tennis heute?«, fragte Andreas.

Für einen Moment gefror das Gesicht des Jüngeren, doch dann lachte er und hob einen Fuß mit einem ledernen Bootsschuh. »Doch nicht mit *den* Schuhen!«

Gut gekontert, dachte Andreas.

Er reichte Tanja die Hand. Sie bewegte sich sicher wie eine Katze über das Brett. Auf ihrem Unterarm prangte schwarz ein Tattoo aus chinesischen Schriftzeichen.

»Die Yacht ist ja unglaublich!«, sagte Daniel Schmidt, als sie an Deck standen.

»Wirklich wunderschön«, schloss sich Tanja an.

Na bitte, geht doch.

Andreas breitete die Arme aus. »Dann also willkommen! In unserem Zuhause für einen wunderbaren Törn.«

CAROLINE

Das Schiff war ein Traum. Selbstverständlich erkannte sie den Unterschied zu den geklonten Schiffen an dem anderen Steg. Die *Querelle* war schmal, elegant, windschnittig. Ein schneeweißes Rassepferd, das nervös an den Leinen zerrte, ungeduldig, endlich loszupreschen.

Andreas wartete auf ein Zeichen der Anerkennung von ihr, doch sie hatte den Moment verpasst. Sie mochte es nicht, wenn er so bedürftig dreinsah. Früher war er cooler gewesen. Aber sie würde das Lob bei nächster Gelegenheit nachholen.

Der Skipper wuselte im Schiff herum. Sie waren zu früh eingetroffen, und es war ihr unangenehm, ihn unter Zeitdruck gesetzt zu haben. Sie fühlte sich gestresst von der Situation und den neuen Eindrücken. Der lärmende Wind, die Unruhe überall, zu viele Menschen auf der Promenade, auf dem Steg, auf den Booten. Der überzuckerte Tee.

Eric Fauré sah anders aus, als sie ihn sich vom Foto im Netz vorgestellt hatte. Er schien frisch rasiert, das Haar war kurz und ordentlich geschnitten. Der Eindruck war ein bisschen enttäuschend: Kein Aussteiger oder Abenteurer stand vor ihr, sondern ein Geschäftsmann, trotz der legeren Kleidung. Als er ihr an Bord geholfen hatte, hatte sie Zigarettenrauch an ihm gerochen. Der Duft hatte eine merkwürdige Empfindung ausgelöst: eine aufgeregte Vorfreude. Er hatte sie an die Zeit erinnert, als sie jung war, auf Partys ging. In der Schwangerschaft hatte sie endgültig mit dem Rauchen aufgehört.

Eric Fauré hatte bei der Begrüßung eine professionelle Freundlichkeit an den Tag gelegt, die nur schlecht sein Desinteresse kaschierte. Sie konnte ihn verstehen, auf seinem Schiff wechselten sich die Gäste ab, er musste sich ständig auf neue Menschen einstellen.

Doch unter der glattrasierten Oberfläche spürte sie noch etwas anderes. Eine leichte Aggression? Sie waren Fremde, die in sein Zuhause einfielen, frische Bettwäsche, sonniges Wetter, perfekten Wind und gute Stimmung erwarteten und nach zehn Tagen wieder verschwanden.

Nein, das traf es nicht. Da war etwas Ausweichendes in seinem Blick. Er hatte fest ihre Hand ergriffen, als er ihr über die Planke half, aber er hatte sie nicht angesehen. Andreas schaute sie ständig an, er war die fleischgewordene Erwartungshaltung, wollte bewundert und gelobt werden.

Sie war fast erleichtert, als sie Andreas' Mitarbeiter auf den Steg einbiegen sah, Hand in Hand mit dem braven Blondzopf. Tanjas Turnschuhe leuchteten in unschuldigem Weiß. Beide hatten ein Lächeln aufgesetzt, das die helle Kleidung noch überstrahlte. Erstarrten dann in Ehrfurcht vor dem Anblick des Bootes.

Andreas hatte allerbeste Laune und zeigte sich von seiner charmantesten Seite, doch die allgemeine Begrüßungsrunde geriet ein wenig überdreht. Die Neuankömmlinge waren spürbar aufgeregt, und selbst auf einem so großen Segelboot fühlte es sich beengt an, wenn sich vier Menschen stehend im Cockpit drängten.

Smalltalk über die Fahrt, das Verkehrsaufkommen, Staus bei Hamburg, das Gespräch bestritten Andreas und Daniel

Schmidt erst mal allein. Als der Jüngere auf seinen morgendlichen Besuch in der Kanzlei zu sprechen kam, winkte Andreas ab. »Nichts mehr davon. Jetzt haben Sie Urlaub.«

Eric kam an Deck, begrüßte die Ankömmlinge.

»Wie geht es Ihrer Partnerin?«, fragte Tanja den Skipper, Auch sie schienen über Sylvies Abwesenheit unterrichtet zu sein.

»Hoffentlich schon besser?«, schob Andreas hinterher.

»Danke der Nachfrage. Leider wird es wohl dauern, bis sie wieder einsatzfähig ist.«

»Das tut mir leid, wir hatten gehofft, dass sie noch nachkommen kann«, meinte Caroline.

»Ich fürchte, das wird nichts.« Eric legte den Kopf in den Nacken und blickte prüfend am Mast empor, an dessen oberer Spitze sich ein kleines Rädchen schnell im Wind drehte. »Aber ich soll unbekannterweise ganz herzlich von ihr grüßen.« Er sah niemanden an bei diesen Worten, und nach einer knappen Entschuldigung verschwand er wieder unter Deck.

Kurz darauf rief er sie, er wolle ihnen das Schiffsinnere zeigen. Caroline stieg hinter Andreas die vierstufige Holztreppe herab, Daniel und Tanja folgten. Es roch leicht nach Putzmitteln.

»Der Salon und die Pantry.«

Caroline war bezaubert. Die konvexen Wände waren mit Mahagoniholz getäfelt, ein dazu passender Tisch mit abgerundeten Ecken, rundum Sitzbänke, in einem samtigen retrogrünen Stoff überzogen. Messinglampen, die den Raum dezent mit warmem Licht ausleuchteten. Sie musste ein Foto von diesem Interieur posten. Dann fiel ihr ein, dass sie ihre Accounts alle gelöscht hatte.

Eric Fauré machte eine einladende Handbewegung. »Hier in der Pantry wird gekocht. Ich hoffe, dass wir gutes Wetter haben und immer draußen essen können. Aber falls nicht, sitzt man hier auch ganz gemütlich.«

Gelassen nahm er die Begeisterung aller über die Schönheit des Salons entgegen, vermutlich hörte er die Lobeshymnen zum hundertsten Mal.

»Da vorne, im Bug, ist mein Bereich. Und hier im Heck liegen die beiden Gästekajüten.« Eric zeigte auf zwei offenstehende Türen, rechts und links von der Eingangstreppe.

Caroline konnte in eine Kabine hineinblicken. Sie besaß einen winzigen Vorraum, direkt dahinter begann schon die Liegefläche des Bettes, Caroline sah die Kopfkissen, nah beieinander. Andreas und sie würden auf engstem Raum schlafen müssen. Zu Hause hatten sie ein Schlafzimmer von vierzig Quadratmetern mit Terrasse, und trotzdem schliefen beide häufig in ihren jeweiligen Arbeitszimmern, wenn sie spät von Terminen kamen und sich gegenseitig nicht wecken wollten. Eine Rücksichtnahme, die sie vorschoben, um für sich sein zu können.

»Unterscheiden sich die Kabinen?«, fragte Andreas.

»Die Betten sind gleich groß«, sagte der Skipper. »Auch die Kleiderschränke. Die Kabine an Backbord ist ein bisschen niedriger, auf dieser Seite ist oben im Cockpit ein größerer Stauraum eingelassen, man nennt das ›Backskiste‹. Aber es macht kaum einen Unterschied.«

Bei Caroline löste die Vorstellung, in einer Art Röhre zu liegen, Beklemmung aus. Niedriger? Sie wollte die Kabine an Steuerbord.

Andreas sah sie an. »Caroline. Hast du eine Vorliebe? Rechts oder links?«

Sie zögerte verärgert. Warum schob er ihr den schwarzen Peter zu, in Anwesenheit der anderen die bessere Kabine zu wählen? Das wirkte so, als gäbe es eine Zweiklassengesellschaft an Bord, und sie sollte diese manifestieren.

Sie wandte sich zu Daniel Schmidt um. »Welche gefällt Ihnen besser? Suchen Sie aus.«

»Nein, bitte entscheiden Sie das!«, sagte Andreas' Mitarbeiter.

Andreas lachte auf. »Steuerbord oder Backbord. Tanja, bitte wählen Sie, sonst müssen wir Stöckchen ziehen.«

»Auf gar keinen Fall«, unterbrach Daniel, bevor seine Freundin antworten konnte. Er warf dem Skipper einen hilfesuchenden Blick zu.

»Beide Kabinen sind wunderschön«, sagte Tanja. Sie lächelte unentwegt, sie musste gut trainierte Gesichtsmuskeln besitzen.

Eric Fauré lehnte mit verschränkten Armen am Herd, er schien auch dieses Spiel schon zu kennen. »Dann entscheidet also der Skipper. Ihr beide nehmt die Steuerbordkabine«, er zeigte auf Daniel und Tanja, »und ihr schlaft an Backbord.«

»Aye, Captain, so wird es gemacht«, sagte Andreas. Alle lachten.

Caroline fragte sich, ob Eric Fauré Andreas und sie provozieren wollte. Sie zahlten die Reise für alle, da sollte es doch selbstverständlich sein, ihnen die bessere Kabine zu geben. Fauré war schwer einzuschätzen. Sie würde noch herausfinden, was hinter seiner Stirn vor sich ging.

»Noch etwas, das ich längst hätte erwähnen sollen«, unterbrach der Skipper ihre Gedanken. »An Bord duzen wir uns. Ich bin Eric.«

Andreas und Daniel Schmidt wechselten einen Blick.

»Klar, das ist unter Seglern üblich.« Andreas streckte ihm seine Hand entgegen. »Andreas.«

Daniel wirkte unsicher, er brachte kaum ein Lächeln zustande, als er einschlug.

»Wir machen es für den Urlaub so«, schlug Andreas vor, »und in der Kanzlei kehren wir zum Gewohnten zurück.«

»Einverstanden.«

Auch Tanja und Caroline gaben sich die Hand und sagten laut ihre Vornamen.

»So, und nun noch mal offiziell willkommen an Bord.« Andreas klang wieder, als sei er der Eigner. »Stoßen wir auf den Törn an. Aber bitte nicht mit Tee.«

Daniel wandte sich an den Skipper. »Ist die Lieferung pünktlich angekommen?«

»Schon in der Kühlung.« Eric hob einen Deckel in der Küchenzeile hoch und zog eine Flasche heraus. Andreas' bevorzugter Crémant.

»Oh! Woher ...?«, setzte Andreas an.

»Ich dachte, ein paar Flaschen davon können unterwegs nicht schaden. Ich habe sie an das Büro des Hafenmeisters liefern lassen«, sagte Daniel bescheiden.

»Fantastisch.« Andreas klopfte ihm auf die Schulter.

Eric verschränkte wieder die Arme. Bestimmt machte er sich bereits ein Bild von ihnen. Caroline fand seine Blicke überheblich.

»Hättest du passende Gläser, Eric?«, fragte sie. »Du könntest uns einen Schluck eingießen.« In ihrer Stimme klang ein Befehlston mit, den sie nicht beabsichtigt hatte.

Zum ersten Mal sah er sie an, seine Augen waren nicht braun, wie sie angenommen hatte, sondern blau. Ein kaltes, dunkles Blau. »Direkt hinter dir, Caroline, in dem Schapp über der Spüle.«

Caroline rührte sich nicht, hielt seinem Blick stand.

»Mit ›Schapp‹ meint er das Fach mit den Schiebetüren«, erklärte Andreas.

Caroline reagierte noch immer nicht. Sie war hier nicht die Kellnerin, und wenn dieser Eric ein Kräftemessen wollte, konnte er es bekommen. Erst als er sich auf sie zu bewegte, rückte sie wortlos zur Seite. Er nahm fünf Sektkelche aus dem Schrank und goss ein. Der Abstand zwischen Küchenzeile und Tisch war so begrenzt, dass ihre Arme sich unweigerlich berührten.

Andreas reichte die Gläser weiter. »Auf eine unvergessliche Fahrt.«

Sie prosteten sich alle zu, wobei Caroline wie unabsichtlich den Skipper ausließ. Andreas sah ihr in die Augen, als ihre Gläser mit einem harmonischen Klang aneinanderstießen.

Caroline spürte das kühle Prickeln in der Kehle. Sie erwiderte seinen Blick. Die Reise würde ein Erfolg für sie werden. Sie wollte dafür sorgen. Sie würden wieder das alte Team sein, das es mit allen Hindernissen aufnahm. Wie früher.

TANJA

Tanja hatte seit dem Frühstück nichts gegessen und spürte sehr bald die Wirkung des Alkohols, einen leichten, aber unangenehmen Schwindel. Oder kam der von den Bewegungen des Schiffes?

Sie war mit Caroline allein an Bord. Daniel und Andreas hatten das Gepäck unter Deck gebracht, anschließend waren sie zum Supermarkt gefahren, um Proviant einzukaufen.

Die Einkaufsliste hatten sie gemeinsam erstellt. Eric hatte erklärt, dass er als Skipper nicht kochen würde. Ob die tägliche Mahlzeit selbst zubereitet oder im Restaurant gegessen würde, sollte die Crew entscheiden. Beeinflusst von Andreas, der von frischem Fisch und Meerestieren in den schwedischen Häfen schwärmte, hatten sie sich darauf geeinigt, reihum zu kochen, es sei denn, es gäbe eine allzu verlockende Restaurant-Alternative.

Tanja fand, sie war eine akzeptable Köchin, wobei sich ihr Repertoire im Wesentlichen auf Hausmannskost beschränkte. Von Daniel hatte sie dafür immer Komplimente bekommen. Hoffentlich würde niemand an Bord ein Dreigangmenü von ihr erwarten.

Angeleitet von Eric, hatten Caroline und sie die Vorräte eingeräumt. Es war faszinierend, wie viel Stauraum sich hinter hölzernen Schiebetüren versteckte. Auch unter den Sitzbänken im Salon und in verborgenen Klappen taten sich Boxen und Fächer auf. Jeder noch so kleine Winkel an Bord war sinnvoll genutzt.

Nun waren Daniel und Andreas abermals unterwegs, um die Mietwagen zurückzugeben. Eric hatte noch etwas im Ort erledigen wollen.

Caroline saß an Deck im Cockpit, während Tanja den Inhalt ihrer Reisetasche im Kabinenschrank verstaute. Auch hier war mehr Platz, als sie anfangs gedacht hatte. Sie überlegte, Daniels Sachen ebenfalls einzusortieren, ließ es dann sein. Er mochte es nicht, wenn sie ihn zu sehr umsorgte.

Sie betrachtete ihre Blusen und Oberteile, die sie auf Bügel gehängt hatte. Vielleicht sollte sie das schlichte T-Shirt und die Shorts gegen irgendetwas Eleganteres tauschen? Caroline trug ein cremefarbenes Kleid aus einem glänzenden Stoff, und darüber, locker über die Schultern geworfen, ein helles Jäckchen aus federleichter Wolle. Der schmale Gürtel, der ihre Taille betonte, besaß exakt denselben Farbton wie ihre ledernen Ballerinas: ein maritimes Blau. Nicht das passende Outfit für sportliches Segeln, aber heute blieben sie ja im Hafen, und Caroline hatte bestimmt für jede Situation vorgesorgt.

Tanja versuchte, einen Blick auf sie zu erhaschen. Das Kabinenfenster lag nach innen zum Cockpit, doch in dem kleinen Ausschnitt konnte sie nur Carolines Beine bis zum Knie sehen. Sie hatte die Schuhe abgestreift, ihre Füße waren schmalgliedrig und gepflegt, die Fußnägel in einem dezenten Lila lackiert. Wie die Malvenblüten zu Hause auf Tanjas Balkon. Womit Caroline beschäftigt war, ließ sich nicht erkennen.

Tanja verstaute die Reisetasche im Schrank und betrat das winzige Bad. Sie benetzte ihr Gesicht mit kaltem Wasser, nahm eines der Gästehandtücher aus einem Halter und trocknete sich ab. Blass und angespannt sah sie aus. Sie legte Lippenstift auf und verrieb etwas davon auf ihren Wangenknochen. Schon besser. Sie zog das Zopfgummi ab und lockerte ihr Haar mit den Fingern auf, es fiel ihr weich bis auf die Schultern. Schon viel besser.

Es gab nichts mehr zu tun, und sie konnte sich nicht ewig in der Kajüte verstecken. Auf dem Tisch im Salon stand noch ihr Glas mit einem Rest Sekt darin. Bestimmt war er inzwischen warm und abgestanden, aber sie nahm das Glas trotzdem mit und stieg die Treppe hinauf.

Caroline las etwas auf ihrem Smartphone. Ihr Sektkelch war offenbar frisch gefüllt, die Flasche stand in einem Kühler vor ihr auf dem Tisch. Sie blickte auf.

»Ich hoffe, ich störe nicht?«, fragte Tanja.

»Im Gegenteil.«

Tanja setzte sich auf die Bank gegenüber. »Die Autovermietung muss ganz schön weit entfernt sein.«

»Vermisst du Daniel schon?« Carolines Lächeln war so dezent wie ihre Lippenstiftfarbe. Tanja kam der Ausdruck spöttisch vor.

Sie lachte. »Nein, so schnell dann doch nicht!«

»Darf ich? Er ist noch recht kalt.« Caroline wartete ihre Antwort nicht ab und schenkte ihr nach. Sie hoben die Gläser gleichzeitig, nickten sich zu und tranken.

»Der Sekt ist so lecker«, sagte Tanja.

»Der Crémant? Ja, er hat eine ausgezeichnete Perlage.« Caroline hob ihr Glas und betrachtete die im Gegenlicht fast golden schimmernde Flüssigkeit. »Ich finde auch, es muss nicht immer Champagner sein.«

Tanja kam selbst ein Nicken als Reaktion unpassend

vor, sie hatte sich in ihrer absoluten Unkenntnis ja schon entlarvt, indem sie das edle Getränk als Sekt bezeichnet hatte. Perlage. Bestimmt die winzigen Perlen, die unaufhörlich vom Boden des Glases an die Oberfläche stiegen und zerplatzten. Genauso wie die Seifenblasen ihrer Hoffnung, sie könne sich auf dieser Reise so verstellen, dass niemand ihre Unzulänglichkeit bemerkte.

»Schön, dass wir uns endlich näher kennenlernen. Du bist Altenpflegerin, hat Andreas erzählt?«

»Eigentlich medizinische Bademeisterin. Aber eine gute Stelle findet sich in dem Bereich nicht so leicht.« Die wahren Gründe für die Sackgasse, in der sie beruflich steckte, würde eine Frau wie Caroline sicher nicht verstehen können.

Caroline strich über ihren Unterarm, schob die Uhr in die richtige Position. Das Armband bestand aus feingliedrigen silbrigen Elementen. In das Zifferblatt waren statt den Zahlen zwölf, drei, sechs und neun winzige Diamanten eingelassen.

»Alte Menschen pflegen, dafür hast du meine Hochachtung«, sagte Caroline, »ich stelle mir das wahnsinnig anstrengend vor.«

Caroline musterte sie von Kopf bis Fuß, und Tanja war bewusst, was die andere sah. Einen Körper, der die Kraft hatte, anzupacken, muskulös und schlank.

»Im Ernst, Hut ab für das, was du da täglich leistest«, setzte Caroline nach.

»Ich bewundere Ihre Arbeit aber auch. Sie bereichern unser Leben mit schönen Dingen. Ich liebe es, die *My Style* zu lesen.« Tanja fand, dass eine einzelne wertschätzende Lüge erlaubt sein musste. Sie hatte das Magazin nie gekauft, nahm es sich aber für die Zukunft vor. Vor ihrer Beziehung mit Daniel hatte sie sich keine der darin abgebildeten Modekollektionen, Designermöbel oder Luxusreisen leisten können. Das sah nun anders aus.

»Du. *Du* bereicherst unser Leben«, erinnerte Caroline sie.

Beide lachten.

»Tut mir leid! Ich gewöhne mich noch daran.«

»Meine Tochter Isabelle hat in einem Pflegeheim gearbeitet. Ein Praktikum, bevor ihr Studium losging.«

»Was studiert sie?«

»Medizin. In Berlin.«

»Wow. Ihr müsst sehr stolz auf sie sein.«

Caroline trank einen großen Schluck. »Ja, sie ist wunderbar.«

Mehr sagte sie nicht, und ihr Gesichtsausdruck war plötzlich ernst geworden, sodass Tanja nicht weiter nachfragte. Sie war dankbar, dass Caroline das Kinderthema nicht vertiefte. Es ging Tanja zu nah. Sie hatte die Pille abgesetzt, ohne es Daniel zu sagen. Er stand im Beruf schon so unter Druck, dass sie das Thema Schwangerschaft nicht mehr angesprochen hatte. Sie spürte, dass er nicht bereit dafür war. Nicht mal aufnahmefähig. Aber sie wurde bald vierzig, für sie zählte jeder Tag. Sie hinterging ihn und hatte kein schlechtes Gewissen deswegen. Ihre Vergangenheit gab ihr das Recht dazu.

»Machen wir ein Selfie?«

»Okay!«

Caroline nahm ihr Handy und setzte sich zu Tanja. »Das Licht ist gerade wunderschön.«

Tanja blickte in die Kamera, Carolines Kopf war so dicht neben ihrem, dass ihr Haar sie am Ohr kitzelte.

»Nicht so ernst bitte.«

Tanja versuchte ein entspanntes Lächeln.

»Sehr schön.« Caroline kehrte auf ihren Platz zurück. »Wir können uns ja später alle Bilder schicken.«

Tanja lehnte sich zurück und trank einen Schluck.

Sie war eine miserable Schauspielerin, und egal, wie sie sich anstrengte, sie würde niemals locker wirken, während sich ihre Glieder vor Anspannung verkrampften. Sie fühlte sich fehl am Platz, mit ihren Problemen, die sie mit an Bord geschleppt hatte, neben Caroline, die einfach sie selbst sein konnte. Schön, elegant, gebildet, selbstbewusst.

CAROLINE

Auf den Knien bis zur Mitte der Matratze kriechen, sich mühsam umdrehen und umständlich ausstrecken: In dieser Röhre von einem Bett in die Liegeposition zu kommen, war gar nicht so leicht. Vor allem, wenn Andreas, der von ihr abgewandt auf der Seite lag, bereits mehr als die Hälfte der Fläche für sich beanspruchte.

Mit dem Kopf lagen sie nah an der Kabinentür, die Füße verschwanden irgendwo im Dunkel der Kajüte. Caroline legte die Hand auf Andreas' Hüfte.

Er drehte sich zu ihr um. »Wie im MRT, oder?«

Sie lachte auf. »Ich wusste, es erinnert mich an etwas.«

»Aber immerhin nicht so laut.«

»Gut, dass du das Fenster zugemacht hast«, flüsterte Caroline. »Sonst würde jedes Wort von uns nach draußen ins Cockpit schallen.«

»Du meinst, jetzt haben wir hier eine kleine konspirative Zelle?«

»Abhörsicher!«

»Dann könnten wir ja ein bisschen lästern.«

Sie kicherten wie zwei Kinder, die sich vor den Erwachsenen versteckten.

»Worüber willst du denn lästern?«, fragte Caroline.

»Daniels Gesicht, als er erfuhr, dass er mich duzen soll.«

Caroline hielt sich die Hand vor den Mund, um nicht zu prusten. »Der arme Kerl.«

»Er will alles richtig machen.«

»Sie aber auch.«

»Tanja? Sei bitte nett zu ihr.«

»Das bin ich doch.«

Sein Gesicht wurde ernst. »Und behandle Eric nicht wie einen Kellner.«

»Warum nicht?«

»Er ist unser Kapitän. Er sollte keine schlechte Laune bekommen. Wir sind von ihm abhängig.«

Caroline stützte ihren Kopf auf den Arm. »Und ich dachte, du bist der Kapitän an Bord?«

Als er nicht antwortete, schob sie ihren Arm unter seine Decke, streichelte über seine Brust, den Bauch und weiter abwärts, bis sie sein Schamhaar ertastete. »Findest du sie hübsch?«

»Wen?«

»Tanja?«

Sie schob die Hand zwischen seine Beine, wo sein Glied unter ihrer Berührung wuchs.

»Was machst du?« Andreas nahm ihre Hand, zog sie zu seinem Mund, seine Lippen liebkosten ihre Fingerknöchel. »Was, wenn ich laut stöhnen muss? Wir wissen nicht, ob die Zelle für diese Art Geräusche konspirativ genug ist.«

»Dann sollten wir das ausprobieren.«

Er küsste sie auf den Mund, sie öffnete ihre Lippen, ihre Zungen berührten und umschmeichelten sich. Caroline spürte, wie sie feucht wurde. Sie und Andreas gehörten zusammen, das hatte sie lange nicht so intensiv gefühlt wie hier in dieser engen Koje. Daniel und Tanja, das war eine andere Welt. Und Eric Fauré sowieso.

Andreas ließ sich noch ein wenig bitten, seine Hände

liebkosten ihre Brüste, blieben aber brav oberhalb ihres Bauchnabels. Caroline wusste, dass er absichtlich so passiv war. Weil er merkte, dass sie das antörnte. Sie legte sich auf ihn, stöhnte, als sie ihn in sich aufnahm. Es war ein Rollentausch. Alles fühlte sich anders an als zu Hause in ihrem Kingsize-Bett. Eng, stickig, heiß. Sie war laut. Es war ihr egal, ob jemand sie hörte.

Hinterher lag sie eng an Andreas' Rücken geschmiegt.

»Ich bin so müde, muss die Luftveränderung sein. Schlaf gut«, murmelte er.

Caroline legte die Hand zwischen seine Schulterblätter, streichelte ihn sanft. Er knurrte wohlig.

Kurze Zeit später hörte sie an seinen gleichmäßigen Atemzügen, dass er eingeschlafen war. Von draußen war leises metallisches Klappern zu hören, offenbar strich der Nachtwind durch den Mastenwald der Schiffe. Wasser gluckste unter ihr am Rumpf. Caroline glaubte zu spüren, dass das Schiff sanft schaukelte. War sie jemals so behutsam in den Schlaf gewiegt worden?

»Du hast alles perfekt ausgesucht«, flüsterte Caroline in Andreas' Rücken wie gegen eine breite, warme Mauer. »Diese Yacht ist einfach wunderschön.«

CAROLINE

Der erste Morgen an Bord offenbarte, wie fremd ihnen allen die neue Umgebung noch war. Jeder Handgriff war ungewohnt, und ständig stieß Caroline an eine Wand oder Tür, gegen eine Kante oder den Tisch. Den anderen erging es genauso. Nur Eric bewegte sich trotz seiner Größe elegant und sicher durch das Schiff.

Tanja spülte das Frühstücksgeschirr, Caroline trocknete ab, während die Männer draußen Segel wechselten. Die klassische Rollenverteilung, dachte Caroline. Eric hatte die Abfahrt auf acht Uhr festgelegt, jetzt war es sieben, sie hatten also noch Zeit.

»Sind die Duschen okay?«, fragte sie Tanja, die schon vor dem Frühstück in den Waschräumen am Hafen gewesen war.

»Ja, nur ziemlich voll, ich musste auf eine freie Kabine warten.«

»Ich glaube, ich versuche es noch schnell.«

Tanja nahm ihr das Trockentuch aus der Hand. »Geh ruhig, den Rest schaff ich allein.«

Caroline war früher zurück an Bord, als sie gedacht hatte. Das mit einer Duschmarke erkaufte heiße Wasser reichte gerade für ein kurzes Haarewaschen.

Als sie das Deck betrat, stand Andreas im Cockpit und beobachtete Eric und Daniel, die auf dem Vorschiff ein Segel zusammenfalteten. Mit synchronen Bewegungen zogen sie das weiße, steife Tuch in Schlaufen übereinander. Sie hatten dafür wenig Platz. Neben Eric auf dem Deck war ein schmutzig weißer Kasten festgeschnallt, in dem sich die Rettungsinsel befand.

Caroline näherte sich Andreas über das Laufdeck, doch er nahm sie nicht wahr. Sie legte eine Hand in seinen Nacken. Er zuckte zusammen, drehte sich zu ihr um.

»Was machst du?«, fragte sie.

»Nichts, wie du siehst.«

»Schlechte Laune?«

»Nein. Alles bestens.«

»Andreas, bringst du uns den blauen Segelsack? Er liegt oben auf der Backskiste«, rief Eric.

Andreas griff nach dem Sack, während seine andere Hand sich zur Faust ballte.

Unter Deck war alles aufgeräumt und blitzsauber. Tanja kam aus ihrer Kabine, sie hatte die Shorts gegen eine lange Hose getauscht. Über dem T-Shirt trug sie eine Softshelljacke.

Auf dem Tisch lag die Checkliste, die Tanja bei Erics Einweisung notiert hatte. Sie beide waren verantwortlich, unter Deck alles segelfertig zu machen. Caroline warf einen Blick darauf.

»Ich bin die Punkte schon durchgegangen«, meinte Tanja. »Kühlschrank ist ausgeschaltet, die Fenster und die Seeventile sind geschlossen. Es sei denn, du musst noch ins Bad?«

»Nein, ich bin auch fertig.«

Sie hörten Eric rufen und gingen an Deck. Die Männer standen im Cockpit, der Tisch war abgebaut und verstaut.

»Der Wind kommt aus Nord, das ist perfekt für unsere

Überfahrt nach Bornholm.« Eric verteilte Rettungswesten. »Ihr seht die Windrichtung auf der digitalen Anzeige und auch an dem kleinen Pfeil oben im Mast, dem Windex.«

»Windrichtung im Verhältnis zum Schiff«, sagte Andreas.

»Stimmt.« Eric lächelte. »Ich wollte es nicht unnötig kompliziert machen.«

Er erklärte, wie das Ablegen vom Steg verlaufen sollte. Tanja und Caroline waren für die Festmacherleinen am Heck eingeteilt, Andreas und Daniel würden die Vorleinen von den Pfählen im Wasser abnehmen.

»Die Fender habe ich schon abgemacht, damit bleibt man ja gern an den Pollern hängen«, sagte Andreas.

»Gut mitgedacht.« Eric zögerte. »Aber - eine Bitte, an euch alle: Wartet mit allen Aktionen sicherheitshalber, bis ich die Anweisung gebe.«

Andreas zog die Brauen hoch, er sagte nichts, aber Caroline spürte seine Verärgerung.

Eric startete den Motor. »Caroline, du kannst deine Leine in Lee, auf der windabgewandten Seite, schon losmachen, da ist ja kein Zug drauf. Tanja, du hältst uns, lässt aber langsam deine Leine lockerer, während ich aus der Box fahre. Das nennt man ›fieren‹. Caroline passt auf, dass wir dabei nicht gegen das Nachbarschiff gedrückt werden. Auf mein Kommando ›Leine los‹ ziehst du die Leine ins Boot, Tanja. Die Männer nehmen auf ihrer jeweiligen Seite die Leinen von den Pollern ab. Fragen?«

Niemand meldete sich.

»Dann geht auf eure Posten.« Er legte einen Gang ein. Das Manöver begann, sekundenlang passierte nichts, außer dass sich die Yacht wie in Zeitlupe vorwärts auf die Pfähle zubewegte. Caroline tauschte einen Blick mit Tanja, deren angespannter Gesichtsausdruck sich löste. Sie winkte Caroline mit der freien Hand zu.

»Tanja, Leine los!«, rief Eric gegen das Brummen des Motors an.

»Okay!«

Eine plötzliche Böe erfasste das Boot und drückte den Bug zur Seite, gegen das Nachbarschiff.

»Pass auf!«, rief Tanja in Carolines Richtung.

Caroline ging in die Hocke und hielt die *Querelle* von dem fremden Bug weg, so fest sie konnte. Sie spürte die Gegenkraft des Windes, doch es gelang ihr. Tanja zog ihre Festmacherleine ins Cockpit.

Eric gab Gas und fuhr in der Gasse zwischen den Booten aus dem Hafen.

»Gut gemacht alle!«, rief er. »Jetzt Leinen aufklaren und ab mit ihnen in die Backskiste.«

In den nächsten Minuten räumten sie das Deck auf und legten die Festmacherleinen in ordentliche Schlaufen zusammen. Eric hatte ihnen eingeschärft, wie wichtig es war, dass die Leinen jederzeit einsatzbereit waren. Sie waren schwer, aber Caroline machte die Arbeit Spaß. Sie hatte schon immer Freude daran gehabt, neue Dinge zu lernen.

Eric steuerte die *Querelle* durch die Hafenausfahrt und den Vorhafen, nah an der langgestreckten Mole entlang, die aus groben braunen Steinen bestand, und schließlich passierten sie den Leuchtturm. Gischt spritzte an seiner Ummauerung empor. Die Wellen wurden hier draußen höher. Doch die See schien nicht zu rau zum Segeln zu sein, vor und hinter ihnen waren weitere Boote unterwegs. Ein Schwarm Möwen flog auf. Caroline entdeckte Schwäne an einem Badestrand, das Wasser war dort so flach, dass man den sandigen Grund erkennen konnte, es schimmerte hell in Opalgrün. Sie hatte kaum Zeit, die Umgebung zu betrachten, denn Eric gab schon den nächsten Befehl aus. »Wir setzen das Großsegel. Daniel, übernimm das Steuer. Fahr genauso weiter, der Wind soll direkt von vorn kommen.«

Eric teilte Andreas ein, das Segel hochzuziehen, anschließend justierte er selbst mit Hilfe einer Kurbel die letzten Zentimeter nach. Das weiße Tuch knallte laut im Wind hin und her.

»Okay, fall ab!« Eric zeigte Daniel mit dem ausgestreckten Daumen die Richtung an, Daniel drehte das Steuerrad. Der Wind fuhr mit Macht in das riesige Tuch, straffte es, und das Schiff legte sich schräg auf die Seite. Caroline umklammerte instinktiv eine Relingstütze. Dicht neben ihnen fuhr eine Yacht. Der Abstand verringerte sich.

»Was soll ich jetzt ...?«, rief Daniel.

Andreas war mit zwei schnellen Schritten bei ihm, und Daniel überließ ihm das Steuerrad. Andreas hielt den Abstand, auf dem anderen Boot grüßte jemand freundlich zu ihnen herüber. Die flachen, gefährlichen Ufer waren schon weit weg. Caroline entspannte sich, alles lief gut.

Nachdem Eric mit Tanjas Hilfe auch das Vorsegel ausgerollt hatte, nahm das Fahrtempo noch einmal zu. Mit den riesigen weißen Segeln zogen sie majestätisch an den anderen Yachten vorbei. Caroline bemerkte die bewundernden Blicke, die die *Querelle* auf sich zog.

»Caroline, übernimm das Steuer«, ordnete Eric an. »Komm her auf die hohe Kante, Andreas, Gewicht machen.«

Andreas runzelte die Stirn, überließ Caroline aber den

Platz, sie stand nun am Steuerrad, überrascht, wie leicht es sich bewegen ließ und wie schnell das Schiff auf jede noch so kleine Bewegung mit einer Kursänderung reagierte. Eric stand dicht hinter ihr, sie meinte fast, seine Körperwärme spüren zu können, während der Fahrtwind sie kühl von vorne streifte.

»Achte auf den Kompass«, sagte Eric. »Halte ungefähr die siebzig Grad. Gut. Genau so.«

Er wandte sich von ihr ab, korrigierte den Stand des Vorsegels, setzte sich dann auf die Bank. »Andreas, Daniel, das ist ein elementarer Punkt, deshalb will ich es direkt ansprechen. Für die Sicherheit an Bord bin ich verantwortlich. Daniel war fürs Ruder eingeteilt, und es geht nicht, dass du, Andreas, eigenmächtig seine Position übernimmst.«

»Ich war in dem Moment etwas unsicher, was zu tun ist«, sagte Daniel. »Und Andreas hat ja schon Segelerfahrung von früheren Törns.«

Caroline beobachtete, wie Eric den Kopf schüttelte. »Die Situation war nicht bedrohlich. Sonst hätte ich selbst eingegriffen. Ihr könnt darauf vertrauen, dass ich Gefahren einschätzen kann. Ich gebe euch die Hilfe, die ihr braucht.«

»Verstanden«, sagte Andreas knapp.

Bestimmt war es ungewohnt für ihn, kritisiert zu werden. Und noch ungewohnter, dass Eigeninitiative hier an Bord nicht erwünscht war. Andreas als Befehlsempfänger. Ob er sich das vor der Reise bewusst gemacht hatte?

»Daniel, alles klar?«, fragte Eric.

Daniel nickte. Auch nicht leicht, nun gleichzeitig zwei Chefs zu haben. Caroline sah zu, wie Tanja sich neben ihn setzte, ihn mit einem tiefen, verliebten Blick ansah. Doch sie gewann seine Aufmerksamkeit nur für einen flüchtigen

Kuss, bevor Daniel sich erneut auf Eric und Andreas fokussierte.

Caroline konzentrierte sich wieder auf ihren Kurs. Der schlanke Rumpf des Schiffes durchschnitt das Wasser. Sie gewann ein Gefühl dafür, wie schnell und wie stark das Boot reagierte, wenn sie das Ruder bewegte. Sie kontrollierte immer wieder die digitalen Anzeigen im Cockpit. Sieben Knoten Fahrt. Das Echolot zeigte vierzehn Meter Wassertiefe. Der Wind kam konstant aus Nord, die Böen hatten aufgehört, und die Sonne wärmte Carolines Stirn.

Caroline nahm nichts anderes mehr wahr als das Rauschen der Wellen am Rumpf, die Farben des Wassers, fast türkis dicht vor ihnen, in der Ferne in dunklerem Grün, und den transparent erscheinenden Himmel. Sie beherrschte die Situation und war vollkommen frei.

Nach etwa acht Stunden konnte Caroline die felsige Küste von Bornholm am Horizont ausmachen. Sie waren reihum von Eric fürs Ruder eingeteilt gewesen, hatten die wichtigsten Manöver, das Wenden und Halsen, geübt. Niemand war an ihrem ersten Segeltag seekrank geworden.

Den Rest des Tages hatten sie Zeit, die Gegend zu erkunden. Keiner hatte das Bedürfnis, im Meer zu schwimmen. Die Luft war zwar angenehm warm, aber die Segelinstrumente hatten eine Wassertemperatur von nur achtzehn Grad angezeigt.

Stattdessen bummelten sie durch ein idyllisches Örtchen mit engen Gassen und blühenden Stockrosen vor den Hausmauern.

Andreas entdeckte einen Fischladen und kaufte frischen Dorsch. Kurzerhand warf er die Einteilung des Kochdienstes über den Haufen. »Diesen Fisch können wir uns nicht entgehen lassen. Heute übernehme ich!«

Im Hafen gab es einen eigenen Grillplatz für die Besatzungen der Schiffe. Laut Eric war das in Dänemark so üblich, deshalb hatte er immer einen Sack Holzkohle an Bord. Andreas pflückte Rosmarin von einem Busch und legte duftende Zweige mit dem Dorsch auf den Grill, dazu gab es Salat, Baguette und einen Grauburgunder. Der Fisch, mit Meersalz bestäubt und Zitrone beträufelt, zerfiel auf der Zunge. Caroline nahm einen Schluck von dem kühlen Wein und ließ den Blick über die Hafeneinfahrt schweifen. Immer noch kamen Boote vom Meer herein, fuhren an den Stegen auf und ab, doch es schien keine freien Plätze mehr zu geben. Wie gut sie selbst es getroffen hatten!

Um sie herum, an Holztischen mit Bänken, aßen Familien und Cliquen fröhlicher Dänen. Auch später, an Bord, waren sie vom Stimmengewirr aus den Nachbarschiffen umgeben. Caroline war erstaunt, was sie alles unfreiwillig mitbekam. Ein Paar stritt sich mit seinen pubertären Kindern. Die Crew einer Charteryacht, ausschließlich Männer um die fünfzig, diskutierten den anstehenden Törn. Dort schien es keinen Skipper zu geben, der bestimmte.

Am Abend schlief der Wind ein, sie saßen in T-Shirts und kurzen Hosen im Cockpit. Nur Eric fehlte, er war unter Deck, wollte die aktuellen Meldungen vom Seewetterdienst abrufen und den Kurs für den nächsten Tag abstecken.

Von ihrem Platz hatten sie freie Sicht aufs Meer. Caroline konnte den Blick kaum von dem glühenden Abendhimmel abwenden, der sich minütlich verwandelte, ein Kaleidoskop aus Lila, Orange und Karmesin.

»Wenn bei Capri die rote Sonne im Meer versinkt.« Andreas lachte. »Das ist fast ein bisschen zu kitschig, oder?«

Für eine Weile betrachteten alle stumm das Spektakel des Sonnenuntergangs. Andreas rutschte nach vorn auf die Kante der Sitzbank. Er konnte feierliche Momente nicht gut aushalten.

»Tanja, was ist los?«, durchbrach er prompt die Stille, »du sagst kaum etwas.«

»Es ist unvergleichlich hier.« Ihr wohliges Seufzen gelang ein wenig zu theatralisch.

»Das war der Plan.«

»Wohin fahren wir eigentlich morgen?«, fragte Daniel.

»Das wird uns der Boss sicher gleich erzählen.« Andreas schenkte allen Wein nach. »Ach, ich habe noch was vergessen.« Er verschwand unter Deck und brachte kurz darauf Schalen mit Kräckern und Chips mit.

Caroline winkte ab. »Ich kann heute gar nichts mehr essen, vielen Dank.«

»Ich auch nicht, wirklich, das Abendessen war ein Traum«, meinte Tanja.

Andreas schob die Schalen in Daniels Nähe. »Dann scheint das wohl Männeraufgabe zu sein.«

»Danke.« Daniel nahm eine Handvoll Chips.

Caroline war schon jetzt gespannt, ob er es schaffen würde, sich den gesamten Urlaub Andreas' Wünschen unterzuordnen. Ihm beizupflichten, ihn zu bewundern. Ob Daniel wohl wusste, wie launisch Andreas sein konnte? Wie schnell ihn Menschen langweilten?

Eric kam mit einer Seekarte nach oben, legte sie auf den Tisch. »So wie die Vorhersage ist, möchte ich zügig so weit wie möglich in den Norden kommen. Diesen schönen neuen Westwind haben wir nämlich nur zwei Tage lang. Den nutzen wir aus. Wir fahren morgen hier hoch bis nach Sandhamn.« Er zeigte es auf der Karte. Er hatte schöne Hände, sonnengebräunte Handrücken, kräftige Finger.

»Das sind wie viele Seemeilen?«, fragte Andreas.

»Etwas über siebzig. Ist natürlich weit, aber wir haben optimale Bedingungen. Das wird ein wundervoller Schlag. Und übermorgen könnt ihr die ersten Schären sehen.« Er tippte auf ein Gebiet in der Karte, in dem sich unzählige gelbe Flecken tummelten. Kleine felsige Inseln. »Wenn bis dahin alles klappt, dann ankern wir die folgende Nacht in einer geschützten Bucht. Von da aus können wir dann in Ruhe entscheiden, wann wir den Schlag nach Gotland in Angriff nehmen.«

Caroline sah auf. »Gotland?«

»Wir haben genug Zeit«, sagte Andreas. »Und wenn ich schon mal hier bin ... Es ist immer mein Traum gewesen, mal nach Gotland zu segeln. In den Fußstapfen der alten Wikinger.«

Caroline blickte in die Runde. Daniel und Tanja schienen ebenso überrascht zu sein, sie beugten sich über die Karte.

»Nun schau nicht so streng«, sagte Andreas. »Das sind nur zwei Tage, wir steuern direkt danach die Stockholmer Schären an. Du bekommst deine Schärengärten, versprochen.«

»Wenn man das auf der Karte sieht, macht es auch Sinn«, meinte Daniel, zu Caroline gewandt. »Gotland liegt ja quasi fast auf dem Weg weiter in den Norden.«

Quasi fast. Natürlich musste er Andreas verteidigen.

Andreas schenkte ihr Wein nach. »Das wird klasse. Wir

haben dann noch ein paar ruhige Tage in den Schären und fliegen von Stockholm zurück, wie geplant.«

»Ich habe ja gar nichts dagegen«, sagte Caroline. »Ich war nur überrascht.«

»Ich hätte es dir früher erzählen sollen.« Andreas nahm ihre Hand, zog sie an seinen Mund und drückte einen Kuss darauf.

Eric wandte sich an Daniel. »Wir sollten gleich noch das Vorsegel wechseln. Die Genua ist für den Wind morgen zu groß, wir nehmen die Fock.«

»Na, dann hole ich uns noch eine Flasche Wein zur Stärkung.« Andreas ging in den Salon. »Eric, hast du schon ein Glas?«, rief er von unten.

Caroline sah, wie Eric die Stirn runzelte. »Danke, für mich nichts«, antwortete er.

»Du willst uns doch nicht die Stimmung verderben?« Andreas kam zurück, nahm die leere Weinflasche aus dem Kühler und stellte die neue hinein.

Eric antwortete nicht.

Caroline legte ihre Hand auf Andreas' Schulter, massierte ganz leicht seine Nackenmuskeln. Sie spürte seine Unruhe. Er schaffte es kaum, ein paar Minuten ruhig zu sitzen. Und er trank zu viel.

»Erzählt mal, was macht ihr sonst für Urlaube?«, wandte er sich an Tanja und Daniel.

»So lange kennen wir uns ja noch gar nicht«, sagte Tanja. »Letztes Jahr waren wir in Südfrankreich, in der Camargue. Daniel wollte mir Flamingos zeigen.«

»Bestimmt habt ihr die Festungsstadt Aigues-Mortes gesehen? Diese pinkfarbenen Salinen? Überhaupt, diese Farbenpracht«, schwärmte Andreas. »Die weiten Strände am Mittelmeer ... Da kann die Ostsee einfach nicht mithalten.«

»Das ist natürlich schwer zu vergleichen.« Daniel sah zu Eric hinüber.

Auch Caroline wandte sich Eric zu, der ein wenig abseits auf dem Platz hinter dem Steuerrad saß. »Du kommst aus Frankreich, oder?«

»Ja, aus der Bretagne.«

»Von wo denn genau?«

»Aus einem Kaff in der Nähe von Brest, Conquet-sur-Mer, mein Vater stammt von dort, aber meine Mutter ist Deutsche. Wir haben in Frankreich gelebt, bis ich siebzehn war.«

»Warum zieht man denn nach Deutschland, wenn man in der Bretagne sein kann?«, fragte Andreas.

Eric wich seinem Blick aus. »Mein Vater ist gestorben. Und meine Mutter dachte, dass sie in ihrer Heimat leichter allein zurechtkommt.«

»Und Sylvie?«, fragte Caroline. »Klingt auch französisch.«

»Ja, das ist wahr.«

Caroline wartete, ob er noch mehr sagen würde, aber er schwieg.

Wo traf man jemanden wie Eric Fauré? Bestimmt nicht auf einer Grillparty in irgendeinem Reihenhausgärtchen. Vielleicht war Sylvie mal Chartergast auf der *Querelle* gewesen.

Caroline hatte Eric trotz seiner Freundin von Anfang an für einen Einzelgänger gehalten. Aber vielleicht täuschte sie sich auch, und er lebte im Winterhalbjahr ein geselliges Leben, mit Sylvie und einem großen Familien- und Freundeskreis.

Bevor sie weiterfragen konnte, hatte er sich entschuldigt, ihnen den Rücken zugewandt und das Handy an sein Ohr gehoben.

»Du bist schon oft gesegelt, oder?«, fragte Daniel Andreas.

»Ein paar Mal, aber das Allerbeste, was ich je erlebt habe, war auf einem Katamaran in der Südsee, damals war ich sogar selbst als Skipper dabei …«

Caroline hatte die Geschichte mehrfach gehört, sie betrachtete Andreas, ohne auf seine Worte zu achten. Er hatte sich ein wenig entspannt und genoss es, im Mittelpunkt zu stehen. Es war schön, ihn so zu sehen, voller Lebensfreude, er wirkte jünger als sonst. Daniel und Tanja hingegen sahen angestrengt aus. Im gleichen Maße, wie Daniel mit Hingabe an den Lippen seines Chefs hing, klebte Tanja mit ganzer Aufmerksamkeit an ihrem Partner.

Caroline hatte ihr Urteil über diesen Urlaub gefällt: Zwei Paare, die nicht zueinanderpassten, verbrachten nun zehn kräftezehrende Tage miteinander, begleitet von einem eigenbrötlerischen Skipper. Auf dem nächsten Sommerfest der Kanzlei würde sie mit Daniel und Tanja ein paar höfliche Worte wechseln – *wisst ihr noch, dieser kleine Hafen da und dort, und der köstliche gegrillte Fisch* – und dann in eine andere Ecke des Raumes ausweichen. Aber trotzdem, oder vielleicht vor allem deshalb hatten sie und Andreas eine Chance, sich wieder näherzukommen. Wenn sie Daniel und Tanja gegenübersaßen, wurde deutlich, dass sie und Andreas aus einer anderen, gemeinsamen Welt stammten. Sie waren Verbündete, das wieder zu spüren, freute sie. Sie dachte an die enge Kajüte, an den Sex, den sie haben wollte, egal, wer an Bord ihre lustvollen Laute hören konnte. Sie würde diesen Urlaub genießen, und da gab es einiges, das ihr Hoffnung machte. Sie hatte heute das Segeln für sich entdeckt, und dadurch taten sich unerwartete Chancen auf, aus dieser Zeit an Bord etwas zu machen. Sie wollte so viel wie möglich über Boote lernen, wollte ans Steuer, spüren, wie sie mit kleinen Bewegungen des Ruders dieses tonnenschwere Schiff kontrollierte. Und sie würde dafür sorgen, dass Eric ihr das ermöglichte.

Er war der einzige Mensch an Bord, der für sie nicht durchschaubar war, ein wandelndes, männliches Geheimnis, und bei so etwas hatte sie nie Ruhe geben können.

Gerade kam er zurück ins Cockpit, sie roch, dass er geraucht hatte. Er setzte sich und goss sich ein Glas Wasser ein.

Warum trank er keinen Wein? Gab es da ein Problem? Oder wahrte er so Distanz zu seinen Crews? Er hielt sich im Hintergrund, nippte an seinem Wasser. Aber er schien dem Gespräch aufmerksam zu folgen. Er schwieg, er beobachtete, seine Blicke machten sie nervös. Wenn Caroline ihn jedoch ansah, wich er ihr aus.

Andreas hatte seinen Karibiktörn fertig ausgeschmückt und erzählte nun vom Wildwasser-Kajaken. »So was nenne ich Abenteuerurlaub. Drei Männer, die Wildnis, sonst nichts. Ein reißender Fluss mit Felsen, Stufen, Wasserfällen …«

»Was habt ihr benutzt, klassische Kajaks?«, fragte Daniel.

»Wildwasserrennboote aus Carbon.«

Daniel nickte wissend. »Südfrankreich?«

»Korsika.« Andreas verdrehte in gespieltem Entzücken die Augen. »Konzentration, Spannung, Adrenalin pur. Dagegen ist Segeln auf so einem Dampfer ein Altherrensport.«

Daniel lachte auf. Eric lächelte höflich. Es war seine erste sichtbare Reaktion auf das Gespräch.

»Wir sollten das mal zusammen machen«, sagte Andreas zu Daniel.

»Das wäre fantastisch«, gab Daniel zurück.

»Das Flussbett ist eng und reißend. Je tiefer man ins Tal vordringt, desto breiter wird es, trotzdem nicht weniger gefährlich. Die Felsen lauern versteckt unter der Wasseroberfläche.« Andreas verstummte, blickte auf seine Schuhe, dann über die Reling in die Bucht. »Am Abend waren wir sehr erschöpft«, fuhr er fort, seine Stimme klang urplötzlich müde. Sein Gesicht verschloss sich, und sofort veränderte sich die Atmosphäre im Cockpit. »Für die Nacht hatten wir Zelte dabei, es fing an zu regnen, und wir suchten Schutz unter Bäumen, die Hunderte von Jahren alt sein mussten. Es gab kein Licht, keinen Strom oder Handyempfang. Meine Mutter hat in diesen Stunden versucht, mich zu erreichen, weil mein Vater im Sterben lag. Ich habe es erst Tage später erfahren, da war er bereits tot.«

Caroline kannte solche Stimmungswechsel bei Andreas. Allerdings wusste sie nicht, ob sie ihn wirklich wie aus dem Nichts überfielen, oder ob er sie bewusst einsetzte und so seine Umgebung manipulierte, um seine Macht zu testen. Die Wirkung war jedenfalls groß: Daniel und Tanja schwiegen betroffen, schließlich murmelte Daniel etwas, es klang wie: »Das tut mir echt leid.«

Andreas wandte sich zu ihm um. »Wir hatten ein schwieriges Verhältnis zueinander, kaum Kontakt. Nach seiner Pensionierung hat er Musik gehört. Aber nicht so, wie normale Menschen das tun, zur Freude und Entspannung. Er war besessen davon. Er hatte einen Raum extra dafür ausgestattet, den perfekten Klang zu erzeugen, mit gedämmten Wänden, einer High-End-Musikanlage, mit speziellen Lautsprecherkabeln und neuartigen Aktivatoren, irgendwelchen Glasquadern, die Störquellen wie Elektrosmog beseitigen sollten. Er hat Unmengen an Geld für all das Zeug ausgegeben. Eines Tages hat er mich angerufen. Es wäre ihm jetzt gelungen: Er könne den vollkommenen Klang erzeugen und ich *müsse* mir das anhören. Aber ich bin nicht zu ihm gefahren. Sondern nach Korsika zum Wildwasser-Kajaken.« Er schenkte sich Wein ein, trank, den Blick wieder in die Ferne gerichtet.

Caroline war dieser direkte zeitliche Zusammenhang zwischen der Kajakreise und dem Tod von Andreas' Vater gar nicht bewusst gewesen, und Andreas hatte vor ihr nie in dieser Weise darüber gesprochen. Sie war immer noch nicht sicher, ob er die emotionalen Momente, von denen er gerade erzählte, wirklich durchlebt hatte.

Daniel und Tanja schwiegen, betroffen oder verlegen, das war schwer zu sagen. Eric beobachtete Andreas aufmerksam.

Genauso plötzlich, wie Andreas in die Erinnerung versunken war, kehrte er in die Gegenwart auf dem Boot zurück. Er lachte auf, nahm sich eine Handvoll Chips, kaute krachend. »Nichtsdestotrotz habe ich nie einen besseren Urlaub erlebt als diesen damals. Also Deal«, er nahm Daniel in den Blick, »wir machen das mal zusammen.«

»Großartig.« In Daniels Stimme lag nicht ganz so viel Euphorie wie zuvor.

Tanja nickte stumm.

»Schön. Aber plant bitte ohne mich«, sagte Caroline freundlich. »Ich schlafe nicht gern in Zelten.«

Sie wollte ihren Mann nicht bloßstellen. Er würde nie wieder Wildwasser-Kajaken, und das wusste er genau. Altherrenurlaube waren seine Zukunft. Doch über die Gründe dafür würde er nicht sprechen, und Caroline konnte es nachvollziehen. Sollte er den Sporthelden spielen, wenn es ihm guttat.

»Dieser Rest hier soll doch nicht übrig bleiben?« Andreas zog die Flasche aus dem Kühler, verteilte den Wein auf alle Gläser. »Eric, wirklich nichts?«

»Danke, ich geh ins Bett. Wie gesagt, morgen steht ein langer Törn an. Gute Nacht euch.«

Caroline sah ihm nach, wie er mit seinem Handy in der Hand Richtung Vorderkoje verschwand und die Tür hinter sich schloss.

Bald darauf verabschiedeten sich auch Daniel und Tanja. Sie nahmen ihre Gläser mit unter Deck. Caroline hörte das Wasser aus dem Hahn rauschen, Tanja spülte sie ab.

Dann ging das Licht in ihrer Kajüte an, das Fenster war offen, Caroline konnte durch den kleinen Ausschnitt sehen, wie Tanja ins Bett kroch. Als die Lampe ausgeschaltet wurde, nahm die Dunkelheit Caroline die Sicht.

Andreas setzte sich zu ihr, legte den Arm um ihre Schulter. »Ist dir kalt?«

»Ein bisschen.«

Aus der Kajüte zu ihren Füßen drangen leise Geräusche, Flüstern und Murmeln.

Caroline berührte mit den Lippen Andreas' Ohr. »Anfängerfehler, Fenster offen«, hauchte sie.

Er grinste.

Die Nachtschwärze hatte das Farbenspiel am Himmel ausgelöscht. Caroline entdeckte den Mond, seine schmale und doch gleißende Sichel. Auf vielen Schiffen um sie herum brannten kleine Lampen oder Kerzen, Menschen unterhielten sich mit gedämpften Stimmen. Irgendwo an Deck erklang eine Gitarre, jemand sang leise dazu.

Caroline lehnte den Kopf an Andreas' Schulter und blickte in den Himmel. Je dichter das Schwarz wurde, desto mehr Sterne blinkten auf. Es waren dieselben wie zu Hause, doch auf dieser Insel strahlten sie heller.

TANJA

Die Luft in der Kajüte roch abgestanden, dabei hatte sie gelüftet, seit sie im Hafen eingetroffen waren. Tanja holte ein Lavendelsäckchen unter dem Kopfkissen hervor und rieb daran.

»Kommst du?« Daniel lag schon im Bett.

»Sofort.« Sie kroch neben ihn auf die Matratze und löschte das Licht.

Aus dem Cockpit hörte sie Geräusche. Andreas' Stimme. »Ist dir kalt?« Carolines Antwort war ebenso deutlich zu verstehen.

»Das Fenster«, flüsterte Tanja.

»Was?«

Sie sah ihn beschwörend an.

»Soll ich es zumachen?«, fragte er kaum hörbar.

»Nein. Das wirkt sonst ...« Sie brach ab. Es konnte den Eindruck hervorrufen, dass sie etwas besprachen, das draußen nicht mitgehört werden sollte. Gleichzeitig war es ihr unangenehm, Andreas und Caroline zu belauschen, ohne dass den beiden bewusst war, Zuhörer zu haben. Daniel würde wissen, was sie meinte.

Doch oben im Cockpit blieb es still. Tanja konnte Andreas' Unterschenkel und einen Fuß von Caroline sehen. Sie saßen reglos an Deck.

Tanja fühlte sich eingesperrt. Sie hätte gern mit Daniel über den Abend gesprochen, der romantisch begonnen und sich so merkwürdig entwickelt hatte. Sie hatte vorhin einen neuen, fremden Andreas gesehen. Ob Daniel ebenso empfunden hatte?

Sie hörte seine gleichmäßigen Atemzüge. Schlief er? Sie berührte seinen Rücken.

»Daniel?«, flüsterte sie.

Er reagierte nicht.

Ab sofort würde sie das Fenster schon vor dem Zubettgehen schließen.

ANDREAS

Das Ablegemanöver klappte reibungslos, sie alle kannten die Handgriffe nun schon. Daniel klarte die Festmacherleinen auf, als hätte er in seinem Leben nie etwas anderes getan, und verstaute sie in der Backskiste. Er war wendig. Er lernte schnell. Wenn er eine Aufgabe übernahm, konnte man sicher sein, dass er sie verantwortungsvoll zu Ende brachte. Eigenschaften, die Andreas an ihm schätzte. Eric ging es offenbar genauso. Es war von Anfang an so gewesen: Wenn Eric Hilfe an Deck brauchte, rief er nach Daniel, nicht nach ihm.

Sie setzten die Segel. Schnell ließen sie die anderen Boote, die mit ihnen aus dem Hafen fuhren, hinter sich. Über Nacht waren Wolken aufgezogen, das Meer wirkte grau, nur auf den Wellenkämmen bildeten sich weiße Schaumkronen. Der Wind hatte auf Nordwest gedreht, kam mehr von vorn. ›Hart am Wind‹ hieß heute der Kurs.

»Hol die Fock so dicht es geht!«, kam der Befehl des Skippers. Daniel sprang zur Winschkurbel, drehte mit aller Kraft, bis die Leine ächzte. Der Wind griff in das straff gespannte Segel, die Yacht legte sich auf die Seite. So rauschten sie aus der Bucht, die Wellen wurden höher, und der untere Teil des Decks wurde fast vom Wasser überspült.

»Wir sollten reffen!«, rief Andreas in Erics Richtung.

»Lohnt sich nicht.« Eric inspizierte die Instrumente, warf einen Blick hoch zum Windanzeiger im Mast.

»Was bedeutet ›reffen‹?«, fragte Daniel.

Bevor Eric antworten konnte, erklärte Andreas es ihm: Auf diese Weise könne die Fläche des Großsegels verkleinert werden, um den Druck auf dem Tuch zu verringern. Das Boot würde nicht mehr so schräg im Wasser liegen. »Oft wartet man zu lange damit und bringt sich unnötig in brenzlige Situationen.«

»Vielleicht keine schlechte Idee?« Daniel wandte sich zu Eric um.

Der fixierte Andreas mit einem undurchdringlichen Blick, Andreas hielt ihm stand.

Eine besonders hohe Welle klatschte seitlich gegen den Bug und spritzte bis ins Cockpit. Tanja bekam einen Schwall kaltes Wasser ab und kreischte erschrocken auf. Sie wischte sich mit dem Ärmel ihrer Jacke übers Gesicht.

»Der Wind nimmt gleich wieder ab«, sagte Eric. »Aber von mir aus. Üben wir mal das Manöver.«

Wie arrogant Eric war. Er konnte nicht zugeben, dass Andreas die richtige Idee gehabt hatte, und verordnete ihnen das Reffen nun als Übung.

Eric teilte jedem eine Aufgabe zu. Er selbst würde vorn am Mast sein, Daniel sollte das Großfall langsam herunterlassen, Andreas das Segel am Ende dichtholen. Wie großzügig, dass er auch mal helfen durfte. Caroline stand am Ruder. Nur Tanja hatte bei dem Manöver nichts zu tun. Sie sah noch immer aus wie eine nasse Katze, Wasser tropfte aus ihrem Haar.

Eric stieg aufs Deck, das sich in den Wellen hob und senkte, breitbeinig hielt er die Balance.

»Geh in den Wind«, rief er Caroline zu, dann, als sie nicht gleich reagierte: »Fahr frontal gegen den Wind an!

Jetzt fieren, also aufmachen!« Das galt Andreas, der sich bemühte, Erics Anweisungen perfekt umzusetzen.

Nach dem geglückten Reffmanöver kehrte Eric zurück ins Cockpit. »Gut gemacht«, rief er allen zu.

»Tolle Sache«, sagte Daniel. »Wir fahren ruhiger und sogar schneller jetzt.« Offenbar sollten sich sowohl Eric als auch er von Daniels Lob angesprochen fühlen.

»Ich weiß, was ›fieren‹ bedeutet«, sagte Andreas zu Eric, er wollte neutral klingen, doch er hörte selbst die Schärfe in seiner Stimme.

»Entschuldige, liegt an mir«, gab Eric zurück. »Ich vergesse immer, wie erfahren du schon bist.«

Das klang freundlich. Dennoch fühlte Andreas sich erneut gereizt.

Er betrachtete die Türme aus schweren bleigrauen Wolken, die sich trotz des lebhaften Windes kaum bewegten.

Die Erkenntnis war schlicht: Er musste nur seine innere Einstellung ändern. In der Kanzlei fiel es ihm leicht, flexibel zu sein, sich auf neue Situationen einzulassen. Dort war er souverän, warum nicht hier auf dem Schiff? Dass er sich provoziert fühlte, war ein Zeichen von Schwäche. Das Kommando an Bord konnte nur einer haben, und das war logischerweise Eric, der Skipper. Der Profi. Andreas sollte froh sein, im Urlaub mal nicht der Chef sein zu müssen. Wollte er die Verantwortung für das Boot, für die Crew übernehmen? Nein, wollte er nicht. Er war nicht dafür ausgebildet, er hatte nicht die nötige Erfahrung. Sein Verstand wusste das.

Andreas las die Zahlen auf dem GPS-Plotter. Die Ankunftszeit im Zielhafen wurde angezeigt, in etwa sieben Stunden sollten sie eintreffen. Der Kurs lag an, die Segel waren eingestellt. Sie liefen solide achteinhalb Knoten, es gab nichts zu tun, als auf den Horizont zu starren.

Warum ging dieser diffuse Ärger nicht weg? Er war doch der Beste darin, sich selbst zu analysieren und anschließend zu optimieren. Nicht umsonst hielt er seit Jahren die Position als einer der renommiertesten Wirtschaftsstrafverteidiger Deutschlands. Warum konnte er sich Eric nicht unterordnen? Wieso empfand er ihn nicht einfach als Dienstleister, der beauftragt war, eine Segelyacht sicher zu steuern? Nichts weiter als das war Eric: eine von Andreas bezahlte Servicekraft.

»Bin mal kurz im Bad.« Daniel stand auf und verschwand unter Deck.

Andreas nahm an, dass er in seiner Kajüte aktuelle Mails und Zeitungsmeldungen auf dem Handy checkte. Andreas hatte sich Gespräche über die Arbeit verbeten, ›Urlaub ist Urlaub, du kannst dich entspannen, Daniel!‹, aber gleichzeitig war beiden bewusst, dass einer von ihnen den Lehnberg-Fall im Auge behalten musste. Daniel machte da unten seinen Job, Andreas verließ sich auf ihn. Es war deshalb seine verdammte Pflicht, das Nichtstun zu genießen. Sein Körper, sein Geist brauchten diese Auszeit. Einen Warnschuss hatte er vor zwei Jahren ja bekommen.

Acht Knoten Fahrt. Siebeneinhalb. Sie wurden langsamer. Eric hatte recht gehabt, der Wind ließ nach. Immer noch knapp sieben Stunden bis zum Zielhafen. Ohne das Reff im Segel wären sie nun schneller.

Andreas ärgerte sich, dass Eric recht behalten hatte, obwohl niemand das Thema noch mal ansprach. Gleichzeitig kam er sich vor wie ein übellauniges, verzogenes Kind, auf das die Erwachsenen Rücksicht nahmen.

Er hätte gern das Steuerrad übernommen, doch Caroline sah nicht so aus, als wolle sie ihre Position freiwillig räumen.

Eric hatte sich schräg hinter sie gesetzt, vermutlich, um den Kurs unter Kontrolle zu haben und notfalls eingreifen zu können. Aber auch für ihn gab es nichts zu tun. Caroline machte das gut. Jetzt drehte sie sich zu Eric um. Ihr Haar war offen, und Strähnen wehten in ihre Augen. Er nickte ihr zu. Sie blickte wieder nach vorn.

Tanja blätterte in einer Zeitschrift. Andreas fragte sich, wie sie bei der Welle und den Schiffsbewegungen lesen konnte, ohne dass ihr schlecht wurde. Aber vielleicht betrachtete sie nur die Bilder.

Er fand Tanja wunderbar unkompliziert. Sie gliederte sich harmonisch in die ungewohnte Welt an Bord ein, und Andreas glaubte zu wissen, woran das lag: Sie hatte einen klaren inneren Kompass. Mit jeder Faser ihres Wesens wollte sie, dass es Daniel gut ging. Sie war nur wegen Daniel auf dieser Yacht. Und Daniel hatte ein ebenso klares Ziel: Andreas von sich zu begeistern. Doch er musste dabei abwägen, er war jetzt Diener zweier Herren: Andreas war der Chef, Eric der Kapitän. Bestimmt spürte Daniel die Spannungen zwischen ihnen, aber er war schlau genug, nicht Partei zu ergreifen. Er begegnete beiden mit Respekt, fast mit Ehrerbietung. Er lernte, er saugte alles auf. Plötzlich fühlte Andreas sich alt. Daniel gehörte die Zukunft, Daniel *war* die Zukunft. Er würde Männer wie ihn und Eric bald abhängen.

Vielleicht stimmte Andreas' Eindruck gar nicht, dass Eric den Jüngeren bevorzugt für die Manöver einsetzte. Daniel war einfach jedes Mal zur richtigen Zeit am richtigen

Ort. Als ahnte er im Voraus, was Eric als Nächstes wollte und brauchte.

Das war immer Andreas' große Qualität gewesen. Dieses Einfühlen in die Situation, in das Gegenüber. Die Vorausschau. Deswegen kamen die Mandanten zu ihm. Wirtschaftsbosse, Politiker, Vorstände von Dax-Unternehmen, mächtige Männer, die das Land steuerten. Er war mit ihnen auf Augenhöhe. Sie brauchten seine Expertise. Aber vor allem dieses Fingerspitzengefühl. War er dabei, es zu verlieren?

Sechs Stunden, dreiundvierzig Minuten bis zum Zielhafen.

Andreas betrachtete Carolines konzentriertes Gesicht, ihr Blick wanderte vom Plotter zum Kompass, aufs Meer hinaus und wieder zurück zu den Instrumenten im Cockpit. Sie stand breitbeinig und mit geradem Rücken da, hielt das Steuerrad ruhig in den Händen. Er suchte die Verbundenheit zu ihr, das alte Gefühl, dass sie zusammengehörten. Aber für den Moment hatte sie vergessen, dass er da war. Sie brauchte ihn nicht.

Zu Hause, wo sie beide bis in den Abend arbeiteten, sich kaum sahen und nebeneinanderher lebten, fiel das nicht so auf wie hier. Wie konnte er vierundzwanzig Jahre mit jemandem zusammen sein und auf einmal nicht mehr wissen, was im Kopf dieses Menschen vor sich ging? Solange Isabelle noch bei ihnen gewesen war, hatte er nie eine Unsicherheit gespürt. Schon damals hatte der turbulente Alltag zweier berufstätiger Eltern die Probleme zugedeckt. Aber seit zwei Jahren lebten sie allein im Haus. Frei. Ihre besten Jahre hatten begonnen. Oder waren sie schon vorbei?

Caroline wandte sich wieder zu Eric um. Sie sah glücklich aus.

Fünfzig Seemeilen lagen vor ihnen, das Schiff wurde langsamer, schaukelte stärker in den Wellen. Andreas mied den Blick auf die angezeigte Ankunftszeit, schloss die Augen. Sofort spürte er die Bewegungen des Schiffes im Körper. Sein Magen hob und senkte sich mit der Dünung, produzierte eigene Wogen der Übelkeit. Er starrte wieder auf den Horizont, auf die Linie, die das Platingrau des Meeres vom Zementgrau des Himmels trennte.

Als Daniel zurück an Deck kam, hektisch und mit rötlichen Flecken im Gesicht und am Hals, wusste Andreas, dass es ein Problem gab.

Daniel hielt sein Smartphone in der Hand, streckte es ihm entgegen. »Hausdurchsuchung bei Aufsichtsrat der Global Offshore Invest. *Süddeutsche*, *FAZ*, *Spiegel.de*, es steht überall. Die Staatsanwaltschaft hat uns versichert, dass sie die nächsten Wochen nichts unternehmen, und jetzt eine Razzia im Morgengrauen!« Daniel, der sich nicht festhielt, wurde von einer Welle überrascht, fiel nach hinten und landete auf der Sitzbank.

»Hat Lehnberg schon angerufen?«

»Bei mir nicht. Soll ich Ihr Handy holen?«

Andreas schüttelte den Kopf. »Keine Panik. Außerdem duzen wir uns hier, schon vergessen, Daniel?« Er nahm seinem Mitarbeiter das Smartphone aus der Hand und scrollte durch die Schlagzeilen. ›Brisante Entwicklung bei Global Offshore Invest. Staatsanwaltschaft lässt Bürogebäude und Villa von Aufsichtsratschef Dr. Günter Lehnberg durchsuchen. Verdacht auf Insidertipps im Aktienhandel. Zweifel an Afrika-Investitionen. Hat Vorstand Friedrichsen die

BaFin getäuscht?‹ Er musste nicht weiterlesen. Nur wilde Spekulationen.

»Ich versteh das nicht, wir hatten eine Abmachung«, kam es fast tonlos von Daniel. »Die Staatsanwältin hat doch gesagt, sie werten erst die Unterlagen zu den Afrika-Geschäften der Global Invest aus. Und dass das LKA damit ein paar Wochen zu tun hätte.«

Andreas lächelte aufmunternd. »Da hat das LKA sich eben beeilt. Wir sollten fair bleiben. Die Jungs brauchen auch mal ein paar gute Schlagzeilen.«

Er gab Daniel das Handy zurück und fokussierte sich auf die vertraute Linie am Horizont. Aus seiner Koje hörte er sein eigenes Smartphone rumoren.

Sechs Stunden und vierunddreißig Minuten bis zum Zielhafen. Er atmete tief ein und aus. »Merkst du, wie gut die Luft hier auf See ist? Wie Champagner.«

Daniel sah ihn fassungslos an. Aber auch voller Bewunderung.

Das Manöver der Staatsanwältin war durchschaubar. Erst mal hohe Wellen schlagen, Aktionismus zeigen, die Gegenseite einschüchtern. Andreas liebte diesen Moment vor dem Gegenschlag. Noch wusste er nicht, was zu tun war, aber sein Gehirn lief bereits auf Hochtouren, kurz davor, einen genialen Schachzug auszuspucken.

Sie würden in Lehnbergs Büros nichts Kompromittierendes finden. Genauso wenig in der Villa.

Nur leicht spürte Andreas den Druck auf seinem Magen wachsen. Es sei denn …

Es sei denn, Lehnberg hatte ihm etwas verschwiegen.

CAROLINE

Wolkenberge schoben sich nach Südosten, das Meer war rau, unaufhörlich rollten die Wellen mit weißen Schaumkronen gegen den Bug. Die Kompassanzeige zitterte hin und her. Caroline hielt das Steuerrad mit beiden Händen, hatte die Füße hüftbreit aufgestellt, spürte den Kontakt zum Schiff. Ihr Körper glich die Bewegungen des Rumpfes geschmeidig aus. Himmel und Meer wogten, schwankten, lebten, während es sich in ihrem Inneren still anfühlte. Wie im Auge eines Sturms. Den Kurs zu halten, erforderte ihre gesamte Konzentration, es gab keinen Raum für Gedanken.

Die anderen an Deck nahm sie kaum wahr, nur, wenn sie sich bewegten. Tanja hatte sich vorhin eine Zeitschrift geholt, Daniel war seit längerem im Salon verschwunden. Nur Eric war präsent. Er saß schräg hinter ihr auf der Kante des Hecks. Sie drehte sich um, es war nicht einmal ein halber Meter zwischen ihnen, er könnte sie berühren, wenn er den Arm ausstreckte. Er nickte ihr zu. Sie strich sich das Haar aus dem Gesicht, sah wieder nach vorn, dem Wind entgegen.

Daniel kam die Treppe herauf, sagte etwas zu Andreas, seine Stimme klang hektisch. Der Name Lehnberg fiel. Caroline hörte nicht zu, aber sie ärgerte sich. Konnte Daniel Andreas nicht in Ruhe lassen mit der Kanzlei?

Sie zuckte zusammen, denn Eric stand auf einmal direkt

hinter ihr. »Pass auf, dass du nicht zu weit abfällst, Caroline«, sagte er, den Mund nah an ihrem Ohr. »Halt etwa die dreißig Grad oder orientiere dich an der Kurslinie auf dem Plotter.«

»Okay.« Sie war abgelenkt gewesen, heftete den Blick wieder fest auf den Kompass. Doch der Wind wehte weitere Satzfetzen an ihr Ohr. Razzia ... Staatsanwaltschaft ... LKA ... Andreas' Antworten klangen entspannt. Sie sah ihn an. Er lehnte sich zurück.

Es war diese Souveränität, in die sich Caroline damals verliebt hatte. Seine Ausstrahlung, das Leben im Griff zu haben. Ihre erste Begegnung hatte einen dramatischen Verlauf genommen. Eine Studentenparty bei ihrem Bruder, der in einer Wohngemeinschaft in Münster wohnte, allesamt Jurastudenten, dazu Kommilitoninnen und Freunde. Caroline war sich exotisch vorgekommen mit ihrem Literaturstudium, außerdem war sie die Jüngste, sie hatte viel zu schnell getrunken, um lockerer zu werden. Ein attraktiver Typ im Anzug tauchte auf, ernster und erwachsener als die anderen, augenscheinlich nüchtern. Er hatte ihr gefallen, der Alkohol senkte ihre Hemmschwelle, und sie sprach ihn an, obwohl sie ahnte, dass sie zu betrunken war. Dann wurde ihr Smalltalk jäh unterbrochen. Rufe, Schreie. Einige der Frauen hatten die Hände vors Gesicht geschlagen. Alle sahen nach draußen, wo einer auf der Balkonbrüstung stand. ›Er springt‹, schrie jemand.

Der Anzugtyp ging zur Balkontür, stoppte Caroline, die ihm folgen wollte. Er schickte auch alle anderen weg, trat hinaus und schloss die Tür hinter sich. Es vergingen einige Minuten, in denen sie durch die Glasscheibe starrten und warteten, was passieren würde. Irgendwann streckte Andreas die Hand aus, der andere ergriff sie und ließ sich von der Brüstung ziehen. Andreas hatte Caroline nie erzählt, was er zu dem jungen Mann gesagt hatte.

Dreißig Grad. Sie korrigierte den Kurs der Yacht.

Im Job war er noch immer so, der coole Typ im Anzug. Doch bei ihr zu Hause ordnete er sich unter. Als habe er draußen seine Kraft aufgebraucht. Sie hasste es, wenn er so willenlos war. Sie hatte ihm seine Passivität vorgeworfen, ihn provoziert, Streit entfacht. Jedes Mal mit dem Ergebnis, dass er ihr recht gab, sie um Verzeihung bat, Besserung versprach.

Hatte er deshalb Daniel auf die Reise mitgenommen? Um neben seinem Bewunderer in der alten Souveränität erstrahlen zu können? Daniel und Tanja hofierten Andreas bereitwillig. Nur Eric spielte nicht mit. Caroline war sicher, dass Andreas das irritierte. Er suchte nach seiner Rolle, war nicht mit sich im Reinen, sie konnte es spüren. Seine Angebereien mit den Abenteuerurlauben waren ein deutliches Zeichen gewesen.

Sie drehte sich zu Eric um. Er hob den Daumen: Sie steuerte gut.

Vielleicht würde sich alles finden. Sie waren ja erst den zweiten Tag unterwegs.

Ihr Handy klingelte in ihrer Jackentasche. Andreas blickte zu ihr herüber, er hatte das Geräusch gehört. Sie zog es heraus und sah auf das Display. Isabelle. Sie rief nie ohne Grund an. Das hieß, dass wieder etwas passiert war.

Sie nahm das Gespräch an, nur noch eine Hand am Steuerrad.

TANJA

Was Daniel schon vor der Reise befürchtet hatte, war nun eingetreten: Der Lehnberg-Fall spitzte sich zu und überschattete ihren Urlaub. Sie gab vor, in ihrer Zeitschrift zu blättern, während Daniel mit seinem Chef diskutierte. Die Interna der Kanzlei gingen sie nichts an. Caroline schien vollkommen mit sich und dem Bootskurs beschäftigt zu sein.

Tanja überlegte. Es musste nicht unbedingt schlecht für Daniel sein, dass der Fall Wellen schlug. Er konnte Andreas eine echte Hilfe sein und sich unentbehrlich machen. So, wie sie Daniel verstanden hatte, hingen das Renommee und die finanzielle Zukunft von Kepler Weiß & Trautmann von diesem Fall ab, der bis in höchste politische Kreise reichte.

Vor diesem Hintergrund war es umso beeindruckender, wie gelassen Andreas reagierte. Während sich an Daniels Hals rote Flecken bildeten, wirkte Andreas hellwach und kaltblütig zugleich.

Tanja hörte Carolines Handy klingeln, beobachtete, wie sie auf das Display blickte und ihre Haltung sich veränderte. Gerade eben hatte sie noch stolz und aufrecht das Schiff gesteuert, jetzt wich die Spannung aus ihrem Körper. Eric übernahm das Steuer.

Während Caroline telefonierte, drehte sie ihnen allen den Rücken zu. Tanja sah nur ihre gebeugten Schultern.

Schon nach kurzer Zeit steckte Caroline das Handy wieder ein, blieb noch für einige Augenblicke abgewandt. Sie atmete tief ein und aus.

»Caroline? Alles okay?«, fragte Eric.

Sie zögerte, es fiel ihr sichtlich schwer, ihn anzusehen. »Ich fürchte, mir ist ein bisschen übel.«

Eric nickte. »Geh wieder ans Ruder. Konzentrier dich auf den Kurs, dann wird es besser.«

»Nein, lieber nicht.«

»Es hilft aber, glaub mir.«

Doch Caroline schüttelte nur den Kopf. Andreas setzte sich neben sie. »War das Isabelle?«

Sie nickte, atmete immer heftiger, der Blick war wie erstarrt. Er nahm ihre Hand.

Tanja wunderte sich, es musste schlechte Neuigkeiten von der Tochter gegeben haben, doch Andreas fragte gar nicht weiter nach.

Als ein Ruck durch Carolines Körper ging und sie zur Reling stürzte, den Kopf Richtung Wasser gebeugt, wusste Tanja, was nun kam. Carolines Körper wurde von heftigen Würgeanfällen geschüttelt.

Es schien nicht mehr aufzuhören. Sie suchte mit beiden Händen Halt, bei jeder Welle stöhnte sie auf. Auch Andreas musste sich festhalten, doch die freie Hand hatte er auf Carolines Rücken gelegt und sprach beruhigend auf sie ein.

»Der Wind dreht nach Südwest«, rief Eric, »ich muss weiter abfallen. Tanja, das Vorsegel fieren. Mach weiter auf!«

Tanja gehorchte. Das Segel, das vorher straff gespannt gewesen war, bekam einen Bauch, genau wie das Großsegel.

»Perfekt«, rief Eric ihr zu. »Daniel, übernimm das Ruder.«

Eric überließ ihm seine Position und ging vor Caroline in die Hocke. »Wir fahren jetzt mit halbem Wind, die Fahrt wird ruhiger. Gleich ist das Schlimmste vorbei.«

Doch Carolines Zustand besserte sich nicht. Sie klammerte sich an die Reling, und ihr Körper krampfte sich zusammen, jedes Mal, wenn ihr Magen sich aufs Neue entleeren wollte, nur kam längst nichts mehr heraus. Ihr Gesicht war weiß wie das Schiffsdeck, und Haarsträhnen klebten an ihrer Stirn. Nicht mal ihre Tränen konnte sie abwischen. Tanja sah die Angst in Carolines Augen.

Eine Weile schon hatte niemand mehr etwas gesagt, alle beobachteten betroffen Caroline, der keiner helfen konnte. Wie lange sollte das so weitergehen? Tanja blickte auf das Display des Plotters: Fünfeinhalb Stunden bis zum Ziel. Sie empfand die Situation als unerträglich. Wie musste es Caroline erst gehen? Sie konnten nicht anhalten, nicht aussteigen, die Wellen nicht abstellen. Alle paar Minuten kam eine besonders hohe, und Tanja sah, wie Carolines Fingerknöchel weiß schimmerten von der Anstrengung, sich festzuhalten. Tränen liefen über ihr Gesicht.

Fünfeinhalb Stunden.

»Tauschen wir«, sagte Tanja zu Andreas und übernahm den Platz an Carolines Seite. Sie umschlang von hinten ihren Oberkörper mit beiden Armen. »Caroline. Lass die Reling los.«

»Nein, ich kann nicht!« Sie klang panisch.

»Lass los. Ich halte dich!«

Wieder eine hohe Welle. Caroline weinte vor Angst.

»Line. Vertrau mir, ich hab dich.«

Carolines Hand glitt von der Reling ab, so plötzlich, dass Tanja sich mit voller Kraft mit den Füßen an der gegenüberliegenden Sitzbank abstützen musste, um ihren Körper aufzufangen. Sie hing in Tanjas Armen. »Gut so, ich halte dich.«

Caroline wirkte vollkommen kraftlos, aber sie hatte aufgehört zu weinen.

»Bald ist alles wieder gut. Die Dünung lässt schon nach. Schau auf den Horizont, Line.«

Tanja wiederholte Erics Prognose, um Caroline Mut zu machen. Und sie traf wirklich ein, Wind und Welle ließen nach.

Carolines Atem ging gleichmäßiger, sie lehnte sich zurück, ihr Hinterkopf lag an Tanjas Schulter. Andreas beobachtete sie von gegenüber, er wirkte erleichtert. Tanja wurde bewusst, dass sie gerade die Frau von Daniels Chef ›Line‹ genannt hatte. Sie hatte, ohne darüber nachzudenken, einen Kosenamen für sie benutzt, als würden sie sich seit Jahren kennen.

Sei einfach so, wie du bist, Tanja. Wenn ihre Mutter sehen könnte, wie sie sich zum Narren machte! Sie wäre so enttäuscht von ihr.

Es kostete sie Überwindung, Daniel anzusehen. Bestimmt fand auch er sie unmöglich und übergriffig. Er hielt das Steuerrad, blickte konzentriert geradeaus, es war nicht zu deuten, was hinter seiner Stirn vorging.

Aber Andreas hatte gelächelt.

Caroline lag in ihren Armen, den Kopf noch immer schlaff an Tanjas Schulter gebettet.

»Sie ist eingeschlafen«, sagte Eric. »Gute Aktion, danke für deine Hilfe, Tanja.«

ANDREAS

Am frühen Abend machten sie endlich fest, ergatterten in einem winzigen Hafen den letzten freien Platz ganz außen, am Kopf eines Steges.

Eric, Caroline und er brachen auf zum Sanitärgebäude und zum Automaten, der in den meisten Häfen den Hafenmeister ersetzte, um das Liegegeld zu bezahlen. Die Holzplanken schwankten unter seinen Füßen. Weder er noch Caroline konnten mit Eric Schritt halten, der mit sicheren, weit ausgreifenden Bewegungen davoneilte. Später wackelten auch der Boden und die Wände der Toilette. Wie lange brauchte ein Gehirn, bis es verstand, dass sich der Untergrund nicht mehr hob und senkte?

Caroline und er trafen sich an der Tür zum Ausgang. Eric war nicht zu sehen.

»Was war mit Isabelle?«, fragte Andreas.

»Sie ist wieder in der Klinik.«

»Ich habe es mir schon gedacht. Willst du zurückfahren?«

Sie schüttelte den Kopf.

»Wie klang sie?«

»Ich weiß nicht. Fast ein wenig erleichtert, glaub ich. Sie fühlt sich sicherer dort.«

Er tastete nach Carolines Hand, hielt sie fest, ihre Finger waren kalt. Stumm kehrten sie zurück zum Schiff.

Tanja brachte in Rekordzeit ein Essen auf den Tisch, Nudeln mit einer Soße aus Tomaten, Oliven und Thunfisch aus der Dose. Danach bot Andreas an, noch einen Wein zusammen zu trinken. Doch niemand hatte Lust auf Alkohol, alle waren erschöpft.

Tanja und Daniel räumten die Küche auf, spülten das Geschirr, dann setzte sich Tanja in den Salon und las in einem Thriller, ein dickes, abgegriffenes Taschenbuch, auf dessen Cover eine rotschwarze Libelle prangte. Daniel bevorzugte die Sitzbank oben im Cockpit, weil der Handyempfang draußen angeblich besser war. Er wollte noch mal die Nachrichtenlage checken. Eric verließ das Boot ohne nähere Erklärung.

Auch Andreas und Caroline holten ihre Lektüren hervor, Caroline einen Roman, einen schmalen Band mit festem Cover. Er hatte sich für diesen Urlaub vorgenommen, endlich ein Sachbuch über den irrationalen Umgang mit Risiken auszulesen. Knapp vierhundert Seiten. Seine Konzentration reichte exakt für eine Seite, dann schob sich ein Bild vor die Buchstaben. Sein Vater, allein in seinem Klangstudio. Im Ohrensessel, bewegungslos, die Augen geschlossen. Er hörte Musik. Oder er war bereits tot. Andreas massierte seine Schläfen. Warum musste er auf dieser Reise andauernd an seinen Vater denken? Er konnte nicht mehr stillsitzen, das Lesen funktionierte nicht, und für einen Spaziergang war er zu müde.

»Gehen wir ins Bett?«, fragte er Caroline.

Sie sah von ihrem Buch auf. »Ich komme gleich nach.«

Im Liegen den Kopf auf einen Arm gestützt, wartete er auf sie.

Sie kroch neben ihn in die Koje, drehte sich auf den Rücken und starrte an die niedrige Decke der Kajüte. »Was für ein Ritt heute. Zehn Stunden. Zwischendurch dachte ich, wenn wir angekommen sind, gehe ich von Bord und betrete nie wieder ein Boot.«

»Wie geht es dir jetzt?«

»Wieder völlig normal. Ich muss nur dauernd an Isa denken.«

Andreas sank in sein Kissen.

Sie blickte ihn an. »Selbst wenn wir bei ihr wären, wir könnten ihr nicht helfen.«

»Du hast recht.«

»Aber wenn sie noch mal anruft und mich bittet, dann fahre ich hin.«

Er drückte ihre Hand. »Ist doch klar.«

»Und wenn du die Sache mit Lehnberg retten musst, dann solltest du auch fahren.«

Er schüttelte den Kopf. »Das wird sich in Kürze klären.«

»Daniel scheint ziemlich nervös zu sein.«

»Er beruhigt sich wieder.«

»Na hoffentlich.« Caroline bewegte ihre Beine, offenbar auf der Suche nach einer bequemeren Position. Sie schloss die Augen.

Andreas nickte, um sich selbst Mut zu machen. Er war naiv gewesen. Hatte wirklich gedacht, er könne sich für zehn Tage von allem frei machen. Zehn lächerliche Tage. Die Zukunft der Kanzlei, die Krankheit ihrer Tochter. Isabelle in der neuen Wohnung, ihr neuer Freund. Caroline und er hatten sich eingeredet, Isas Zustand sei stabil.

Vielleicht war sein Wunsch, Caroline auf diesem Boot wieder näherzukommen, ebenso naiv gewesen. Die Dinge änderten sich eben nicht von allein. Er fühlte sich von ihr nicht wahrgenommen, auch hier nicht, an Bord. Aber darüber konnte er nicht mit ihr reden. Caroline hasste Selbstzweifel.

Beim Segeln konnte er sich nicht profilieren, Eric bevorzugte Daniel und ignorierte Andreas' Kenntnisse. Als es Caroline vorhin so übel war, hatte Tanja seinen Platz eingenommen. Sie hatte genau gespürt, was Caroline brauchte. Kein Wunder, sie besaß die Erfahrung, sie umsorgte täglich Menschen, bettete sie um, stützte sie, wusch sie.

Er konnte Firmenchefs, Aufsichtsräte und Politiker dazu bringen, das zu tun, was er für richtig hielt. Er konnte eine Kanzlei führen. Aber dieses Wissen war hier überflüssig. Niemand brauchte ihn.

Ertrink nicht in deinem Selbstmitleid, dachte er gleichzeitig. *Du bezahlst den Trip hier für alle.*

Heute war er beinahe froh gewesen, als Daniel ihm auftischte, wie der Lehnberg-Skandal in der Presse breitgetreten wurde. Sein Selbstvertrauen war schlagartig zurückgekehrt. Alle, selbst Eric, hielten ihn für einen abgebrühten Fuchs.

Und Caroline? Sie hatte am Steuerrad den Kurs gehalten. Immer wieder Erics Blick gesucht.

Andreas küsste Caroline auf die Stirn. Sie lächelte mit geschlossenen Augen. Er zog sie zu sich heran, sie atmete warm in seine Halsbeuge. Sie trug nur ein ärmelloses Top, er schob die Hand unter den dünnen, elastischen Stoff und streichelte ihre Brüste. Gleichzeitig spürte er, wie sie sich verkrampfte. Er zog die Hand zurück und legte sie auf Carolines Hüfte.

»Ich bin einfach tot«, murmelte sie.

»Ich auch. Dann schlaf gut.«

»Du auch.«

Eine Möwe flog über sie hinweg und schrie, danach hüllte die Stille der Nacht sie ein. In das leise Plätschern der Wellen am Bootsrumpf mischte sich ein unterdrücktes rhythmisches Keuchen. Es kam von rechts, aus der anderen Kabine. Ein noch leiseres hohes Fiepen. Tanja. Daniel schlief mit Tanja. Das kleine Fenster hatten sie bestimmt vorher geschlossen, aber zu hören war trotzdem alles.

Caroline reagierte nicht auf die Geräusche, doch Andreas war sicher, dass sie noch wach lag.

»Ich liebe dich«, flüsterte er.

Sie antwortete nicht.

CAROLINE

Sie frühstückten pünktlich um sieben. Caroline hatte draußen für alle gedeckt, Andreas war zum Bäcker gegangen und kam mit frischen Croissants zurück.

»Ein Duft in dieser Bäckerei, wie in Frankreich!«, schwärmte er.

Es schien ein wolkenloser Sommertag zu werden. Caroline atmete die seidige Luft ein. Noch lag eine idyllische Ruhe über dem Hafen. Ein Schwanenpaar mit zwei Jungen schwamm herbei und reckte die Hälse, ob wohl etwas vom Frühstück für sie abfiel. Die düsteren Wolken von gestern, die raue See, die Wellen, von denen Caroline so schlecht geworden waren, verblassten schon in ihrer Erinnerung.

Eric war schwimmen gewesen, kaltes Wasser schien ihm nichts auszumachen. Er kam in Badehose zurück an Bord und befestigte sein Handtuch mit Wäscheklammern an der Reling. Tief gebräunt waren nur seine Hände, die Unterarme, sein Gesicht, der Nacken und die Füße. Der Rest war erstaunlich blass. Auf seinem Bizeps zeigte die scharfe Kante zwischen dunkler und heller Haut an, wo die Ärmel der Shirts endeten.

Er hatte ihren Blick bemerkt. »Das nennt man Seglerbräune«, erklärte er mit einem Lachen, er sei selten in Badehose und fast immer in Wetterkleidung unterwegs. »Im Hafen kann es sehr warm sein, aber der Wind draußen ist kühl.«

Er setzte sich zu ihnen, nahm ein Croissant. Ansonsten aß er zum Frühstück nur seine eigenen Lebensmittel. Er hatte eine zweite Butterdose, ein Glas Marmelade und Aufschnitt in einer Dose nur für sich. Caroline hatte sich jeden Morgen nach dem Grund dafür gefragt, jetzt sprach sie ihn darauf an.

Er verzog den Mund. »Alte Skipper-Angewohnheit.«

Sie hob fragend die Augenbrauen.

»Man macht so seine Erfahrungen. Nicht alle Gäste sind so zivilisiert wie ihr.«

»Wie meinst du das?«, fragte Tanja kauend.

»Zum Beispiel ein Gast, der Leberwurst auf seine Brötchenhälfte streicht, die Reste vom Messer leckt, dann für die zweite Hälfte damit in die Butter geht und ...«

»Okay, okay, das reicht schon!« Caroline lachte.

Daniels Handy gab einen Ton von sich, er zog es aus der Hosentasche, blickte aufs Display, sah dann Andreas an. »Das ist ...«

Andreas wandte sich Eric zu. »Was sagst du als Franzose zu den Croissants? Gar nicht schlecht, oder?«

Eric reckte den Daumen hoch.

»Entschuldigt. Bin gleich zurück.« Daniel trat auf den Steg, drehte ihnen den Rücken zu, das Handy am Ohr.

Caroline dachte an Andreas' Worte: *Er beruhigt sich wieder.* Sie hatte nicht den Eindruck. Auch Tanja beobachtete ihren Partner.

Eric drückte den Deckel seiner Aufschnittdose zu. »Was ist da los bei euch, darf man das wissen?«

»Nichts von Bedeutung«, meinte Andreas.

»Verstehe. Ich habe selten Leute an Bord, die richtig abschalten können.«

»Ich vertrete den Aufsichtsratschef der Global Offshore Invest«, Andreas steckte sich das letzte Stück des Croissants in den Mund, »was mich nicht daran hindert, abzuschalten. Es ist herrlich hier.«

»Darüber habe ich in der Zeitung gelesen«, meinte Eric. »Die bauen überall Windparks. Sitzt nicht einer der Fondsmanager in Untersuchungshaft? Hat ein Millionenvermögen internationaler Anleger für sich abgezweigt? Und das Geld ist verschwunden?«

»Die Ermittlungen sind erst angelaufen.«

»Hat euer Aufsichtsrat davon gewusst? Mitverdient?«

Andreas nahm ein neues Croissant und schnitt es mit der Konzentration eines Herzchirurgen auf.

Eric hob die Schultern. »Jetzt sind wir noch auf dem Festland. Mit dem Bus kommst du sicher zu irgendeinem Bahnhof, und mit dem Zug nach Stockholm zum Flughafen.«

»Warum sollte ich das wollen?«

»Ich informiere dich nur. Wenn wir weiter in die Schären segeln, sind wir auf kleinen Inseln. Von da aus ist es schwieriger.«

»Kein Problem.«

Daniel kam zurück an Bord. »Andreas, entschuldige. Ich glaube, du musst …«

»Herrgott noch mal, was *muss* ich?«

»Können wir unter vier Augen sprechen? Am besten sofort?«

Andreas lehnte sich zurück. »Ob ich wohl noch zu Ende frühstücken darf?« Er goss sich eine weitere Tasse Kaffee ein.

Ein ungemütliches Schweigen entstand. Daniel setzte sich wieder, Tanja schenkte auch ihm Kaffee ein und reichte ihm den Brotkorb, doch er schüttelte den Kopf. Sie legte ihre Hand auf seinen Arm, streichelte darüber.

Nach dem Frühstück räumten Daniel und Tanja den Tisch ab. Caroline hörte, wie sie in der Pantry tuschelten. Daniel war aufgebracht.

Caroline ging ebenfalls nach unten. Andreas verschwand in Richtung der Sanitärgebäude.

»Mach dir nicht zu viele Sorgen«, sagte Caroline zu Daniel, der seinem Chef durch das schmale Fenster in der Wand des Salons nachblickte. »Er hat nicht zum ersten Mal so einen Fall.«

»Ich weiß.« Daniel lächelte angespannt.

Eric, der auf dem Steg telefoniert hatte, kam die Treppe hinunter, warf Tanja und Caroline einen kurzen Blick zu. »Grüße an alle von Sylvie.«

»Wie geht es ihr?«, fragte Caroline.

»Schon besser. Danke.«

»Könntest du schon mal die Segel klarmachen?«, sagte Eric zu Daniel. »Ich bin gleich da, ich zieh mich nur schnell um.« Er ging in seine Kajüte. Sie sah noch, wie er seinen Schrank öffnete, dann schloss er die Tür.

Tanja verschwand ebenfalls in ihre Kabine.

Caroline setzte Spülwasser auf. Sie hatte das Gefühl, dass Tanja ihr auswich. Sie hatte bisher keine Gelegenheit ausgelassen, ihr zu helfen, und nun überließ sie ihr allein das benutzte Geschirr vom Frühstück. Caroline machte sich an die Arbeit.

Von oben war ein Fluch zu hören. »Eric! Kannst du kommen?«, rief Daniel. »Hier klemmt was!«

Eric hatte ihn nicht gehört, deshalb klopfte Caroline an seine Tür. »Eric? Daniel ruft.«

Wortlos kam Eric heraus, schloss im Gehen noch den Knopf seiner Hose, stieg die Treppe hoch an Deck. Caroline hörte, wie er Daniel Anweisungen gab. Die Tür zu seiner Kajüte hatte er offengelassen.

Caroline steckte den Kopf in den kleinen Vorraum, die Luft roch abgestanden. Sie trat hinein. Der Raum war abgedunkelt, über der Luke, die nur einen Spalt offenstand, war ein Lichtschutz gespannt. Das Bett war zerwühlt. Entlang der Holzwände gab es schmale, offene Staufächer. Hier lagen Socken, zusammengerollte T-Shirts, Halspastillen, mehrere Plastikbehältnisse mit Ohrenstöpseln, eine angebrochene Kekspackung, Bücher. Caroline nahm eines heraus und betrachtete das Cover. *Das Rätsel der Sandbank*. Ein historischer Roman. Sie lächelte. Natürlich ging es um Segler ...

Erics Handy lag auf dem Bett. Halb verborgen unter der Decke.

Caroline blickte sich um. Tanjas Tür war verschlossen. Über sich, auf dem Vorschiff, hörte sie Daniels und Erics Schritte knirschen, Andreas befand sich noch immer an Land. Sie nahm das Handy, die Bildschirmsperre war nicht aktiviert, er musste es eben erst benutzt haben. Bevor sie sich bewusst war, was sie tat, hatte ihr Zeigefinger die grüne Taste mit dem Telefonsymbol berührt. Sie öffnete die Anrufliste.

Ganz oben stand der Name Andreas Kepler, daneben ein Datum Anfang Juni. Das war etwa zwei Wochen vor Beginn des Törns gewesen. Andreas hatte also doch mit Eric telefoniert. Caroline scrollte nach unten. Unbekannte Namen, in weiten zeitlichen Abständen.

Seit zwei Wochen hatte Eric kein Telefonat geführt. Er hatte ihnen etwas vorgespielt. *Grüße von Sylvie.*

In das Gespräch der Männer an Deck mischte sich Andreas' Stimme. Caroline versetzte das Handy in den Ruhezustand und legte es zurück aufs Bett. In dem Moment, als sie den Esstisch erreicht hatte und nach dem Geschirrhandtuch griff, kam Tanja in den Salon. Ihr Blick fiel auf die Teller und Tassen, die zum Abtropfen neben der Spüle standen, doch sie wandte sich ab.

Eric kam herunter. »Planänderung, wir bleiben hier. Andreas will heute nicht segeln.«

»Warum das denn nicht, das Wetter ist doch perfekt?«, fragte Caroline.

Eric zuckte die Achseln und verschwand wieder in seiner Koje.

«Andreas?«, rief Caroline nach oben.

Sein Kopf erschien über der Treppe.

»Was ist los?«, fragte sie. »Warum besprechen wir nicht gemeinsam, was heute passieren soll?«

»Ich dachte, es ist ganz gut, wenn ihr euch erst mal von gestern erholt. Besonders du.«

»Ach so? Aber ich fühl mich prima.«

»Neben dem Hafen ist der Strand«, meinte Andreas. »Ihr könntet baden gehen.«

Er verschwand aus Carolines Sicht.

Caroline und Tanja wechselten einen Blick und stiegen an Deck. Andreas und Daniel saßen am Tisch im Cockpit.

Caroline bemerkte sofort die angespannte Atmosphäre zwischen ihnen. »Es geht um euren Fall?«

Andreas verschränkte die Arme. »Hier gibt es eine Busverbindung zu einem Bahnhof. Daniel ist der Meinung, wir sollten uns die Chance offenhalten, zurückzufahren.«

»Zumindest noch heute«, ergänzte Daniel. Auf seinem

Hals prangten wieder rote Flecken. »Es tut mir leid, Caroline, ich wollte wirklich keine Konflikte schaffen. Wir werden im Laufe des Tages Nachricht erhalten, was sich bei der Durchsuchung von Dr. Lehnbergs Räumlichkeiten ergeben hat.«

Caroline sah Andreas an. »Ich habe dir gestern gesagt: Wenn du das retten musst, dann brich die Reise ab.«

Er verzog den Mund. »Und dann? Segelst du mit Tanja und Eric allein weiter?«

»Warum nicht?«

»Eric hätte sicher nichts dagegen.«

Caroline ärgerte sich über seinen Ton. Es war nicht ihre Schuld, dass sie darüber diskutierten, die Reise abzubrechen. Sie hätten den Törn gar nicht antreten sollen.

»Gut. Wir gehen eine Runde schwimmen«, sagte sie, so ruhig sie konnte, dann direkt zu Andreas: »Eine Abkühlung würde auch dir ganz guttun.«

Als Tanja sich nicht rührte, fragte sie: »Kommst du nicht mit? Die Küche räumt Andreas auf.«

»Doch, klar.«

Sie holten ihre Badesachen, verließen die Yacht, Tanja folgte ihr den Steg entlang. Schweigend liefen sie bis zum Strand, breiteten ihre Handtücher aus, begannen, sich umzuziehen. Es waren kaum Menschen zu sehen, nur eine Mutter mit zwei Kindern, die im Sand buddelten, und ein älteres Paar, das dicht am Ufer entlanglief.

Caroline sah den Schiffen nach, die den Hafen verließen, Segel setzten und im leichten Wind davonglitten. Sie wäre lieber weitergefahren. Stillstand tat ihnen nicht gut.

Sie spürte die winzigen Steinchen zwischen den Zehen, grub die Fußspitze so tief in den Boden, bis sie Kühle und Feuchtigkeit an der Haut fühlte. Das Wasser leuchtete hellgrün wie ein Opal. Wellen versickerten glitzernd im warmen Sand.

Tanja saß stumm da, in einem sportlichen, dunkelblauen Badeanzug, die Hände um die Knie geschlungen. Sie blickte aufs Wasser.

»Caroline? Ich wollte mich entschuldigen«, sagte sie unvermittelt. »Als es dir so schlecht ging, gestern beim Segeln, da ...«

Caroline sah sie an. »Da hast du mich gerettet.«

»Ja!« Tanja lachte verkrampft. »Ich weiß nur nicht, warum ich dich Line genannt habe. Es ist mir einfach rausgerutscht.«

»Line ist mein Spitzname. Als Kind haben mich alle so genannt.«

»Wir kennen uns ja kaum. Mir steht es nicht zu.«

»Stört mich überhaupt nicht. Nenn mich ruhig so.« Caroline begriff plötzlich, dass Tanja sich echte Vorwürfe gemacht hatte. Daher kam ihr distanziertes Verhalten. Eigentlich rührend, wie wichtig es für Tanja war, was Caroline von ihr hielt.

»Ich war dir so dankbar für deine Hilfe. Viel Wind und Welle war es ja gar nicht, aber ich hatte richtige Angst. Ich hatte keine Kraft mehr, mich festzuhalten, aber konnte auch nicht loslassen.« Caroline spürte wieder Tanjas Arme, die sich von hinten um ihren Oberkörper schlangen, und den Moment, als sie sich sicher gehalten fühlte. »Ich bin wohl eher eine Schönwetterseglerin.«

»Mir flößt das Meer auch Respekt ein«, sagte Tanja. »Obwohl die Yacht so groß und stabil ist. Wie viel wiegt die, zig Tonnen? Trotzdem sind wir gefühlt kaum mehr als eine Nussschale, die der Naturgewalt ausgeliefert ist.«

»Ich traue Eric zu, dass er Gefahren einschätzen kann.« Caroline blickte zu Tanja, die nicht mehr so angespannt wirkte. »Was hältst du von ihm?«

»Ich denke auch, er weiß, was er tut.«

»Und was denkst du noch so über ihn? Persönlich?«

»Er ist nett. Und ein guter Schauspieler.«

»Wieso?«

»Er hat Schmerzen und versucht die ganze Zeit, es zu überspielen.«

Caroline sah sie überrascht an.

»Er kann den Hals nur zu einer Seite drehen«, sagte Tanja, »und er überdehnt dauernd den Rücken. Ich glaube, er ist der verspannteste Mensch, den ich je gesehen habe. Mir tut schon alles weh, wenn ich ihn nur ansehe.«

»Mir ist etwas anderes aufgefallen. Es gibt nichts auf diesem Schiff, das auf Sylvie hinweist.« Caroline beobachtete Tanja wieder von der Seite. »Merkwürdig, oder?«

Tanja dachte darüber nach. »Aber was sollte auf sie hinweisen?«

»Keine Ahnung. Irgendwas! Sie hat doch bis vor kurzem mit an Bord gelebt.«

»Sie haben vorn ihren Bereich, ihr eigenes Bad.«

»Und du denkst, da steht ihre Sonnenmilch im Schrank, und ihr Negligé liegt gefaltet unter dem Kopfkissen?«

Tanja lachte höflich. Caroline spürte ihre Irritation über das Thema und ließ es lieber ruhen. Sie konnte Tanja schließlich nicht erzählen, dass sie Erics Anrufliste gelesen hatte.

Tanja stand auf. »Es wird ganz schön warm. Ich stürze mich mal in die Fluten.«

»Ich komme auch gleich.«

Caroline sah ihr zu, wie sie weit in das flache Wasser hineinwatete und dann untertauchte. Sie kraulte vom Ufer weg, auf eine weiße Boje zu. Ihre Bewegungen sahen elegant aus, und sie kam schnell voran. Irgendwann hielt sie inne. »Es ist herrlich!«, rief sie Caroline zu.

Caroline stand auf und ging zum Wasser. Die Wellen umspielten kühl ihre Fesseln. Als es tief genug wurde, ließ sie sich mit dem ganzen Körper fallen. Es war kalt. Sehr kalt. Sie brauchte ein paar heftige Atemzüge, bis das Kribbeln der Haut nachließ.

Sie schwamm los, aber nicht so sportlich wie Tanja. Legte sich auf den Rücken und betrachtete den wolkenlosen Himmel und die Sonne durch die glitzernden Tropfen in ihren Wimpern. Ihr Körper fühlte sich leicht und erfrischt an. Ab sofort würde sie an jedem Tag in diesem Urlaub im Meer schwimmen.

Als sie sich dem Ufer zuwandte, sah sie, dass Andreas und Daniel gekommen waren. Beide trugen Badehose, Andreas hatte sich ein Strandlaken um die Hüften geknotet. Daniel hielt in der einen Hand ein Handtuch, in der anderen sein Handy.

Tanja winkte ihnen zu. Sie kehrte an Land zurück, ihr gebräunter Rücken schimmerte nass. Daniel legte den Arm um ihre Hüfte. Die beiden waren ein perfektes Paar. Sie ähnelten sich sogar äußerlich, wären als Geschwister durchgegangen mit dem gleichen honigblonden Haar. Ihre Körper wirkten schlank und durchtrainiert, nur war Daniel einen halben Kopf größer.

Andreas alterte, selbst auf die Entfernung war das zu erkennen. Kein auffälliger Bauch, aber Polster um die Hüften. Der Po schlaff. Es war ungerecht, ihn mit Daniel zu vergleichen, der zehn Jahre jünger war. Wie sah sie selbst neben Tanja aus? Das wollte sie lieber nicht wissen.

Auf dem Steg lief Eric vorbei, er sah in die Richtung der Gruppe am Strand, nicht zu Caroline. Tanja winkte ihm zu, doch er reagierte nicht.

Andreas kam ins Wasser, schwamm auf Caroline zu. Sie wartete auf ihn, an einer Stelle, an der sie stehen konnte, der Grund bestand aus festem, glattem Sand. Die letzten Meter tauchte er und kam direkt vor ihr prustend an die Oberfläche. Er nahm sie in die Arme und zog sie an sich, seine Haut war kalt.

»Wie sieht es aus, musst du fahren?«, fragte sie.

»Absolut nicht.« Er musterte sie, sein Gesicht glänzte feucht. »Das Wasser ist herrlich, nicht wahr?«

»Für mich könnte es ein paar Grad wärmer sein.« Caroline wusste nicht, warum sie das sagte, diesen Glücksmoment verdarb. Das Wasser war perfekt.

»Morgen Abend sind wir endlich in den Schären. Ich freu mich sehr darauf.« Er suchte ihren Blick.

Sie nickte nur.

»Caroline ...«

Warum war es so schwer, ihm zu geben, was er wollte? Eine liebevolle Bemerkung zu der Reise. Ein bisschen Begeisterung, Bewunderung für ihn. Harmonie. Aber sie bekam nichts über die Lippen. Um ihm auszuweichen, rieb sie sich die Lider. »Ich habe Salz in die Augen bekommen.«

Er ließ sie los. »Oder willst du, dass ich fahre?«

»Nein. Wie kommst du darauf?«

Er sah sie nur an. Wartete auf etwas. Sie half ihm nicht. Schließlich wandte er sich ab und schwamm zum Ufer zurück.

Tanja blickte in Carolines Richtung, sie hatte sich umgezogen, trug jetzt etwas Neonpinkes.

Caroline drehte sich wieder auf den Rücken und ließ sich treiben. Das Wasser trug ihren Körper, aber nur, wenn sie tief einatmete und die Luft anhielt. Die Kälte breitete sich in ihren Gliedern aus. Sie schwamm zum Ufer.

Andreas saß neben Tanja, während Daniel ein paar Meter abseits stand und gestikulierend telefonierte, was in Badehose lächerlich aussah. Tanja lag auf dem Rücken, die Arme angewinkelt, den Kopf in den Nacken gelegt. Eine Pose, die überhaupt nicht zu ihr passte. Das neonpinkfarbene Teil stellte sich als äußerst knapper Bikini mit Tangahöschen heraus. Wo hatte sie den denn aufgetrieben? Vermutlich auf dem Wühltisch eines Discounters. Geschmacklos.

Sie sah umwerfend aus.

Gerade lachte sie über etwas, das Andreas gesagt hatte. Ihr Gespräch verstummte, als Caroline dazukam. Caroline rubbelte sich trocken und setzte sich auf ihr Handtuch. Die Sonne wärmte ihren Nacken.

Satzfetzen von Daniels Telefonat wehten heran. »Selbstverständlich klären wir ... nein ... nein, keine Sorge, da kann man sicher etwas ...«

Andreas streckte sich aus und schloss die Augen. Tanja drehte sich auf den Bauch, bettete ihren Kopf auf die Arme.

Daniel kam zurück. »Andreas.«

»Hm?« Er hielt die Augen geschlossen.

»Schlechte Nachrichten.«

Andreas seufzte.

»Können wir kurz reden?«

Andreas brummte etwas Unverständliches, stand aber auf und trat zu Daniel.

»Sie haben Lehnbergs Computer …«

Daniel hatte seine Stimme gesenkt, aber Caroline konnte trotzdem jedes Wort verstehen.

»… seinen Laptop, sein Firmenhandy und das private beschlagnahmt. Er telefoniert jetzt mit dem Handy seiner Tochter, hat aber trotzdem Panik, dass er abgehört wird.« Daniel räusperte sich. »Noch etwas. Die haben ein Notizbuch in seiner Villa gefunden. Darin tauchen Termineinträge auf, die seine Sekretärin nicht im offiziellen Kalender vermerkt hat.«

»Was genau steht da?«

»Jeweils die Uhrzeit, immer abends, mit einem oder einer gewissen ›F‹. Dazu eine Abkürzung, ›PP‹.«

»Petit Paris«, murmelte Andreas.

»Lehnberg sagt, eine rein private Sache.«

Caroline kannte das Petit Paris, ein gehobenes Restaurant in der Frankfurter City, eingerichtet in gediegenem Stil, Separees mit dunkelgrünen, dick gepolsterten Lederbänken, schalldämpfende Teppiche. Ein Etablissement, in dem Politiker ein und aus gingen, Geschäftsleute vertraulich verhandelten. Sicher kein Ort für ein Rendezvous.

»Er will, dass wir die sofortige Herausgabe seines Handys erwirken.«

»Na, dann mach das doch.« Andreas klopfte Sand von seiner Wade. »Das LKA soll das Handy spiegeln und rausrücken. Ruf Lehnberg an und beruhige ihn. Sein Büro soll einen Boten hinschicken.«

»Aber diese Termine und das Namenskürzel …«

»Kümmern uns erst mal nicht.«

»Okay, das ist keine Smoking Gun, aber ein Ermittlungsansatz für das LKA, der zu Friedrichsen führen wird.«

»Es gibt so viele Namen, die mit F beginnen. Vielleicht geht's ja um eine Florabella.« Andreas blickte aufs Wasser, in die Ferne, reckte plötzlich den Kopf hoch. »Habt ihr gesehen? Ein Schweinswal!«

»Wo?« Tanja setzte sich auf. Sogar Daniel schien Lehnberg für einen Moment zu vergessen.

»Ziemlich nah! Da! Seht ihr ihn?« Andreas zeigte in die Richtung der weißen Boje.

Der Rücken und die Flosse des Schweinswals tauchten in wellenförmigen Bewegungen auf und ab, parallel zum Ufer, Caroline erinnerte er an einen Delfin.

»Wie elegant er schwimmt!« Tanja war aufgestanden, um besser sehen zu können.

»Wie du«, sagte Andreas.

Tanja lachte. »Danke.«

Der Schweinswal tauchte ab. Eine Weile starrten alle auf die Stelle, an der sie ihn zuletzt gesehen hatten, doch er zeigte sich nicht mehr.

Daniel nahm sein Handtuch und schlug es aus. »Ich geh zum Boot, die Telefonate machen.«

»Wer kommt noch mal mit ins Wasser?« Andreas richtete die Frage an Caroline, die den Kopf schüttelte. »Na los. Der Wal frisst dich schon nicht. Ich passe auf dich auf.«

»Ich liege lieber noch ein bisschen in der Sonne.«

Ohne ein weiteres Wort stand er auf, ging zum Wasser und schwamm hinaus.

Caroline sah ihm nach. Sie durfte so nicht weitermachen. Andreas war aus dem Gleichgewicht. Er gab zwar vor, der souveräne Kanzleichef zu sein, der alles im Griff hatte. Aber Daniels Nervosität, sein Aktionismus sprachen Bände. Er fühlte sich von Andreas alleingelassen.

Tanja beobachtete sie von der Seite. »Wie habt ihr euch eigentlich kennengelernt, Daniel und du?«, fragte Caroline sie.

»Bei einem Essen, das eine Freundin von mir gegeben hat. Ehrlich gesagt sind wir verkuppelt worden.«

»Die Freundin scheint ein gutes Händchen für so etwas zu haben.«

»Sie kannte Daniel noch gar nicht, das Ganze war ein Blind Date. Ein Freund von Daniel hatte vorher wohl laut bezweifelt, dass Daniel bei seinem Arbeitspensum noch mal eine Freundin finden würde.«

»Und du warst auch auf der Suche?«

Tanja nahm eine Handvoll Sand und ließ ihn durch die Finger rieseln. Eine Böe wehte ihn hoch wie einen Schleier.

»Nein, eigentlich nicht«, sagte sie schließlich. »Ich war davor in einer langen Beziehung, über acht Jahre lang. Er hat Schluss gemacht. Ich war noch nicht darüber hinweg.«

Caroline sah Andreas' Kopf, der auf- und abtauchte, winzig auf die Entfernung. Plötzlich hatte sie Angst um ihn. Wenn ihn da draußen die Kraft verließ, konnte ihn niemand retten.

»Mein Freund war krank«, fuhr Tanja fort. »Krebs, unheilbar. Wir wollten die Zeit, die ihm bleibt, gemeinsam verbringen. Ich habe meine Stunden reduziert, bin auf eine Halbtagsstelle gewechselt, um so viel wie möglich mit ihm zusammen zu sein.«

»Und er hat die Beziehung beendet?«, fragte Caroline überrascht.

»Schlimmer. Er hat mir den Kontakt zu ihm verboten, von einem auf den anderen Tag. Er wollte nicht, dass ich ständig Rücksicht nehmen muss. Dass unser Leben zusammenschrumpft, bis ich nur noch an seinem Bett im Hospiz sitze.«

Caroline schwieg. Was Tanja erzählte, berührte sie, doch sie wusste nicht, was sie entgegnen sollte.

»Ich hätte gern ein Kind von ihm gehabt. Aber er hätte nicht erleben können, wie es aufwächst, zur Schule geht, wie es erwachsen wird.« Sie schüttelte den Kopf, »auf einen todkranken Menschen nimmst du immer Rücksicht. Sein Wille geschehe.« Sie lachte kurz und traurig. »Als ich Daniel kennenlernte, bei diesem Fest bei meiner Freundin, da bin ich in eine andere Welt eingetaucht. Er ist so voller Energie. Er hat ein großartiges Leben vor sich.«

»Und er weiß auch, was er an dir hat.«

Tanja warf ihr einen Blick zu. »Ich bin nicht naiv. Es passt wohl kaum. Der Topanwalt und die Altenpflegerin, was soll denn daraus werden?«

Caroline dachte an ihre Vorurteile gegen Tanja, braves Leinenkleid, braver Zopf, nicht weiter erwähnenswert. Wie falsch sie gelegen hatte.

»Ich bin sicher, ihr bleibt zusammen.«

Sie beneidete Tanja. Um diese junge Beziehung. Um das gegenseitige Entdecken-Können, die Abenteuer, die Konflikte, den Versöhnungssex. Das bedingungslose Zueinanderhalten. Tanja war der Typ Frau dafür. Sie hätte diesem krebskranken Mann bis zum letzten Atemzug zur Seite gestanden. Nun würde sie Daniel den Rücken freihalten, während er Karriere machte.

Sie selbst war nie so gewesen. Sie hatte von Anfang an Forderungen gestellt. Andreas konnte seinen Erfolg haben, aber sie wollte auch den ihren. Sie fanden Lösungen und Wege. Mit Geld gab es Lösungen und Wege für alles.

Tanja zog mit dem Zeigefinger Kreise in den Sand. »Ich frage mich, wie es in einer so langen Beziehung ist. Wie verhindert man, dass man sich auseinanderlebt?«

»Meinst du Andreas und mich?«

»Nein, überhaupt nicht!«

Caroline musste lachen. »Ich habe kein Problem, darüber zu sprechen. Andreas erhofft sich viel von dieser Reise. Mal sehen, was daraus wird.«

»Und was wünschst du dir?«

Noch mal jung sein, dachte Caroline spontan. Die Zeit, die sie mit Isabelle als Familie gehabt hatten, intensiver erleben. Sie hätte mehr daraus machen sollen. Doch Tanjas Frage bezog sich auf die Gegenwart. Auf diese Reise. Es war Caroline nicht möglich, darauf zu antworten. Ihre eigenen Wünsche widersprachen sich. Was sie brauchte, war Sicherheit. Jemanden, der sie auffing. Andreas zehrte von Vergangenem, von seinem Ruf, von altem Glanz. Hier an Bord war er bemüht und aufmerksam. Aber die Reise war kurz. Was würde sein, wenn sie wieder zu Hause waren? Würde seine Kraft reichen, wenn er begriff, wie sehr sie ihn brauchte? Sie konnte nicht wie er in den alten Trott zurückfallen und sich in den Job flüchten. Weil ihre Karriere zu Ende war.

Sie sah Eric über den Steg zurück zum Boot laufen, er schritt weit aus mit seinen langen Beinen, sah nicht zu ihnen herüber.

Sicherheit war das eine. Sehnsucht das andere.

Eric faszinierte sie. Er wirkte autark und souverän. Schien niemanden zu brauchen. *Ungebunden.* Das Wort war für ihn erfunden worden. Er mit Sylvie auf diesem Schiff.

Oder mit ihr selbst? Tanjas Frage hing in der Luft. *Was wünschst du dir?*

Was konnte sie dieser zehn Jahre Jüngeren antworten, die gerade ein neues Leben begann, voller Erwartungen, Hoffnungen, Träume? Während sie selbst dabei war, alles zu verlieren.

»Was du erzählt hast über die Beziehung zu deinem krebskranken Partner«, wich sie aus, »das kann ich gut nachfühlen. Andreas war sehr krank vor zwei Jahren. Wir hatten nur ein Ziel: unser altes Leben wiederzubekommen. Er sollte schnell gesund werden, wieder Fulltime arbeiten. Seine Angst war groß, dass man ihm sonst die wichtigen Fälle nicht mehr zutrauen würde.«

Caroline lief ein Schweißtropfen den Rücken herab. Was tat sie da? Tanja war nicht ihre Freundin. Tanja sah in Andreas den Fels in der Brandung. Caroline sollte dieses Bild nicht zerstören. Aber es tat so gut, mit jemandem über ihn zu sprechen. Caroline würde ihr einfach nichts Konkretes von dem Schlaganfall erzählen.

»Heute glaube ich, wir hätten uns mehr Zeit nehmen müssen«, fuhr Caroline fort. »Er, um sich wirklich zu erholen, ich, um für ihn da zu sein. Stattdessen haben wir so getan, als ob nichts passiert sei.«

»Daniel bewundert ihn so sehr. Auf mich wirkt er voll fit und belastungsfähig.«

Caroline schwieg. In diesem Glauben wollte sie Tanja gern lassen.

Tanja spielte mit dem Zipfel ihres Handtuchs. »Meinst du, sie müssen noch heute nach Frankfurt zurück?«

»Keine Ahnung. Die Lage scheint ernst zu sein. Ich traue Daniel zu, dass er das richtig einschätzt.«

»Aber Andreas wirkt so entspannt, er hat bestimmt einen guten Plan.«

Caroline zweifelte daran. Andreas mochte hundertmal erzählen, dass Daniel und er in Ruhe abwarten konnten, wie sich der Fall entwickelte. Sie merkte, dass er gar nicht bei der Sache war.

»Wo ist Andreas? Ich kann ihn gar nicht mehr sehen.« Tanja reckte den Kopf.

Der Wind war stärker geworden, das Wasser jetzt aufgeraut von kabbeligen Wellen, die die weiße Boje an ihrer Kette hin und her warfen. Auch Caroline sah Andreas nicht. Sie stand auf, schirmte die Augen gegen die Helligkeit ab. Er war nicht da.

Sie lief zum Ufer. Es war niemand mehr in der Nähe, die Mutter mit den zwei Kindern war gegangen, das ältere Paar längst in der Ferne verschwunden.

»Warum ist er so weit rausgeschwommen?« Tanja war ihr gefolgt.

Caroline rannte ins Wasser. »Andreas!«

Wenn sie doch nur mit ihm hineingegangen wäre!

»Da! Da ist etwas!« Tanja zeigte auf eine Stelle weit jenseits der Boje. »Siehst du?«

Caroline strengte ihre Augen an. Ein dunkler Punkt, der auf und ab hüpfte. Es musste Andreas' Kopf sein! Nun erkannte sie ihn, er näherte sich. Sie stieß die Luft aus, die sie angehalten hatte.

Seine Arme pflügten durch die Wellen, er kraulte. Ihre Sorge war unbegründet gewesen. Er war voller Energie.

Andreas hatte Stehhöhe erreicht, lief ihnen entgegen. Er ging aufrecht, sein Körper war gerötet von der Kälte, sein Haar triefte und wirkte fast schwarz, seine Schultern und

Arme glänzten. Ohne einen Blick oder ein Wort lief er an ihnen vorbei, nahm sein Handtuch, schlang es um die Hüften und ging zum Schiff.

ANDREAS

Weg, nur weg vom Ufer, so schnell es ging. Transparentes Grün, heller Sandboden unter ihm. Er tauchte ein. Eine dunkle Zone mit Algen lag vor ihm, deren Blätter wie fedrige Tentakel nach oben wehten und sich an seine Beine hefteten. Seine Füße fanden den Boden nicht mehr. Die weiße Boje markierte das Ende der Badebucht, er wollte weiter hinaus.

Auf seiner Brust lag ein schmerzhafter Druck, seit Tagen schon, seit sie losgesegelt waren. Nichts war so, wie er es sich erhofft hatte.

Warte, bis du in den Schären bist, an Carolines Sehnsuchtsort.

Das hatte er gedacht, aber er glaubte nicht mehr daran, dass irgendeine Landschaft seine Frau in die Caroline zurückverwandeln würde, die sie früher gewesen war.

Weil sie es nicht wollte. Nichts von dem, was er ihr anbot, wollte sie. Dabei strengte er sich so an.

Er hatte sich nicht ablenken lassen von diesem lästigen Fall, von Lehnberg, von Daniel, der alle anderen mit seiner Hektik ansteckte. Nur Caroline war ihm wichtig. Spürte sie das denn nicht?

Er blickte kurz zurück, sah Caroline und Tanja klein in der Ferne auf ihren Handtüchern.

Er fühlte sich erschöpft. Doch seine Arme bewegten sich automatisch wie die eines Roboters, schoben Wasser zur Seite weg, trieben seinen Körper vorwärts. Eine Welle kam aus einer unerwarteten Richtung, traf ihn ins Gesicht, er schluckte Wasser, hustete, schwamm weiter. Die Wellen hier draußen waren höher, unberechenbarer, sie griffen ihn an, von allen Seiten.

Er sah wieder seinen Vater vor sich, im Ohrensessel, in dem Zimmer ohne Fenster. *Hör ihn dir an, den perfekten Klang*. Er war nicht gekommen. Er hatte seinen Vater bestraft, weil der ihn nicht wahrgenommen hatte.

Auch Caroline nahm ihn nicht wahr.

Sie sollte hier sein, bei ihm.

Er wurde langsamer. Wenn ihm jetzt etwas passierte, würde es niemand bemerken. Caroline achtete nicht auf ihn.

Wozu machte er das alles? Für wen hatte er dieses Leben aufgebaut, gearbeitet wie ein Tier, das ganze Geld. Bisher war die Arbeit seine Rettung gewesen. Sein sicheres Terrain. Dr. Andreas Kepler. *Den legt niemand rein.* Kepler Weiß & Trautmann. Topadresse, Toplage, Büro mit Blick über die Skyline.

Und nun hatte Lehnberg ihn vorgeführt, ins offene Messer rennen lassen. Andreas hatte vor der Presse gestanden. *Die Vorwürfe gegen meinen Mandanten sind haltlos.* Keine Florabella mit aufgespritzten Lippen, sondern Lehnberg und Friedrichsen im Petit Paris, Insider-Aktientipps für Lehnberg. Und dafür hatte Lehnberg bei Friedrichsens dubiosen Geschäften in Nigeria nicht so genau hingesehen, Zahlungen an angeblich wichtige »Türöffner« und »Agenten« durchgewunken, die Friedrichsen stattdessen in die eigene Tasche gesteckt hatte.

Er hatte seinen Mandanten nicht im Griff. Wenn das herauskam, war er ordentlich blamiert. Daniel witterte es bereits, der Junge war taff, der wusste genau, was los war: Vor seinen Augen fiel die Lehnberg-Fassade in sich zusammen. So wie die seines Chefs.

Auch Caroline hatte ihn durchschaut. Er verlor die Kontrolle über sein Leben. Wie lange wollte er sich selbst noch was vormachen?

Weiter raus, vom Ufer weg, sich einfach treiben lassen.

Er konnte einen Bus aus diesem schwedischen Kaff nehmen, den Flieger von Stockholm, am späten Nachmittag in Frankfurt bei Lehnberg sein. Und dann? Er hatte keinen Plan.

Lehnberg hatte Daniel in die Sache mit dem Notizbuch eingeweiht. Nicht ihn. Vielleicht sollte er Daniel nach Frankfurt schicken. Der Schmerz in seiner Brust wurde stärker.

Er selbst würde mit Caroline auf dieser Yacht bleiben. Mit Caroline, die sich von ihm entfernte. Mit Tanja, die Daniel vergötterte. Und mit Eric, der ihn stumm beobachtete und vermutlich verachtete.

Er wusste nicht mehr weiter.

Der Gedanke kam plötzlich, und im selben Moment wich die Kraft aus seinen Gliedern. Seine Arme gehorchten nicht länger. Er schnappte nach Luft, schwamm auf der Stelle, hielt mühsam den Kopf über Wasser. Wellen überspülten ihn, nahmen ihm die Sicht, den Atem. Das Ufer war ein blasser dünner Strich, meilenweit entfernt. Er würde es nicht zurückschaffen.

»Caroline!« Er schrie, schluckte Wasser, schrie. »Caroline!« Immer wieder ihren Namen. Er konnte nicht sehen, ob sie den Kopf hob. Ob sie ihn hörte. Er wusste nicht mehr, welche der Frauen am Ufer sie war. Er hatte nicht darauf geachtet, auf nichts, was wichtig war, hatte er geachtet, und nun war es zu spät.

Sein Gesicht geriet unter Wasser, das war keine Welle, etwas zog ihn in die Tiefe. Er öffnete die Augen, das Wasser leuchtete wie grünes Milchglas. Er sank. Immer tiefer. In blaue Kälte. Der Schmerz in seiner Lunge war unerträglich.

Er starb. Er starb allein im Meer.

Ein Ruck ging durch seinen Körper, katapultierte ihn an die Oberfläche, seine Arme ruderten, sein Kopf reckte sich über Wasser. Er sog Luft ein. Hustete, spuckte und keuchte. Atmete. Ihm gelangen kleine Bewegungen, die ihn gerade so oben hielten.

Er orientierte sich, begann vorsichtig zu schwimmen. Aufs Ufer zu. Die Wellen waren gnädig, sie trafen ihn von hinten, und es schien eine Strömung zu geben, die ihn mit sich trug.

Sein Atem wurde ruhiger. Die Panik wich.

Er begriff, dass er nur knapp überlebt hatte. Er wäre fast ertrunken, doch er hatte sich selbst gerettet. Sein Kopf fühlte sich leer an. Leicht.

Da war Kraft in seinen Armen. Er kraulte jetzt. Immer schneller. Er sah den hellen Sand, im flachen Wasser Caroline und Tanja. Sie blickten über das Meer.

Caroline beschirmte die Augen mit der Hand, hielt Ausschau nach ihm. Sie hatte keine Ahnung, an welchem Punkt er gerade gewesen war. Sie würde es auch nicht erfahren.

Er hatte ihr genug Brücken gebaut. Jetzt musste er sie sprengen.

CAROLINE

Sie hatte etwas sagen wollen. *Warum warst du so weit draußen, ich habe Angst um dich gehabt!* Er lief ohne ein Wort, ohne einen Blick an ihr vorbei.

Hatte er sie erschrecken wollen?

Sie sah ihm nach, wie er den Strand verließ und auf das Boot zulief. Auch Tanja wirkte bedrückt. Still packten sie ihre Taschen.

Schon am Beginn des Stegs nahm Caroline die Stimmen auf der *Querelle* wahr. Daniel und Eric riefen sich etwas zu, auch Andreas war zu hören. Caroline hoffte für Tanja, dass es nicht die Abreise der Männer war, die dort beschlossen wurde. Sie hoffte es auch für sich selbst. Wenn Andreas und sie in dieser Stimmung auseinandergehen würden, wäre der Riss wohl nicht mehr zu kitten.

Die drei Männer hielten sich im Cockpit auf. Daniel und Eric beugten sich über die Reling und blickten ins Wasser hinunter. Andreas saß auf einer Bank.

»Vielleicht haben wir später eine Chance, wenn die Sonne etwas schräger einfällt«, meinte Daniel, der die Frauen offenbar noch nicht bemerkt hatte.

Eric streifte Caroline mit einem Blick. »Im Gegenteil, dann siehst du gar nichts mehr.«

»Was ist los?«, fragte sie.

Daniel richtete sich auf. »Andreas' Handy ist ins Wasser gefallen.«

»O nein, so ein Pech!«, rief Tanja.

»Wie ist denn das passiert?«, fragte Caroline.

Andreas sah sie an und gleichzeitig durch sie hindurch. »Als ich an Bord wollte, ist es mir aus den Fingern gerutscht.«

Caroline war schlagartig genervt. Andreas hatte das Smartphone erst vor wenigen Wochen gekauft, es war das neueste Modell auf dem Markt.

»Machen wir kein Drama daraus«, sagte er.

Es schwang etwas Fremdes in seiner Stimme mit. Er klang so unbeteiligt.

»Geht es dir gut?«, fragte sie.

»Klar, warum fragst du?«

Sie sah ihn an, doch in seinem Gesicht war keine Regung zu erkennen.

Eric war unter Deck verschwunden, kam nun wieder nach oben, in Badehose, mit einer Tauchermaske und einem Handtuch in der Hand.

»Was wird das denn?«, fragte Andreas.

»Wonach sieht es aus?« Eric setzte die Maske auf, der Gummiring schloss sich schmatzend um seine Augenpartie. Er betrat die Badeplattform, klappte die kleine Leiter hinunter.

Caroline blickte an der Bordwand abwärts. Hier im Hafen, zwischen den Booten, konnte man nichts auf dem Grund erkennen. Dunkel und schlammig sah das Wasser aus. Sie selbst hätte sich geekelt, hineinzusteigen.

»Nett von dir, Eric, aber das hat doch keinen Zweck«, sagte Andreas. »Es ist zu tief, du wirst nichts sehen. Lass es einfach. Es macht wirklich nichts.«

Daniel sah ihn ungläubig an. Die Vorstellung, sein Smartphone zu verlieren, auch nur für eine Stunde ohne das Gerät auskommen zu müssen, musste für ihn unvorstellbar sein.

Eric reagierte nicht auf Andreas' Einspruch, er stieg die Leiter hinab und ließ sich ins Wasser gleiten. Auch auf den Nachbarschiffen erregte der Tauchgang Aufsehen. Eric stieß sich am Heck ab in die Tiefe, Kopf voran. Eine kräftige Bewegung mit den Armen, und Caroline konnte ihn nicht mehr sehen, nur die Schlammwirbel im Wasser, die er verursachte. Sie blickte auf das Echolot, es zeigte knapp drei Meter Wassertiefe an. Die Zeit, bis er zurück an die Oberfläche kam, erschien ihr lang. Er prustete, musste sich für einen Moment orientieren, griff nach der Badeleiter. Seine Hände waren leer. Niemand sagte etwas. Er atmete ein paarmal tief ein und aus und tauchte wieder ab. Diesmal blieb er eine Ewigkeit unten. Plötzlich schoss sein Kopf nach oben, er packte die Leiter und zog sich mit einer Hand hoch. In der anderen hielt er das Handy. Applaus kam von den Nachbarbooten.

»Wahnsinn!« Daniel nahm ihm das Gerät ab und reichte es Andreas, der es kaum mit einem Blick bedachte. Er legte es auf den Tisch.

Eric zog die Tauchermaske ab, um seine Augen hatten sich Striemen gebildet, und in seinem Brusthaar hingen schleimige Algenfäden. »Ein Glück, dass das Gehäuse silbern ist«, sagte er außer Atem. »Bei einem schwarzen Handy hätte ich keine Chance gehabt.«

Andreas reichte ihm das Handtuch. »Danke, Eric, aber du hättest dir die Mühe sparen können, es ist sowieso kaputt.«

»Es muss sorgfältig trocknen«, sagte Daniel. »Ich geh mal in den Ort, vielleicht finde ich einen Handyladen, irgendjemanden, der es auseinanderbauen kann.«

»Vergiss es«, sagte Andreas. »Das gibt es in so einem Kaff nicht.«

»Dann besorge ich schnell ein Neues. Ich lasse es liefern. Ich bräuchte nur eine Adresse. In welche Marina fahren wir als Nächstes?«, fragte Daniel, an Eric gewandt.

»Wir fahren in die Schären, das sind überwiegend unbewohnte Felsen«, kam Andreas dem Skipper mit einer Antwort zuvor. »Wir wollen da ankern.«

»Wir könnten die Route ändern und zuerst nach …«, setzte Eric an.

»Macht bitte keinen Stress wegen dieses lächerlichen Vorfalls«, unterbrach ihn Andreas. »Wir haben Urlaub. Das Handy ist abgesoffen, Pech, so was passiert, und ich brauche nicht sofort ein neues. Wer mich privat erreichen will, kann Caroline anrufen. Und in der Kanzlei sagen wir Bescheid, dass die Kontakte über dich laufen.« Er legte Daniel die Hand auf die Schulter. »Das wird schon. So, jetzt brauchen wir erst mal alle einen Schluck.« Er stieg die Treppe in den Salon hinab und rief von unten: »Ich habe noch was Gutes in meiner Koje versteckt.«

Er kehrte zurück mit einer dunklen, bauchigen Flasche und fünf Gläsern, goss allen großzügig ein. »Ein besonderer Portwein. Auf den Schreck.«

»Danke, für mich nicht, ich muss mich erst mal waschen«, sagte Eric. Er betrat den Steg, wo der Wasserschlauch festgemacht war, und spülte sich die Algen vom Körper.

Caroline ließ Andreas nicht aus den Augen. Etwas stimmte nicht mit ihm, seine Distanziertheit war nun dieser aufgesetzten Munterkeit gewichen.

»Prost und zum Wohle.« Er trank in einem Schluck aus

und nahm dann das Glas von Eric. Jetzt erst stieß er mit Daniel und Tanja an. Caroline schenkte er keine Beachtung.

Daniels Handy, das ebenfalls auf dem Tisch lag, klingelte, Daniel warf einen Blick auf das Display. »Lehnberg.«

»Na, geh doch ran«, meinte Andreas.

Daniel nahm das Gespräch an, signalisierte Andreas mit Gesten, dass er das Boot verlassen wollte. Der nickte, und Daniel balancierte über die Planke. Das Handy ans Ohr geklemmt, lief er auf dem Steg auf und ab.

Andreas schüttelte den Kopf, mit der Miene eines strengen, aber liebevollen Vaters. »Er bekommt mir am Ende noch einen Herzinfarkt. Dabei hat niemand seinen Urlaub so verdient wie er.«

Wie verlogen er war. Er brachte Daniel in eine unmögliche Situation. Schon die Einladung zu dieser Reise war im Grunde ein Unding gewesen. Daniel musste so tun, als würde er sich entspannen und den Urlaub genießen, während Andreas ihn mit dem Lehnberg-Problem allein ließ.

»Wie schmeckt dir der Portwein?«, fragte Andreas Tanja. »Das ist eine Rarität, er wird in einer kleinen Destille im Norden Portugals gebrannt und abgefüllt, sie produzieren nur etwa hundert Flaschen pro Jahr. War nicht ganz leicht, da heranzukommen.«

»Er ist köstlich«, sagte Tanja.

Andreas wollte ihr nachschenken, doch sie hielt die Hand über ihr Glas. »Lieber nicht, auf den nüchternen Magen.«

»Apropos, wer hat heute Kochdienst?«, fragte er.

»Ich«, sagte Caroline. »Wieso?«

»Ich übernehme für dich. Es gibt eine Überraschung. Okay?«

Sie zuckte die Achseln. »Von mir aus.«

»Ich muss aber einiges besorgen. Tanja, kommst du mit mir einkaufen?«

Tanjas Blick wanderte zum Steg, suchte ihn nach Daniel ab, der noch immer telefonierte. Caroline merkte ihr an, dass ihr die Situation unangenehm war.

»Ich kann natürlich auch allein gehen.« Bei Andreas schwang ein beleidigter Unterton mit.

»Nein, nein«, beeilte sich Tanja zu sagen, »ich begleite dich gern.«

Andreas reckte den Daumen hoch und trank den letzten Schluck aus seinem Glas. »Ah ... ein herrliches Zeug.«

»Da bin ich ja gespannt auf die Überraschung«, sagte Caroline.

Er sah sie an, ohne ein Lächeln. »Für dich noch Nachschub, Schatz?«

Caroline zog eine Augenbraue hoch, sie nannten sich nie gegenseitig ›Schatz‹, machten sich sonst über Paare lustig, die Kosenamen füreinander benutzten.

»Nein, vielen Dank.«

Andreas grinste ohne jede Wärme, nahm die Flasche und brachte sie unter Deck.

Als Daniel nach seinem Telefonat zurück an Bord kam, wirkte er deutlich entspannter.

»Alles in Ordnung?«, fragte ihn Caroline.

»Danke, ja. Wo ist denn Andreas?«

»Hier.« Andreas' Kopf tauchte über der Treppe auf.

»Die Staatsanwältin gibt Lehnbergs Handy frei.«

»Gut. Hat Lehnberg sonst noch was gesagt?«

»Er war zuerst unruhig. Sagte, es wäre besser, wenn wir vor Ort wären.«

»Witzbold. Wie stellt er sich das vor?«

Caroline wandte sich ab. Immer wieder dieser Fall. Andreas wirkte sofort gestresst, wenn Daniel ihn damit konfrontierte. Sie konnte sehen, wie sich sein Körper verspannte, wie er auf Abwehr schaltete.

Eric saß in seiner Badehose neben dem Wasserschlauch auf dem Steg. Caroline betrachtete ihn. Sein Körper war sehnig und muskulös, vielleicht ein wenig schmal für ihren Geschmack. Er hatte den Kopf in den Nacken gelegt, hielt die Augen geschlossen, schien die Sonnenwärme zu genießen.

Obwohl sie nicht wollte, drang die Unterhaltung zwischen Daniel und Andreas an ihr Ohr.

»Lehnberg hat einfach Redebedarf.« Daniel setzte sich ins Cockpit. »Was kommt auf ihn zu, wenn wegen der Treffen im Petit Paris ermittelt wird und so weiter. Ich habe ihm gesagt, dass wir da keine Befürchtungen haben. Dass die kein Gästebuch führen und niemand dort sich an bestimmte Personen erinnern kann.«

Andreas nickte, noch immer auf der Treppe stehend. »Und selbst wenn Treffen mit Friedrichsen bestätigt würden, kann niemand beweisen, worüber sie gesprochen haben.«

»Habe ich ihm auch gesagt. Er wirkte dann ganz beruhigt. In den nächsten Tagen will er sich noch mal melden.«

»Gut.« Andreas kam an Deck. »Ich entführe dir jetzt deine Partnerin für ein Stündchen, okay? Wir wollen auf den Markt, etwas Leckeres für heute Abend besorgen.«

Daniel und Tanja wechselten einen Blick.

»Klar, tolle Idee«, sagte Daniel. »Ich muss sowieso kurz was recherchieren.«

Andreas und Tanja verließen die Yacht. Nur Tanja verabschiedete sich von Caroline. Auf dem Steg sprachen die beiden kurz mit Eric, liefen dann in Richtung des Ortes. Eric lehnte sich wieder zurück.

Was hielt er von seiner Gästecrew? Caroline konnte sich nicht vorstellen, dass sie sympathisch auf ihn wirkten. Nicht Andreas mit seinem jovialen, manchmal arroganten und jetzt komplett merkwürdigen Verhalten, nicht Daniel, der Overachiever, nicht Tanja mit ihrer Beflissenheit, nur ja alles richtig zu machen. Nicht mal sie selbst. Sie wäre gern empathisch und herzlich gewesen. Liebevoller zu Andreas, verständnisvoller gegenüber Daniel in seiner verzwickten Lage, offen und interessiert zu Tanja.

Sie gab niemandem eine Chance. Auch sich selbst nicht.

Sie wünschte, dass Eric die Augen öffnete, den Kopf wendete und sie ansah. Wenn er das täte, würde sie sich zu ihm setzen.

Eric rührte sich nicht.

Für ihn waren sie alle so unwichtig, dass er keinen Gedanken an sie verschwendete. Eintagsfliegen. Bald kamen neue Gäste.

TANJA

Der Markt zwischen den pastellfarben getünchten, zweistöckigen Häuschen mit den Stockrosen vor den Türen war klein, aber es gab dort alles, was man sich wünschen konnte. Obst und Gemüse, Käse, Brot, Blumen. Und natürlich Fisch.

Sie schlenderte neben Andreas von Stand zu Stand, wo er auf Englisch oder Deutsch mit den Verkäuferinnen plauderte, die Auslagen inspizierte, lobte, Fragen stellte, Häppchen probierte, die sie ihm anboten. Seine Stimme schallte über den Platz, andere Touristen waren kaum zu sehen. Er biss von einer Käseecke ab, kaute und reichte den Rest Tanja. »Hier, den Brie musst du kosten!« Er schob ihr die kleine Scheibe direkt in den Mund, cremige Spuren klebten an seinen Fingern, er leckte sie ab. »Gut, oder?« Als sie anerkennend nickte, kaufte er ein tortengroßes Stück.

Ihre anfängliche Verlegenheit löste sich auf, und sie ließ sich von seiner Energie und Neugier anstecken. Es waren sein Charme, seine Offenheit und sein Humor, die ihn bei den Leuten gut ankommen ließen. Er wollte unbedingt ein original schwedisches Gericht auf den Tisch bringen, und die Frau am Fischstand erklärte ihm, wie man ein Räksmörgås, eine Art Sandwich mit Meeresfrüchten, zubereitete. Sie bräuchten ein spezielles luftiges Brot, Avocado, Ei, Salatblätter, Mayonnaise, Dill und natürlich ihre frischen

Krabben. Sie probierten die prallen rosa Tierchen, und Andreas kaufte ihr mehr als ein Kilo ab.

»Wer soll denn diese Mengen essen?«, fragte Tanja lachend.

»Na, du!«

Inzwischen trug er mehrere schwere Tüten, wollte sich aber nicht von ihr helfen lassen. Sie machten einen Umweg, um sich das mittelalterliche Rathaus anzuschauen, dessen Fachwerk über die Jahrhunderte pechschwarz geworden war.

»Riechst du das auch?«, fragte er, als sie vor dem Gebäude standen.

»Zimt?«

»Komm.«

Der Geruch kam aus einer Konditorei. Andreas nahm alle Tüten in eine Hand, hakte sich bei ihr unter, führte sie quer über die Straße zu der Backstube und hielt ihr die Tür auf. Innen hüllte der zimtige Duft sie ein.

»Kanelbullar. Süße Hefeschnecken. Eine schwedische Spezialität.« Er kaufte sechs, für jeden an Bord eine. »Und eine für uns beide als Wegzehrung.«

Tanja kannte ihn gut gelaunt, aber noch nie hatte sie ihn in so gelöster Stimmung erlebt wie auf dem Rückweg. Sie bissen abwechselnd in die warme Zimtschnecke. Er schwärmte ihr von den Schären vor, die sie am nächsten Tag erreichen würden.

Als sie an Bord die Treppe in den Salon hinunterstieg, saß Daniel am Tisch. Sie sah gerade noch, wie er etwas schluckte und mit Wasser nachspülte. Was nahm er dauernd? Sie musste ihn darauf ansprechen. Wenn sie allein waren.

Andreas reichte ihr von oben die Einkäufe, und sie packte die Tüten in der Pantry aus. Sofort roch es im ganzen Schiff nach Zimt.

Caroline kam aus ihrer Kajüte. »Ah, Kanelbullar! Die habe ich wirklich schon ewig nicht mehr gegessen.«

»Ja, die gibt es zum Nachtisch«, sagte Tanja.

Andreas begrüßte Caroline nicht, er sah sie nicht einmal an.

»Wo ist eigentlich Eric?«, fragte er stattdessen.

»Vorhin weggegangen«, sagte Daniel.

»Ich hoffe, dass ich einen Quirl oder wenigstens einen Schneebesen in seiner Pantry finde.«

»Was hast du vor?«, fragte Caroline. »Gibt es was Besonderes?«

Andreas antwortete ihr nicht. Er öffnete verschiedene Fächer und Schubladen, zog einen Stabmixer hervor. »Na bitte, perfekte Ausrüstung. Daran merkt man, dass auf dem Schiff eine Frau zu Hause ist.«

Tanja musste an Carolines Bemerkung denken. *Es gibt nichts an Bord, das auf diese Sylvie hinweist.* Sie hatte sich angehört, als ob sie bezweifelte, dass Sylvie überhaupt existierte.

»Meine selbstgemachte Mayonnaise ist berühmt«, sagte Andreas. »Na ja, um ehrlich zu sein, ist das mein erster Versuch heute.«

Tanja musste lachen. Sie suchte eine geeignete Rührschüssel und reichte sie ihm. Caroline setzte sich. Tanja wurde bewusst, wie vertraut sie und Andreas gerade wirken mussten, noch erfüllt von den Eindrücken draußen, dem gemeinsamen Ausflug. Sie musste vorsichtig sein. Zwischen Andreas und Caroline stimmte etwas nicht.

Schon am Strand hatte er abweisend gewirkt. Tanja rückte ein Stück von ihm ab.

»Du hast doch bestimmt ein Geheimrezept, das du mir verraten willst, Tanja. Du lässt mich nicht allein.« Andreas holte eine Flasche Bier aus der Kühlbox und öffnete sie. »Obwohl ich bei deiner Figur nicht glaube, dass du dich mit Mayonnaise auskennst.«

Daniel sah von seinem Handy auf. Er wirkte abwesend.

Tanja fiel keine Entgegnung ein. Flirtete Andreas mit ihr?

Caroline stand auf und stieg die Treppe hinauf.

»Wir essen um halb acht, sag Eric Bescheid, falls du ihn siehst«, rief Andreas ihr nach. Diesmal war Caroline es, die nicht reagierte.

Es zeigte sich, dass Andreas Tanjas Hilfe nicht benötigte. Die Mayonnaise gelang ihm buttergelb und cremig, er schmeckte sie mit einem Spritzer Zitronensaft ab und vertiefte sich dann in das perfekte Arrangement der Krabben.

Tanja deckte den Tisch im Cockpit, der Abend war warm genug, die Sonne stand noch hoch. Caroline war nicht zu sehen.

Andreas reichte ihr die fertig portionierten Teller herauf, er hatte kunstvolle Gebilde aus Salat, Avocadospalten und Eischeiben aufgetürmt, die von seiner Mayonnaise zusammengehalten wurden. Obenauf lag jeweils ein Berg der hellrosa Krabben.

»Setzt euch. Wo sind die anderen?«, fragte er.

In diesem Moment kamen Caroline und Eric den Steg entlang, beide mit nassen Haaren.

»Wart ihr noch schwimmen?«, fragte Tanja.

»Ein Stück entfernt liegt eine Bucht mit dem tollsten

Sand, den du dir vorstellen kannst, ein Geheimtipp von Eric«, meinte Caroline zu ihr. »Viel schöner als die Stelle, an der wir im Wasser waren. Du siehst es von hier aus nicht, es ist hinter diesem Wäldchen.« Sie zeigte in die Richtung. »Es war kein Mensch da, wir sind spontan reingegangen.«

»Ein FKK-Strand?«, fragte Andreas.

Caroline antwortete nicht.

»Klingt toll, vielleicht geh ich morgen vor der Abfahrt noch mal schwimmen«, meinte Tanja.

»Aber nackt. Und mich nimmst du mit«, warf Andreas ein.

Tanja reagierte nicht auf die Bemerkung. Sie drehte sich zu Daniel um, der gerade die Treppe hochkam. Hatte er den Wortwechsel mitbekommen?

»Das sieht sensationell aus, was du da gezaubert hast«, sagte Daniel mit Blick auf die Teller.

»Nur ein Räksmörgås«, entgegnete Andreas bescheiden. »Lasst es euch schmecken.«

Sie tranken Weißwein zum Essen. Andreas bestand darauf, auf Daniel anzustoßen, der sie davor bewahrt habe, zurückfliegen zu müssen. »Lehnberg vertraut dir, und wir haben Ruhe vor ihm. Auf dich.«

Daniel strahlte, er hatte offenbar schon nicht mehr damit gerechnet, dass sein Chef seine unermüdlichen Aktivitäten wertschätzen würde. Tanja freute sich für ihn.

»Ich wusste schon sehr bald, nachdem ich Daniel eingestellt hatte, dass ich mir da ein großes Talent in die Kanzlei geholt habe«, sagte Andreas zu Eric. »Klug und integer.« Er sah Tanja an. »Und als ich seine Freundin zu Gesicht bekam, wusste ich endgültig: Den Mann will ich in meiner Nähe haben.«

Tanja gelang kein Lächeln. Vermutlich sah sie gerade genauso aus wie Caroline und Eric ihr gegenüber, die synchron die Augenbrauen hoben. Überrascht. Ungläubig.

Tanja suchte wieder Daniels Blick. Er wich ihr aus, nahm noch einen Schluck Weißwein.

»Was ist denn auf einmal los?« Andreas fixierte jeden am Tisch einzeln, seine Hochstimmung schien sich noch zu steigern. »Daniel, das sollte nur ein Kompliment an deinen guten Geschmack sein. Ich hoffe, ich bin dir nicht zu nah getreten?«

»Alles in Ordnung«, sagte Daniel.

»Dann ist es gut. Noch mal auf dich.« Andreas stieß mit ihm an.

Tanja wäre am liebsten aufgestanden. Sie wollte weg von diesem Boot. Doch sie wagte es nicht. Ihr Teller war halbvoll. Jetzt zu gehen, hätte wie ein Kommentar auf Andreas' Bemerkungen gewirkt. Aber wie sollte sie sonst reagieren? Sie konnte ja schlecht den Chef ihres Freundes zurechtweisen. Sie blieb sitzen, schwieg und aß Krabbe um Krabbe, ohne etwas zu schmecken.

Auch Eric hatte während des Essens wortlos dabeigesessen, zuletzt war er mit seinem Laptop beschäftigt gewesen.

»Wir können uns freuen«, sagte er in die Stille am Tisch. »Das Wetter morgen wird fantastisch. Wind aus Südost, Stärke drei bis vier. Siebzig Seemeilen, aber ein perfekter Kurs. Wenn es gut läuft, seht ihr am Nachmittag die ersten Schären.«

Tanja legte ihr Besteck auf den Teller. Sie hatte kein gutes Gefühl mehr. Ein weiterer Tag auf See, unzählige Stunden in dem engen Cockpit. Mit Andreas. Sie fühlte sich von ihm beobachtet. Es war ein Fehler gewesen, die Einladung eines Mannes anzunehmen, dem sie in jeder Hinsicht ausgeliefert waren.

»Hey, schau nicht so ernst. Das wird wundervoll, versprochen.« Andreas goss Tanjas Weinglas voll, ohne sie vorher zu fragen. »So, und nun müsst ihr die Kanelbullar probieren.«

CAROLINE

Andreas hatte sie nicht mehr angesehen, nicht mal, als sie plötzlich aufgestanden und gegangen war. Bitte schön, wenn ihm das Theater mit Tanja Spaß machte. Aber nicht mit ihr als Publikum. Sie lief über den Steg, folgte ziellos der Uferlinie. Im Schatten eines Kiefernwäldchens kam ihr Eric entgegen. Er blieb stehen.

»Du gehst gern allein auf Wanderschaft«, sagte sie.

»Ich brauche die Bewegung. Vor allem an langen Segeltagen.«

Caroline verstand ihn gut, auch wenn er den wesentlichen Punkt nicht ansprach. An Bord gab es keine Möglichkeit, für sich zu sein.

Sonnenstrahlen fielen schräg durch das dichte Grün der Kiefernnadeln. Es roch nach Holz, modrig und feucht.

»Da vorn stehen Pfifferlinge, siehst du? Eigentlich viel zu früh dafür.«

Caroline sah in die Richtung, in die er zeigte, und entdeckte die Pilze, hellgelbe Tupfer auf dem dunklen Boden. »Und was ist das andere dort? Sieht von hier aus wie Blumenkohl.«

Gemeinsam traten sie nah an das merkwürdige Gewächs heran. »Blomkålssvamp«, meinte Eric. »Blumenkohlschwamm. Auf Deutsch sagt man ›Krause Glucke‹.«

Caroline musste lachen. Sie ging in die Hocke und strich mit dem Finger über die gewellte Oberfläche des Pilzes.

»Sie können im Spätsommer bis zu zwei Kilo schwer werden.«

»Du kennst dich gut aus.«

»Ich lebe in der Natur.«

Caroline richtete sich wieder auf, weniger als ein halber Meter lag zwischen ihnen, sie hätte ihn ohne Mühe berühren können.

»Ich habe schon als Kind Pilze gesucht«, sagte er.

»Auch gegessen?«

Er grinste. »Nein. Obwohl meine Mutter sie gut zubereitet hat.«

»Hattest du eine glückliche Kindheit?«

Er senkte den Kopf, Schatten fielen auf sein Gesicht. »Ja. Aber mein Vater war ein schwieriger Mensch.«

Caroline beobachtete ihn. An Bord wirkte er immer, als wolle er vor ihnen allen fliehen. Wie anders er war, hier mit ihr allein. Dennoch spürte sie auch jetzt, dass er nicht gern über sich sprach. Sie würde ihn nicht mit Fragen zu seinem Vater behelligen. Sie wandte sich ab.

»Er war unberechenbar. Meine Mutter hat er vergöttert. Aber er hat sie auch geschlagen. Für mich kam es wie aus dem Nichts. Heute denke ich, dass er wahrscheinlich betrunken war.«

Caroline zögerte. »Hat er dich auch geschlagen?«

»Er hat schon mal zugelangt, klar. Aber nur einmal war es richtig schlimm.« Eric trat einen Schritt von ihr weg, sah sie immer noch nicht an. »Es war ein Samstag. Da spielte er immer Pétanque mit einer Clique. Ich war dabei, um die Kugeln aufzusammeln und den Staub abzuputzen. Eine Flasche Ricard stand bereit. Der wurde mit ein wenig Wasser verdünnt, damit der Pastis weiß und trüb wird. Mein

Vater hatte sich vorher einen Hummer geholt, den kaufst du bei uns lebend in einer Halle im Hafen, sie stecken ihn einfach in eine Plastiktüte. Er lag im Kofferraum, während sie spielten. Es war sehr heiß an diesem Tag, und ich musste die ganze Zeit an das Tier denken, das in dem aufgeheizten Wagen liegt und langsam in der Tüte erstickt, sich nicht mal bewegen kann mit zusammengebundenen Scheren.« Er brach ab, lachte kurz und bitter. »Meine Güte, das ist ewig her.«

»Was ist passiert?«

»Nichts.« Sein Gesicht war jetzt verschlossen, fast wütend. »Ich habe den Hummer befreit. Ein echter Held.«

Sein Blick folgte dem Waldpfad, und Caroline spürte, dass er gehen wollte. Schweigend liefen sie in die Richtung des Hafens, aber auf einem Weg, den Caroline nicht kannte. Als sie aus dem Wald traten, tat sich eine Bucht mit hellem, feinem Sand auf.

»Ist das schön hier«, sagte Caroline.

Sie liefen barfuß über den Strand, bis sie fast den Wassersaum erreicht hatten. Durch die windgeschützte Lage staute sich die Wärme. Caroline spürte Schweißtropfen zwischen ihren Schulterblättern. Sie zog sich aus, das T-Shirt, die Shorts.

Eric setzte sich in den Sand und blickte in die Bucht.

Caroline hakte den BH auf, legte ihn auf ihre Kleider, dann ihren Slip. Sie lief ins Wasser, drehte sich nicht zu ihm um, aber sie spürte seinen Blick auf ihrem Körper. Es war aufregend, so hatte sie sich ewig nicht mehr gefühlt. Jung. Und gleichzeitig war ihr bewusst, dass sie nicht mehr attraktiv war. Die Wechseljahre hinterließen ihre Spuren. Ihre Haut verlor die Straffheit.

Sie schwamm los.

Als sie sich zu ihm umdrehte, hatte er sich ausgezogen und kam auf sie zu. Im flachen Wasser tauchte er unter, stand prustend wieder auf, strich sich das Haar aus der Stirn. Das Abendlicht hüllte seinen Körper ein.

TANJA

Sie hatte das Fenster der Kajüte geschlossen, bevor sie ins Bett gingen. Besonders heute war es ihr wichtig. Als sie endlich nebeneinanderlagen, nahm Daniel sie wortlos in den Arm und zog sie an sich. »Ich liebe dich«, murmelte er in ihr Ohr.

Die Anspannung des Abends saß noch in ihren Gliedern. Sie konnte nicht so tun, als sei nichts vorgefallen. »Was denkt er sich dabei?«

»Pssst.«

Tanja hatte keine Lust, zu flüstern, es musste doch möglich sein, ein paar normale Sätze zu wechseln, ohne ständig auf die Anwesenheit der anderen Rücksicht zu nehmen. Das taten sie schon den ganzen Tag.

Knirschende Schritte, jemand lief über das Deck, durchquerte das Cockpit und stieg die Treppe nach unten. Das war Eric. Andreas trat fester auf, den Unterschied konnte sie bereits heraushören.

»Warum macht er das? Daniel?«

»Ich weiß es nicht.«

»Wie soll ich mich verhalten?«

»Genauso wie du es getan hast, geh nicht auf seine Anspielungen ein, aber sei freundlich zu ihm.« Er rückte ein Stück von ihr ab, sodass er ihr in die Augen sehen konnte. »Warten wir ab. Morgen sieht bestimmt alles ganz anders aus.«

»Und wenn er nicht damit aufhört?«

»Er hört auf. Wenn nicht, dann ... rede ich mit ihm.« Sein Gesichtsausdruck wurde härter. »Mach dir keine Sorgen.«

»Du sagst das so leicht.«

Er umfasste ihre Schulter. »Bitte. Wir müssen uns ...«

»Das ist auch mein Urlaub«, fiel sie ihm ins Wort. »Nicht nur der von Andreas und Caroline. Wenn die beiden ihre Eheprobleme austragen wollen, sollen sie das meinetwegen tun. Aber ich habe das letzte halbe Jahr hart gearbeitet, ich habe eine Erholung verdient. Und nicht diesen ständigen Druck, Andreas will dies, Andreas braucht das. Und du nimmst vor lauter Stress schon Tabletten.«

»Nur was Pflanzliches. Zum Runterkommen.«

Sie glaubte ihm nicht. »Ich habe dir gesagt, dass diese Reise keine gute Idee ist.«

»Es sind nur zehn Tage, und die Zeit vergeht wie im Flug.« Daniel flüsterte jetzt. »Du hast gehört, wie er mich heute gelobt hat wegen Lehnberg. Ich hole gerade die Kuh für ihn vom Eis, und das nimmt er sehr wohl zur Kenntnis. Jetzt hat er nicht mal mehr ein Handy. Er ist von mir abhängig. Wenn ich mich weiterhin klug verhalte, wird es sich auszahlen. Wenn *wir* uns klug verhalten.«

Tanja verstand genau, was er meinte: Sie sollte ein weiteres Opfer für Daniels Karriere bringen. Sie sah Andreas vor sich, wie er sich entspannt im Cockpit zurücklehnte, während Eric für ihn auf den Grund des Hafenbeckens tauchte und Daniel sich den Kopf zerbrach, wie er seinem Chef sofort ein neues Smartphone beschaffen konnte. All das schien Andreas kaum zu interessieren. Tanja traute ihm zu, dass er das Handy absichtlich versenkt hatte. Aber den Gedanken behielt sie lieber für sich.

Daniel hatte recht, die Zeit auf der Yacht war überschaubar. Sie musste mit der Situation umgehen. Oder noch besser: ihr elegant ausweichen. Sie wollte auf keinen Fall ihren guten Draht zu Caroline gefährden. Aber die konnte ja sehen, von wem die Flirterei ausging: von ihrem Mann.

»Wenn alles so klappt, wie ich mir das denke«, raunte Daniel, »fliegen wir zwei über Weihnachten auf die Malediven in ein Wellness-Retreat. Wir allein.«

Tanja schmiegte sich an ihn. Die Vorstellung war verlockend: Daniel und sie im Schatten unter Palmen, weißer Sand, türkisblaues Meer. Segelboote zogen vorbei, nur als Dekor in der Ferne, hübsch, aber unerreichbar. Mit diesem Bild der perfekten Idylle schlief sie ein.

CAROLINE

Es war kühl in der Koje, und das Bettzeug roch immer noch fremd, nach einem aufdringlichen Waschmittel und gleichzeitig muffig. Durch die geschlossene Tür hörte sie die Geräusche aus dem Salon, Andreas räumte mit Tanja die Küche auf, Geschirr klapperte, sie machten den Abwasch. Seine Stimme war klar und deutlich zu verstehen, er erzählte eine Anekdote über einen italienischen Mandanten, den er einmal verteidigt hatte, Caroline kannte die Geschichte. »Und wir hatten nicht die geringste Ahnung, dass er einer der größten Drogenbosse …« Sie hörte nicht mehr hin, nun kam der Teil, in dem Andreas fast in eine Schießerei geraten war. Tanjas Stimme war nicht zu vernehmen, nur einmal ein leises: »Nicht zu fassen.«

Caroline dachte an Eric. Dieses Gefühl, als sie nackt mit ihm am Strand gewesen war. Sie spürte ein Ziehen zwischen den Beinen. Sein Anblick, das milde Licht auf seinem Körper. Caroline wollte sich das Bild genau vor Augen rufen, aber es hatte von Anfang an keine Kontur gehabt, sich schon am Strand in eine verschwommene Erinnerung verwandelt. Sie waren direkt nach dem Baden zum Boot zurückgekehrt. Und mit jedem Schritt hatte Erics Distanziertheit wieder zugenommen.

Sie schob ihr Kopfkissen zurecht. Die Füllung kam ihr klamm vor. Vielleicht war das normal auf Segelbooten. Sie würde ihr Bettzeug morgen an der Sonne lüften. Wenn sie in den Schären angekommen waren. Die Schären ... Sie horchte in sich hinein, doch die Vorfreude, die sie empfinden wollte, stellte sich nicht ein.

Inzwischen war sie sicher: Andreas verfolgte einen destruktiven Plan. Er war dabei, ihr diesen Urlaub zu verderben. Und er handelte bewusst.

Caroline versuchte, die Gedanken wegzuschieben, sich zu entspannen, doch es gelang ihr nicht. Andreas' aufgesetzt blendende Laune, die Flirterei. Das alles war reine Provokation ihr gegenüber. Es war untypisch für ihn, das schwächste Glied in der Kette ins Visier zu nehmen: Tanja, die sich nicht wehren konnte. Normalerweise suchte er Herausforderungen auf Augenhöhe.

Aber was erwartete er von Caroline als Antwort auf dieses armselige Verhalten? Sie hätte ihm ja gern gegeben, was er sich wünschte, nur um die Situation an Bord nicht weiter zu verschärfen. Aber sie wusste nicht, was er wollte.

Ein Zweifel kam ihr, und der Gedanke, einmal geboren, ließ sich nicht mehr aus dem Kopf verbannen. Vielleicht war Andreas gar nicht auf Provokation aus, sondern flirtete mit Tanja, weil sie ihm gefiel?

Und selbst, wenn es so wäre ... Sie war doch nicht eifersüchtig auf jemanden wie Tanja.

Sie beschloss, die Lage zu beobachten, aber nicht zu reagieren. Wenn er merkte, dass sie nicht mitspielte, würde er Tanja in Ruhe lassen.

Caroline schämte sich, ein Teil dieser Crew zu sein. Schämte sich vor Eric. Sie hatten Glück mit dem Wetter, mit diesem wunderschönen Schiff, sie waren gesund, konnten sich jeden Wunsch erfüllen. Und sie machten das alles kaputt.

Andreas machte es kaputt.

Die Tür der Kajüte ging auf, im Salon war es jetzt still.

»Caroline?« Andreas trat ans Bett, zog sich im Dunkeln aus. »Bist du wach?«

Sie rückte auf ihre Seite, so weit sie konnte.

»Danke.« Er nutzte den Platz aus, um sich umzudrehen und eine bequeme Stellung zu finden, ihr zugewandt.

Caroline hörte Tanjas Stimme aus der benachbarten Kajüte. Sie konnte nicht verstehen, was sie sagte, aber der Klang war unmissverständlich verärgert. Zu laut für ein Segelboot mit dünnen Wänden.

Tanjas Stimme wurde von anderen Geräuschen überlagert: Schritte über ihren Köpfen. Eric kam aus dem Sanitärgebäude zurück. Egal, wie leise man draußen auftrat: Im Inneren der Kabinen knirschte es, als würde das Deck einreißen. Caroline stellte sich vor, wie er jetzt in seine Kajüte ging, sich auszog, auf dem Rücken lag, ins Dunkel starrte. Vielleicht dachte er an sie.

»Morgen sind wir endlich am Ziel.« Andreas strich leicht über ihren Arm, der auf der Bettdecke lag. »Freust du dich?«

Caroline sah zu ihm hin, doch sein Gesicht lag im Schatten. »Und wie«, sagte sie ins Dunkel. »Diese Reise ist doch eine einzige Freude.«

Andreas hörte auf, ihren Arm zu streicheln. »Möchtest du über irgendetwas reden?«

War da bei allem Sarkasmus etwas mitgeschwungen, ein ehrlicher Ton? Ein Angebot an sie? Nein. Sie hoffte es vielleicht, aber da schwang nichts mit.

»Lass nur. Spar die Energie für deine neuen Pläne.« Sie fühlte eine bleierne Erschöpfung. »Vielleicht hältst du alles für ein Spiel, aber du wirst dich wundern, wie es enden wird. Andreas Kepler, der große Magier, zaubert nämlich nicht mehr. Er zockt nur noch. Mal sehen, wie lange dein Publikum noch applaudiert.«

Mit einer brüsken Bewegung drehte er sich um, wandte ihr den Rücken zu. Caroline schloss die Augen.

Nebenan bei Tanja und Daniel war längst alles still. Auch Meer und Wind schliefen schon. Sammelten Kraft für einen neuen Morgen. Leise pochte etwas gegen den Rumpf. Ein zartes Klopfen. Tauchende Wasservögel? Fische? Caroline lag wach und lauschte.

Tock. Tock. ... Tock.

Der Schlaf würde nicht kommen. Sie sehnte sich nach zu Hause. Dort hätte sie sich jetzt ein Buch geholt, Musik angemacht.

Tock ... Tock.

Andreas' Brust hob und senkte sich. Es gab kaum Sauerstoff in dieser winzigen Zelle, nur muffige, abgestandene Luft. Mit jedem Atemzug verbrauchten sie etwas mehr davon. Wie viele Atemzüge hatte sie, bis sie hier drin erstickte? Kalter Schweiß sammelte sich auf ihrer Stirn. Raus! Nur raus hier!

Sie kroch von der Matratze, riss die Tür zum Salon auf.

»Caroline?« Andreas bewegte den Kopf.

Sie zog die Tür zu und legte sich auf die Sitzbank neben den Esstisch. Das Schiebedach über der Treppe zum Cockpit stand einen breiten Spalt offen, und saubere, kühle Luft drang von draußen herein. Caroline atmete. Doch ihr war kalt ohne Decke. Die Stille dröhnte in ihrem Kopf. Auch hier würde sie keinen Schlaf finden.

Irgendwann ein Geräusch. Eine Tür?

Caroline lag noch in derselben Körperhaltung wie zu

Beginn, ihr Rücken schmerzte, sie fühlte sich steif vor Kälte, aber offenbar hatte sie doch eine Weile geschlafen. Sie blinzelte, sah fahles Licht durch das schmale rechteckige Fenster. Es musste früher Morgen sein.

Auf den Mahagoniholzbohlen knarzten Schritte, jemand näherte sich dem Tisch. Eric. Caroline schloss die Augen, bewegte sich nicht. Einen merkwürdig langen Moment passierte nichts, offenbar stand er einfach da und betrachtete sie. Was mochte er sich denken, dass sie hier lag und nicht bei Andreas?

Dann spürte Caroline ein leichtes Gewicht auf ihrer Schulter. Seine Schritte entfernten sich wieder, das Türgeräusch folgte, dann erneut Stille. Ihr wurde wärmer. Sie hob eine Hand und ertastete den weichen Stoff, der sie bedeckte. Eric hatte seine Fleecejacke über sie gelegt. Sie zog sie hoch bis zum Kinn, sog ihren Geruch ein. Ein Hauch seines Aftershaves haftete am Kragen.

Sie sah zu, wie das Morgenlicht durch die schmalen Fenster drang und langsam den Salon in Besitz nahm.

Irgendwann kam Andreas aus der Koje, blieb stehen, als er sie entdeckte. Ohne ein Wort stieg er die Treppe hinauf. Sie hörte das Geräusch, mit dem die Planke auf dem Steg aufschlug, er ging von Bord.

Caroline richtete sich auf, stellte die Füße auf den Boden. Sie fühlte sich wie gerädert von der Nacht, kaum fähig, sich zu bewegen. Im Vorschiff klapperte etwas, Eric war wach. Sie trat zu seiner Tür, klopfte leise.

»Moment.« Er öffnete ihr mit nacktem Oberkörper. Caroline nahm denselben Geruch an ihm wahr wie an der Jacke. Er hielt ein Shirt in der Hand, das er offenbar gerade anziehen wollte.

»Danke.« Sie streckte ihm die Jacke hin, er nahm sie. Nickte. Schloss die Tür wieder.

Beim Frühstück war von der angespannten Stimmung des Vortages nichts mehr zu spüren. Eine fast schon übertriebene Freundlichkeit herrschte, als hätten alle über Nacht gute Vorsätze gefasst. Andreas war eifrig bemüht wie ein Chefkellner. Tanja und Daniel tauschten ostentativ verliebte Blicke und kleine Gesten der Zuneigung: Berührungen im Vorbeigehen, ein Kuss als Dank für das Anreichen der Butter.

Andreas wollte mit Tanja schwimmen gehen, sie lehnte freundlich bestimmt ab, und Eric mahnte zu einem frühen Aufbruch. Der Wind kam schwächer als vorhergesagt, und sie würden länger bis zum Ziel, einer Insel in den Schären, brauchen. Dafür wurden sie mit einem wolkenlosen Himmel belohnt. Schon am Morgen war es sehr warm.

Caroline trug nur ein Trägertop und verrieb Sonnenöl in ihrem Dekolleté. Andreas beobachtete sie, doch sie bat nicht ihn, sondern Tanja, ihr den Rücken einzucremen. Als Tanja das warme Öl zwischen ihren Schulterblättern verteilte und einmassierte, stellte Caroline sich vor, dass Erics Hände sie berührten.

Sie fuhren nur mit fünf Knoten Geschwindigkeit, aber er schien mit sich und der Welt zufrieden zu sein. Er summte leise vor sich hin, den Refrain von *Wind of Change*. Daniel, der das Steuerrad hielt, begann, die Melodie mitzupfeifen.

»Nicht«, Eric sah ihn an, »das bringt Unglück.«

Caroline wartete auf ein Augenzwinkern oder Lachen, aber es war ihm offenbar ernst.

»Echt jetzt? Pfeifen?«, meinte Daniel.

»Ich kenne das vom Theater«, sagte sie. »Ein Aberglaube aus der Zeit, als es noch Gaslampen gab. Wenn ein Pfeifen zu hören war, konnte das bedeuten, dass Gas ausströmte und Explosionsgefahr bestand.«

»Wer nachts im Wald pfeift, nimmt auch nie ein gutes Ende«, sagte Andreas.

Daniel lachte über diese Bemerkung. »Wohl wahr!«

»Es ist die Angst vor dem Echo«, sagte Eric. »Der Widerhall lockt Geister und Dämonen an. Er kann sogar den Wind provozieren, einen Sturm zu entfachen.«

»Bisschen mehr Wind könnte nicht schaden.« Andreas pfiff die ersten Töne von *Seemann, lass das Träumen*.

Eric ignorierte ihn.

»Ich kenne auch einen alten Schiffsaberglauben«, sagte Andreas. »Tattoos und Piercings sollen angeblich das Böse von Bord fernhalten. Was bedeutet eigentlich dein Tattoo, Tanja? Zeig noch mal.«

Tanja drehte ihren Unterarm so, dass er die chinesischen Schriftzeichen sehen konnte. »So etwas wie ›Glückliche Hand‹. Zumindest hat mir das der Tätowierer gesagt.«

»War er Chinese?«, fragte Andreas.

»Ähm ... nein.«

Andreas riss die Augen auf und grinste übertrieben. Alle lachten. Sogar Caroline musste sich eingestehen, dass sie ihn witzig fand.

Er ging vor Tanja in die Hocke, nahm ihren Arm und drückte seine Lippen auf das Tattoo. »So. Nun habe ich Glück bis an mein Lebensende.«

Caroline sah, wie sich Daniel blitzschnell abwandte. Tanjas Gesichtsausdruck fror ein. Sie stand abrupt auf, sodass Andreas ihr ausweichen musste, und ging unter Deck.

Diesen kurzen Moment nur hatte Andreas gebraucht, um die friedfertige Stimmung des Morgens zunichtezumachen. War er jetzt zufrieden mit sich? Caroline betrachtete sein Pokerface. Er kehrte auf seinen alten Platz zurück, sah auf die Uhr, dann auf den Plotter.

Niemand sagte etwas.

Als Tanja zurückkam, trug sie eine Softshelljacke, trotz der Wärme. Sie setzte sich ans Ende der Bank, so weit wie möglich entfernt von Andreas.

»Hol die Fock dichter, Andreas.« Erics Ton war scharf. »Du siehst doch, dass sie oben einfällt.«

Er drehte die Winschkurbel, bis Eric ›Stopp‹ rief.

»Ich kann Schären sehen«, rief Daniel. »Vor uns sind überall kleine Felsen.«

»Es ist nicht mehr weit bis Stora Lindö. Ich übernehme das Steuer, dann könnt ihr die Landschaft genießen«, sagte Eric. Daniel machte ihm Platz.

Für die Strecke bis zu der Insel hielten sie sich an die Fahrrinne, die durch rote und grüne Tonnen gekennzeichnet war.

Felsen, Wasser, Himmel. Caroline vergaß die vergiftete Stimmung an Bord. Das Wechselspiel der Farben bezauberte sie. Ein paar Wölkchen waren aufgezogen, nur um das Bild noch idyllischer zu machen. Manchmal kamen sie einem Felsen scheinbar gefährlich nahe, doch Eric war am Steuer. Caroline fühlte sich sicher.

Als sie ihre Insel erreichten, war es schon später Nachmittag. Der Anleger bestand aus verwittertem Holz, es lagen nur wenige Schiffe dort.

Als Anlegeschluck wollte Daniel einen Crémant öffnen, doch Andreas stoppte ihn. »Offizielle Ankunft in den Schären. Da muss was Besonderes her, hol bitte den Portwein rauf, er ist in der Tasche in meinem Spind.«

Daniel gehorchte wie ein Hund, für den man einen Stock warf.

»Eric, warst du schon mal hier? Was sollten wir uns ansehen?«, fragte Caroline.

»Wie wäre es mit Felsen und Bäumen?« Er lächelte. »Es gibt auch einen winzigen Ort, ganz nett alles, die typischen rot-weißen Holzhäuser, die Kirche, sogar ein Tante-Emma-Laden.«

»Machst du einen Landgang?«, fragte Caroline ihn.

»Nein, ich muss mir den Fockroller anschauen, der klemmt irgendwie.«

Andreas dehnte seinen Rücken. »Okay! Wollen wir schauen, ob es in dem Laden was fürs Abendessen gibt?« Er wirkte vollkommen entspannt, richtete die Frage an alle. Er schien sich nicht bewusst zu sein, wie übergriffig er sich verhalten hatte. Oder gab es zumindest vor.

»Gute Idee.« Daniel kam gerade mit der Portweinflasche zurück an Deck.

Wie weit würde er sich noch für Andreas verbiegen?

Und Tanja? Sie beherrschte sich, doch ihr Gesicht war verkrampft, und auf ihrer Stirn stand eine Unmutsfalte.

Die Atmosphäre an Bord ging Caroline auf die Nerven. Andreas, der mit voller Absicht Tanja und Daniel aus der Fassung brachte. Eric, der sie kaum ansah. Warum hatte er sie nachts zugedeckt, wenn sie ihm so gleichgültig war?

»Ich habe keine Lust auf irgendeinen Laden«, sagte sie. »Die Natur ist zauberhaft hier. Ich gehe ein bisschen auf Erkundungstour.«

»Soll ich mitkommen?«, fragte Tanja schnell.

Caroline zögerte, sie wollte lieber ihre Ruhe haben, auf einem Felsen sitzen und sich an früher erinnern. Vielleicht würde sie ja auch zufällig auf Eric treffen.

»Komm lieber mit mir«, schlug Andreas Tanja vor. »Ist es okay, wenn wir das Beiboot aufpumpen, Eric? Und den Außenborder nehmen? Wir fahren zwischen den Schären herum. Ich habe tausend Stellen gesehen, wo man toll baden kann.«

Eric zuckte mit den Achseln. »Ich brauche keins von beidem.«

»Pack ein Handtuch ein, Tanja. Und wir nehmen was zum Picknicken mit.«

Für Caroline war es offensichtlich, dass Tanja nicht die geringste Lust dazu hatte, ihr Gesichtsausdruck war abweisend. Doch das schien Andreas nicht zu stören. Und diesmal hatte Tanja mit Daniel keinen Blick getauscht.

»Also, kann es losgehen?«, fragte Andreas.

»Ich zieh mich nur schnell um«, sagte sie. Als sie aufstand, berührte Daniel kurz ihre Hand, doch sie entzog sie ihm.

»Sehr gut.« Andreas wandte sich an Daniel. »Hilfst du mir?«

Sie trugen das Beiboot an Land, pumpten es auf. »Ein mickriges Ding«, sagte Andreas. »Da passen nicht mehr als zwei Leute rein.«

»Kein Problem«, sagte Daniel, »ich habe noch zu tun.«

Sie ließen das Schlauchboot ins Wasser gleiten, Andreas kletterte über das Stufenheck der Yacht hinein, und Daniel reichte ihm den Außenborder. Nachdem Andreas ihn montiert hatte, kam er zurück an Deck. Caroline war für einen Moment allein mit ihm im Cockpit.

Er ging an ihr vorbei, auf die Treppe in den Salon zu, blieb dann stehen. »Na, bist du dankbar, dass ich sie dir vom Hals halte?«

Caroline lachte auf. Wollte er seine Manipulationen als gute Tat verkaufen?

»Jetzt kannst du ein bisschen herumstreunen und in Erinnerungen schwelgen.«

»Das habe ich vor. Ich wünsche dir viel Spaß.«

»Danke, wünsche ich dir ebenso.« Er zwinkerte ihr zu und verschwand unter Deck.

Kurz darauf kam Eric, er trug seine Sneakers, die er für Landgänge benutzte. »Bis später.« Er ging von Bord und lief über den Steg, nahm den Weg in Richtung der Kirche.

Doch keine Reparaturen am Fockroller. Offenbar wollte er einfach seine Ruhe vor allen haben. Auch vor ihr.

Sie zog sich um, streifte ein Sommerkleid über und verließ dann selbst das Boot. Sie hielt sich nah am Ufer. Einen Pfad gab es nicht, aber sie konnte bequem auf dem felsigen Grund laufen, der bis zur Wasserkante reichte. In der Bucht lagen kleine Inseln, hellgraue oder rötliche Farbsprenkel umgeben von tiefblauem Wasser. Die Felsen glänzten in der Sonne, manche waren kahl, andere von knorrigen Kiefern bewohnt, und vereinzelt sah Caroline sogar dunkelrote Holzhäuser mit weißen Fensterrahmen und Dachgiebeln. Meist flatterte davor die schwedische Flagge an einem hohen Fahnenmast im Wind. Nirgendwo war ein Mensch zu sehen.

Caroline kletterte über aufgetürmte Steine bis zum Wasser und sprang auf eine flache, vorgelagerte Insel aus rosafarbenem Granit. Möwen schraken auf und flogen weg. Sie legte sich auf den Rücken und spürte den warmen Stein durch den Stoff ihres Kleids. Sie spreizte die Hände, fühlte unter den Fingerkuppen den feinen Bewuchs, Flechten oder Moos. Wellen trafen auf ihre Insel und glucksten leise. Die Luft war mild und seidig.

Ein Motorgeräusch störte die verschlafene Stille. Caroline hob den Kopf. Andreas steuerte das Schlauchboot weg vom Ufer. Er saß mittig auf dem Holzbrett vor dem Außenborder, Tanja vorn auf dem prall aufgepumpten Bug. Sie fuhren an Caroline vorbei, sahen aber nicht in ihre Richtung.

Wie Daniel wohl den Nachmittag verbrachte? Als Caroline das Schiff verlassen hatte, war er in seiner Kajüte gewesen. Arbeitete er? Ebenfalls froh, seine Ruhe zu haben? Wie fand er es, dass Andreas Tanja nötigte, einen Ausflug zu zweit zu machen?

Wozu über Daniel nachdenken. Er war hübsch, fleißig und charmant, aber im Grunde eiskalt. Jemand, der nur an die Karriere dachte. Vermutlich würde er mit Tanja Schluss machen, wenn Andreas das von ihm verlangte. Tanja konnte ihr nur leidtun. Sie begab sich freiwillig in die Rolle des abhängigen Frauchens.

Sie selbst hatte sich nie hinter Andreas versteckt. Selbstverständlich verdiente er mehr als genug, um die Familie zu ernähren, selbstverständlich hätte sie mit dem Kind zu Hause bleiben können. Aber sie wollte sich verwirklichen. Das hatte sie von Anfang an klargestellt.

Sie blinzelte in die Sonne, schloss die Lider.

Ja, sie war unabhängig. So sehr, dass sie lange gedacht hatte, sie brauche niemanden.

Wozu hatte sie all die Jahre so hart an sich gearbeitet? An dem Bild von sich, das sie nach außen zeigen wollte? Im Job zielorientiert, aber teamfähig, im Privatleben Managerin eines perfekten Haushalts mit Au-pair, Putzhilfe und Gärtner. Die Einrichtung des Hauses und die Gestaltung des Gartens hatte sie mit Andreas abgestimmt, ihn aber jeweils von ihren Ideen und Wünschen überzeugen können. Sie war die Lifestyle-Expertin. Nur einmal hatte er sich subversiv gezeigt und für Isa eine Kinderrutsche aus rotem und grünem Plastik auf den Rasen gestellt. Eine grell leuchtende Scheußlichkeit, die täglich Carolines Augen beleidigte, die sie aber akzeptierte, weil Isa das Ungetüm so liebte.

Es wurde immer wärmer, ein perfekter Tag zum Sonnen und Baden. Caroline betrachtete ihre Arme, sie waren schlank und fest, und eine erste Bräune zeigte sich.

Zu Hause ging sie zweimal in der Woche ins Fitnessstudio, am Wochenende joggte sie, und sie hielt eisern Diät. Ein Haarstylist schnitt im Vier-Wochen-Turnus ihre Stufenfrisur und färbte den Ansatz nach. Zweimal im Monat saß sie bei der Kosmetikerin. Sie las morgens zwei überregionale Tageszeitungen. Sie kaufte die Romane, die in aller Munde waren. Auf ihrem Nachttisch lagen Stapel aktueller Zeitschriften, sie informierte sich über Trends in der Kunst, in der Architektur, in der Mode. Sie ging in die wichtigen Theaterpremieren, ins Kino, hatte ein Konzert-Abo, das meiste fand ohne Andreas statt, weil er nicht früh genug Feierabend machte. Sie hatte einen riesigen Bekanntenkreis und wurde oft eingeladen. Jedes Jahr im Mai fuhr sie mit ihren vier engsten Freundinnen nach Sylt in ein Wellnessresort, wo sie ausspannten, feierten und sich auf den neuesten Stand brachten.

Sie nahm Mittel gegen die chronische Entzündung ihrer Magenschleimhaut, etwas zum Abführen, ein gut verträgliches Schlafmittel, das oft nicht wirkte und das sie nicht gut vertrug. Sie schluckte Kapseln, die ihre Darmflora verbesserten, und Kardamom zur Entgiftung. Und ein leichtes Antidepressivum. Davon wusste Andreas nichts.

Sie hätte mit ihm darüber sprechen können. Aber stattdessen hatte sie ihn ausgeschlossen. Sich immer weiter von ihm entfernt, und nun gab es kein Zurück mehr. ›Was macht der Job? Deine Ehe?‹ Sie wusste nicht, was sie ihren Freundinnen beim nächsten Mal erzählen sollte. Sie hatte keinen Plan.

Sie musste loslassen. Alles hinter sich lassen. Ruhig ein- und ausatmen. Ein und aus ... Langsam wich die Anspannung aus ihrem Körper. Hier hatte sie doch alles, was sie im Leben brauchte. Wärme, und einen Felsen, der sie trug.

Springen von Stein zu Stein ... Sie und Marta. Sie hörte das Kinderlachen ihrer Schwester, sah ihren Zopf wippen, ihren biegsamen Körper, der über die Felsen tanzte, mit den Armen ruderte, an denen die orangefarbenen Schwimmflügel klemmten. Sie hatten diese kleinen Gesteinsbrocken erobert und unter sich aufgeteilt. Deine Schäre, meine Schäre. Sie hatten ihnen Namen gegeben. Die von Marta hieß Ameiseninsel, ihre eigene Moby Dick.

Und ihr Vater ...

Er hatte sie sich selbst überlassen, sie erst gerufen, wenn es Zeit war, zurück zum Ferienhaus zu fahren. Was hatte er gemacht, während sie und Marta sich in ihrer Fantasie in Piratinnen oder Forscherinnen verwandelt hatten? Hatte er auf sie aufgepasst, von irgendeinem Ufer aus, neben dem Schlauchboot sitzend? Caroline wusste es nicht, sie hatte nie auf ihn geachtet. War er glücklich gewesen in diesen Urlauben? Er hatte sie immer früh geweckt, wenn ihre Mutter noch schlief: ›Los, raus aus dem Bett, wir fahren Boot!‹ Er machte ihnen ungesunde Sachen zum Frühstück, Schokocreme auf Toast. Er packte Proviant ein, Saft und Kekse. Damit kamen sie bis zum Abend über die Runden.

Ihre Mutter war wortkarg gewesen in diesen Sommern. Caroline sah sie in der Tür des Holzhauses stehen, wenn sie zurückkamen. Sie hörte sich die aufgeregten Berichte ihrer Töchter an, die das Skelett einer Möwe am Strand entdeckt hatten oder ein Geheimversteck für ihre Muschelsammlung, Hunderte Seerosen in einem Tümpel zwischen den Felsen. Sie bereitete das Abendessen zu, versorgte aufgeschlagene Knie mit Pflastern, kämmte ihnen die Haare vor dem Einschlafen. Caroline wusste auch von ihr nicht, wie sie die Tage an Mittsommer verbracht hatte, die Zeit, in der es nachts nicht dunkel wurde. Ob Marta sich erinnerte? Sie musste sie danach fragen. Ihre Eltern hatten sich erst Jahre später scheiden lassen. Vielleicht waren sie sich in den Schären bereits aus dem Weg gegangen, während Marta und sie die zwei glücklichsten Sommer ihrer Kindheit verbrachten.

Caroline hätte auch ihrer Tochter eine Schwester gewünscht, doch sie hatte sich gegen ein zweites Kind entschieden. Andreas war enttäuscht gewesen, aber eine neue Schwangerschaft betraf ja nicht seine Karriere, sondern ihre. Sie hatte an die Spitze gewollt. Als sie dort angekommen war, in der Chefredaktion, stellte sich das Gefühl der Befriedigung nicht ein. Ein zweites Kind hätte sie auch nicht glücklicher gemacht.

Sie nicht, aber vielleicht Isa.

Wie sahen Isas Erinnerungen an Sommerurlaube aus? Andreas und sie hatten immer kindgerecht geplant, sie waren in Resorts gefahren, wo Isa den Tag über betreut wurde, mit anderen Kindern hatte sie auf jeden Fall mehr Spaß als mit den Eltern. Und Andreas und sie konnten sich frei bewegen, lesen, Tennis spielen, golfen. Isa war immer angeleitet, unterhalten und behütet worden. Caroline wusste nicht, ob sie an irgendeinem Urlaubsort so aufgeregt gewesen war wie Marta und sie in ihrer Abenteuerwelt der Schären.

Jetzt war Isa erwachsen und betäubte ihre Ängste mit Tabletten. Wie ihre Mutter.

Caroline zog ihr Handy aus der Bauchtasche und wählte Isas Nummer. Nur die Mailbox antwortete: ›Bitte hinterlassen Sie eine Nachricht.‹

»Hier ist Mama. Ich musste gerade an dich denken und … ich wollte dir sagen, dass ich dich liebhabe.«

Caroline ließ das Handy sinken. Das Gefühl der Nähe zu ihrer Tochter verging so schnell, wie es gekommen war. Es hinterließ eine noch größere Leere, wie immer, wenn sie den Kontakt suchte. Isa würde nicht reagieren auf diese Nachricht.

Eine Welle kletterte den Felsen herauf und berührte kühl Carolines Fußsohlen. Sie setzte sich auf.

Es half nichts, sich nach etwas zu sehnen, was sie nicht haben konnte. Sie musste im Hier und Jetzt bleiben, das war verwirrend genug. Diese Reise, diese Crew. Andreas und Tanja waren nicht zu sehen. Was machten sie da draußen, auf irgendeiner einsamen Schäre? Die brave Tanja. Der verzweifelte Andreas, auf der Suche nach Bestätigung.

Die Sonne verschwand hinter Baumkronen am Ufer, und mit ihr das Leuchten der Farben in der Bucht. Carolines Felsen lag nun im Schatten und, obwohl er noch lange die Wärme des Tages speichern würde, stand sie auf und sprang barfuß zurück an Land. Auf einem Baumstumpf sitzend zog sie ihre Turnschuhe an. Ein Signalton durchschnitt die Stille, eine Nachricht war angekommen. Caroline nahm das Handy. Isa hatte geschrieben! Nein, ein Emoji geschickt. Ein Herz. Caroline berührte es mit der Fingerspitze.

Sie ging am Ufer entlang, bis der Steg mit den Segelbooten in Sicht kam. Da sah sie Eric, er kam aus der Richtung des Ortes. Sie winkte ihm zu. Er hob die Hand. Büsche bildeten eine Mauer zwischen ihnen, aber gleich würden sie sich begegnen, an der Weggabelung, an der man zum Steg abbiegen musste. Caroline erreichte die Stelle, doch von Eric war nichts mehr zu sehen. Auf einmal war sie nicht sicher, ob er wirklich zurückgewunken hatte oder ob das nur Einbildung gewesen war. Hatte er sich beeilt und war schon an Bord?

Sie erreichte die *Querelle* und betrat das Deck. »Hallo, jemand da?«, rief sie nach unten in den Salon hinein. Keine Antwort. Nicht mal von Daniel.

Sie setzte sich ins Cockpit und wartete. Wenn Eric einträfe, wären sie allein. Doch er kam nicht. Niemand kam.

Sie stieg die Treppe hinunter, streifte im Salon ihre Schuhe ab. Klopfte zur Sicherheit an Erics Kajüte. Nach ein paar stillen Sekunden öffnete sie die Tür, machte einen Schritt in den winzigen Vorraum, einen weiteren, und schon stand sie in Erics und Sylvies Badezimmer. Nichts lag offen herum. Eric hatte ihnen beigebracht, dass beim Segeln jeder Gegenstand sicher verstaut sein musste, weil er sonst unweigerlich durch die Kajüte flog, wenn das Schiff in den Wellen schaukelte oder sich im Wind auf die Seite legte. Über dem Waschbecken war ein Schrank in die Bordwand eingepasst.

Nein, das war zu heftig. Das konnte sie nicht machen. Erics Sachen durchsuchen. Sie lauschte. Im Schiff war alles still.

Vorsichtig öffnete sie die Schiebetür. Sonnenmilch. Mückenspray. Ein Becher mit zwei Zahnbürsten, eine gelb, eine grün. Sie schob ihn zur Seite, um zu sehen, was sich in der zweiten Reihe befand. Sie entdeckte einen Flakon aus schwerem geschliffenem Glas, eine ihr unbekannte Marke, aber es war das Eau de Toilette einer Frau. Sie zog die Verschlusskappe ab, schnupperte. Es roch angenehm, eher sanft, nach Moschus und Zedernholz.

Caroline schob den Zahnputzbecher an seinen Platz zurück. Es gab keinen weiteren Hinweis. Keine Tages- oder Nachtcremes, keine Kämme, Seifen, Wattepads, Tampons oder Schminkutensilien. Nur eine überzählige Zahnbürste und eine Flasche Eau de Toilette. Hieß das, Sylvie existierte? Oder: Sylvie *hatte* existiert? Eine gebrauchte Zahnbürste ließ man leicht zurück. Und das Parfüm? Vielleicht hatte Eric es ihr geschenkt, und ihr hatte der Duft nicht mehr gefallen?

Caroline schloss die Tür, durchquerte den Salon und kroch in ihre eigene Koje. Sie war plötzlich müde von der Sonne, von all den Erinnerungen. Hier unten war es kühl, sie zog die Zudecke hoch bis zum Hals.

Warum ging Eric ihr aus dem Weg?

Er wollte keine Konflikte an Bord. Sein Verhältnis zu Andreas war von Anfang an kompliziert gewesen. Zwei Alphatiere auf engstem Raum. Andreas wollte bestimmen, Eric hatte ihn in die Schranken gewiesen. Die Hierarchie war entschieden, und Andreas schien sich damit abgefunden zu haben. Aber das Gefüge würde sofort in eine Schieflage geraten, wenn Eric sich für Caroline interessierte.

Eric wirkte selbstsicher als Skipper auf seinem Schiff. Doch hinter seiner unverbindlichen Freundlichkeit spürte sie, dass er angespannt war. Sie dachte an Tanjas Worte: *Er hat Schmerzen und versucht die ganze Zeit, es zu überspielen.* Caroline glaubte, dass er in Wirklichkeit seine Gefühle für sie überspielte. Wenn sie noch einmal mit ihm allein sein könnte ... Sie würde nicht wieder so schnell lockerlassen wie in dem Kiefernwald. Sie würde ihn dazu bringen, sie zu küssen. Sie fühlte diesen Kuss schon jetzt, die Lust, die durch ihren Körper pulsierte.

Sie hörte Schritte an Deck und die Stimmen von Andreas, Daniel und Tanja. Alle wieder vereint. Bald ploppte der Korken einer Flasche. Irgendwer sagte ihren Namen, es klang fragend. *Caroline?*

Sie verbarg den Kopf im Kissen.

Die Tür der Kabine ging auf und wurde leise wieder geschlossen. Kurz darauf Andreas' Stimme an Deck: »Sie schläft tief und fest.«

Sie waren alle so durchschaubar. Alle außer Eric, der nichts von sich preisgab. Er blieb unnahbar, umgeben von dieser geheimnisvollen Aura.

Caroline öffnete die Augen. Was war nur mit ihr los? Sie neigte sonst nicht dazu, alles Mögliche in andere Menschen hineinzuprojizieren. Vielleicht lag es daran, dass sie sich so leer fühlte.

TANJA

Frühnebel lag über der Felsküste, als sie den ersten Blick aus dem Cockpit warf. Wie ein Feenzauber schwebte er zwischen den Inseln, dicht über der Wasseroberfläche.

Sie musste Daniel wecken, diesen Anblick durfte er nicht verpassen. Sie ging zurück zur Kajüte, wollte ihn sanft an der Schulter fassen, doch sie ließ die Hand wieder sinken. Die Luft roch verbraucht, er schwitzte, Haarsträhnen klebten an seiner Stirn, und er machte im Schlaf schnarrende Geräusche.

Sie sollte ihn lieben.

Probehalber sprach sie die Worte in Gedanken.

Ich liebe dich. Ich liebe dich.

Sie fühlte es nicht. Stattdessen spürte sie noch Andreas' Lippen, seine Spucke auf ihrem Arm. Sie hatte versprochen, durchzuhalten, aber es war zu viel verlangt.

Sie nahm ihren Geldbeutel, verließ das Schiff, ging über den Steg, bis der feuchte Nebel sie verschluckte. Sie meinte, winzige Tropfen auf der Haut zu spüren.

Auf dem Weg zum Bäcker ließ sie sich Zeit, trödelte durch ein Wäldchen, saß am Ufer und beobachtete, wie der Nebel waberte und höher am Himmel in milchigen Dunst überging. Je länger sie nicht an Bord sein musste, umso besser.

Als sie zurückkehrte, saßen die anderen schon am Frühstückstisch, diesmal unten im Salon.

»Wo warst du denn so lange?«, fragte Daniel.

»Es war voll beim Bäcker.« Sie spürte Carolines Blicke.

»Um acht sollten wir ablegen, spätestens.« Eric blickte auf die Uhr.

»Es gibt doch noch gar keinen Wind«, sagte Andreas.

»Der wird bald auffrischen. Unsere Strecke heute ist anspruchsvoll.« Eric massierte mit einer Hand seinen Nacken. »Wir motoren durchs Hauptfahrwasser, da wimmelt es von Booten, und die Durchfahrten sind teilweise sehr eng. Aber ihr werdet unterwegs großartige Schären sehen. Und heute Abend ankern wir in einer Felsenbucht.«

»Löst sich der Nebel noch auf?«, fragte Tanja. »Man sieht ja kaum zwanzig Meter weit.«

Eric nickte. »In einer Stunde ist er verschwunden.«

Er schaffte Platz auf dem Tisch, legte die Seekarte aus und zeigte ihnen die Route. »Wir teilen es so ein, dass immer einer von uns die Karte liest und der Person am Steuer Anweisungen gibt. Derjenige mit der Karte muss zu jeder Zeit exakt wissen, an welcher Fahrwassertonne wir uns befinden. Also mitzählen und mit Bleistift abhaken.«

»Wir haben doch den GPS-Plotter, der uns anzeigt, wo wir sind«, sagte Andreas.

»Stimmt. Aber die Technik kann theoretisch mal ausfallen, und wenn du dann nicht genau weißt, welche Tonne du zuletzt passiert hast, bist du verloren. Unter Wasser sind überall Steine, ich habe keine Lust, die *Querelle* auf einen Felsen zu setzen.«

Daniel und Caroline schienen angespannt, und auch Tanja hatte Respekt vor der Gefahr, die Eric heraufbeschwor.

»Ich denke, das klingt jetzt dramatischer, als es ist«,

warf Andreas ein. »Das wird eine grandiose Tour, ihr werdet begeistert sein. Tanja, noch Kaffee?«

Sie reagierte nicht.

»Ich rede nicht von Drama, sondern von Konzentration«, sagte Eric. »Aber natürlich gibt es keinen Grund, ängstlich zu sein. Ich fahre hier nicht zum ersten Mal entlang.«

Tanja hoffte, direkt von ihm für die Navigation oder das Steuerrad eingeteilt zu werden. Je beschäftigter sie war, umso besser. Nur nicht in Andreas' Nähe untätig herumsitzen müssen.

Eric behielt recht mit seiner Wetterprognose, die Wärme der höher steigenden Sonne und auffrischender Wind lösten den Nebeldunst auf. Sie verließen den Hafen pünktlich bei wolkenlosem Himmel, Andreas am Steuer, Caroline mit der Karte auf dem Schoß. Daniel war für das Großsegel eingeteilt, Tanja wieder einmal für die Fock. Gerade hatte sie das Segel dichter geholt und lehnte sich zurück. Es war perfekt eingestellt, die Fädchen an dem großen Tuch flogen waagerecht im Wind. Hätte sie nur ihr Leben so im Griff wie dieses Segel. Daniel blickte andauernd in ihre Richtung. Sie schaffte es nicht, ihn anzusehen.

»Den nächsten Felsen, den kleinen da vorn, lässt du an Steuerbord«, sagte Caroline zu Andreas.

Er wirkte hochkonzentriert, unablässig sprang sein Blick zwischen dem Plotter, den Begrenzungstonnen und den Felsen im Wasser hin und her.

»Pass auf«, rief Caroline, »sonst bist du gleich aus dem Fahrwasser raus.«

Wie zur Bestätigung gab das Echolot Alarmtöne von sich, ein lautes, schrilles Piepen.

»Backbord«, sagte Eric ruhig.

»Andreas!« Carolines Stimme klang aufgeregt.

»Ja, ja. Schrei doch nicht so.« Andreas steuerte nach links, der Alarm hörte auf.

»Gut. Halt diesen Kurs.« Eric, der in Carolines Nähe saß, inspizierte die Karte. »Jetzt kommen erst mal nur rote Tonnen.« Er gab sie ihr zurück. »Ihr macht das prima.«

»Und wo bitte soll die nächste Tonne sein?«, fragte Andreas.

Caroline antwortete nicht, sie starrte in die Karte.

»Caroline? Sagst du mir freundlicherweise, wo das beschissene Ding ist?«

»Voraus, etwas nach Steuerbord versetzt«, sagte sie.

»Gar nichts ist da.«

Andreas gab sich lässig, doch Tanja hörte den aufgeregten Unterton in seiner Stimme. Sie spähte voraus und suchte die Wasserfläche nach dem Seezeichen ab. Da war wirklich nichts. Nur Felsenbrocken überall, manche einige Meter hoch, vielleicht lag die rote Tonne hinter einem dieser Hügel und würde erst später sichtbar werden. Oder konnte so ein Ding verschwinden? Sich aus dem Grund losreißen in einem Sturm und wegtreiben?

Einige Felsen waren tückisch, weil nur einzelne dunkle Zacken über die Wasserlinie ragten. Schwer zu sehen, höchstens an der leichten Brandung zu erahnen, die sich an ihnen brach. Tanja verstand Andreas' Aufregung. Das Ganze war Nervenkitzel pur. Und dazu begegneten ihnen ständig andere Boote, die auch ihren Platz in der Fahrrinne beanspruchten.

»Da! Ich sehe die Tonne!«, rief Daniel. »Andreas, sie liegt jetzt vor diesem Felsen mit der einzelnen Kiefer, das Rot ist wirklich kaum zu erkennen.«

»Alles klar, ich habe sie auch.«

Tanja sah, dass sogar Eric aufatmete.

Andreas korrigierte leicht seinen Kurs und gab etwas mehr Gas, um ein Segelboot zu überholen.

»Okay, wir wechseln«, sagte Eric nach diesem Manöver. »Tanja geht ans Steuer, Daniel liest die Karte. Caroline ans Vorsegel, ich übernehme das Großsegel. Andreas hat Pause.«

Tanja sah auf die Uhr, die Stunde war so schnell vergangen.

»Wieso denn?« Andreas fuhr sich durchs Haar. »Jetzt habe ich mich gerade so schön eingewöhnt.«

Eric ignorierte seinen Einwand.

»Na dann.« Andreas machte den Platz am Ruder frei und streifte im Vorbeigehen Tanjas Taille. »Wir sind immerhin in guten Händen.«

Tanja machte einen schnellen Schritt. Nur weg von ihm! Sie packte das Steuerrad und korrigierte den Kurs, während sich Andreas auf die hölzerne Bank neben Daniel setzte.

Die Yacht hatte die rote Tonne fast erreicht. Und nun? Sie warf Daniel einen Blick zu. Bald brauchte sie eine Anweisung.

»Noch eine rote wird kommen. Etwas nach Backbord versetzt. Du musst ...«

»Ich sehe sie schon«, rief Tanja.

Eine Segelyacht kam ihnen entgegen, und Tanja wich nach rechts aus. Das Fahrwasser war eng. Das Echolot zeigte drei Meter Wassertiefe an, der Kiel der *Querelle* maß einen Meter siebzig. Tanja versuchte zu verdrängen, was sich mutmaßlich unter dem Bug des Schiffes befand. Aufragende Felskanten, scharf wie Messer? Zwei Meter siebzig. Zwei Meter dreißig. Der Alarm des Echolots lärmte.

Tanja brach der Schweiß aus. »Daniel, was …?«

Er starrte in die Karte. Lag es an Andreas, der so dicht neben ihm saß? Lähmte ihn die Nähe seines Chefs?

»Eric!«, rief Tanja.

»Ist doch alles gut.« Daniel klang beherrscht. »Du bist in der Fahrrinne, das ist hier halt nicht so tief.« Schon näherte sie sich der nächsten Tonne. Der Alarm schrillte unaufhörlich weiter.

»Jetzt kommen rot und grün.«

»Ich sehe noch nichts.«

»Sind ein Stück weg. Halt einfach den Kurs.«

»Leichter gesagt als getan«, rief Tanja, »wenn ich nicht ständig gegensteuere, driften wir nach Steuerbord weg.«

»Das ist die Strömung«, mischte Eric sich ein. »Die entsteht oft hier zwischen den Inseln.«

»Kann man diesen schrecklichen Alarm nicht einfach abstellen?« Andreas richtete sich auf. »Das ist ja Folter.«

In diesem Moment hörte das schrille Piepen auf. Tanja stieß erleichtert einen Schwall Luft aus.

»Du machst das ganz wunderbar, Tanja«, meinte Andreas. »Sehr gefühlvoll.« Er stand auf, verschränkte die Arme und reckte sie über dem Kopf in die Luft. »Ah, das tut gut, ich bin ganz verspannt.« Er näherte sich und trat hinter Tanja. »Sieh dich mal um. Ist diese Landschaft nicht absolut faszinierend?«

Tanja nickte, blickte aber starr nach vorn. Das Gefühl, ihn so dicht hinter sich zu wissen, war schwer auszuhalten. Warum konnte er sich nicht wieder hinsetzen?

Sie entdeckte die nächsten Tonnen nicht, so sehr sie

auch die Augen anstrengte. Aber solange von Daniel keine Anweisung kam, konnte sie diesen Kurs nur beibehalten. In einiger Entfernung tauchte ein Motorboot auf, es musste zuvor von einer der höheren Schären verdeckt gewesen sein. Tanja bemerkte, dass es sich abseits vom Fahrwasser befand. Dann erst begriff sie, dass es sich gar nicht bewegte. Auch die anderen hatten das Boot entdeckt.

»O nein. Seht euch das an!«, rief Caroline aus.

Das Motorboot schien in der Luft zu schweben, der Bug hob sich einige Meter aus dem Wasser. Kein Mensch war an Bord. Auf Tanjas Armen richtete sich jedes Härchen auf. Die Motoryacht musste mit vollem Tempo auf diesen Felsen gefahren sein und steckte auf der Spitze wie aufgespießt.

»Ihr versteht, warum ich im Fahrwasser bleiben will?«, fragte Eric trocken.

Das Stichwort erinnerte Tanja daran, dass sie die nächsten Tonnen noch nicht gesichtet hatte. Die seitliche Strömung schien stärker zu werden. Sie warf Daniel einen hilfesuchenden Blick zu, doch der war mit der Karte beschäftigt.

»Daniel ...«

»Hm?« Er sah auf.

Tanja brachte kein Wort mehr heraus. Andreas rückte so nah an sie heran, dass sie seinen Körper an ihrem spürte. Sie war zwischen ihm und dem Steuerrad eingeklemmt.

»Da links ist die nächste grüne«, sagte Andreas dicht an ihrem Ohr. »Siehst du sie?« Er legte eine Hand an ihre Hüfte und presste seinen Bauch an ihren Rücken.

»Nein«, stieß Tanja hervor. »Ich habe hier Luftnot!«

Bekam Daniel mit, was ablief? »Daniel!«, rief sie so laut, dass er sie nicht ignorieren konnte.

»Die Tonne kommt backbord!« Daniel verschanzte sich hinter der Seekarte. »Bleib auf Kurs.«

Andreas war sehr nah. So nah, dass sie die widerliche Wärme spürte, die er ausdünstete. Sein Atem streifte ihren Nacken. Tanja ließ das Steuerrad los, das Schiff driftete zur Seite weg. Der Alarm des Echolots schlug an.

Es war ihr egal.

»Tanja, was ...?« Eric sprang auf. »Weg da!« Er versetzte Andreas einen Stoß. Der taumelte und landete auf der Sitzbank. Eric packte das Steuerrad, riss es herum, das Schiff fuhr eine scharfe Kurve zurück in die Fahrrinne und kollidierte fast mit einem kleineren Segelboot, das ihnen entgegenkam. Die Männer im anderen Cockpit schrien und gestikulierten wild. Die Bootsrümpfe glitten nur wenige Zentimeter aneinander vorbei.

Für einen Moment herrschte Stille.

»Ich bleibe am Steuer. Daniel, sag mir den Kurs an«, befahl Eric. Seine Stimme bebte vor Zorn.

Tanja ging unter Deck. Es reichte ihr nicht, allein im Salon zu sein. Sie wollte verschwinden, von Bord gehen, niemanden mehr sehen. Doch das konnte sie nicht. Sie war hier ausgeliefert.

Sie kroch auf das Bett in ihrer Kajüte, krümmte sich zusammen. Die Wut schwoll zu einem harten, schmerzhaften Klumpen in ihrem Magen an.

Mit Daniel konnte sie nicht mehr rechnen. Jetzt musste sie sich selbst helfen.

DANIEL

Auf der Karte vor seinen Augen verschwammen Hunderte von gelben Inselflecken, blau umrandet in den weiß gekennzeichneten Wasserflächen, die Zahlen, Tiefenangaben, Linien, Pfeile und Seezeichen.

Er wusste nicht mehr, wo sie waren.

Reiß dich zusammen!

Sie hatten zuletzt zwei rote und grüne Tonnenpaare passiert, doch er hatte sie nicht mit dem Bleistift abgehakt. Danach war Tanja aus dem Fahrwasser getrieben, und Eric hatte den Kurs gerettet. Doch schon vor diesem Moment hatte Daniel die Orientierung verloren.

Andreas hatte hinter Tanja gestanden. Ziemlich nah. Er selbst musste sich auf die Karte konzentrieren. Andreas wollte Tanja helfen, die nächste Tonne zu finden, dann hatte eine Welle das Schiff emporgehoben, Andreas hatte das Gleichgewicht verloren und war auf Tanja gekippt.

War das ein Grund, um vollkommen überzureagieren? Tanja, auf die er sich immer hatte verlassen können. Wie konnte sie nur das Steuerrad loslassen? War sie völlig verrückt geworden?

Es pochte und klopfte in seinem Kopf. *Geht zu weit. Es reicht. Schlag. Schlag ihm die Faust. Ins Gesicht.*

Es gab keine Wellen zwischen den Schären. Nur glattes, glasklares Fahrwasser. Andreas hatte sich mit Absicht an Tanjas Körper gepresst.

Jetzt saß sein Chef mit ausdruckslosem Gesicht auf der Bank und blickte in die Ferne. Tanja war unter Deck verschwunden.

Daniel fror trotz der Sonnenwärme, er war nass vom Schweiß, der sein T-Shirt durchtränkte.

„Daniel, alles klar bei dir?“, fragte Eric.

„Sicher.“ Die ganze Situation musste entschärft werden. Nur, was konnte er tun?

Daniel zwang sich, hinauszusehen und die Inseln, die an ihnen vorbeizogen, mit denen auf der Karte zu vergleichen. In der Realität lag rechts eine einzelne längliche Schäre. Auf dem Papier aber waren zwei schmale Inseln eingezeichnet. Nirgendwo fand er eine Übereinstimmung. Das passiere oft, läge an der abweichenden Perspektive, hatte Eric ihnen schon am Frühstückstisch prophezeit. Toll. Das zu wissen, nützte ihm jetzt überhaupt nichts.

Er musste Eric sagen, dass er den Überblick verloren hatte. Sonst brachte er sie alle in Lebensgefahr. Er wollte sich nicht ausmalen, welche Konsequenzen es haben würde, wenn diese Yacht, die sicherlich Zweihunderttausend wert war, durch seine Schuld an einem Felsen zerschellte. Mit seinem Chef an Bord, der seinen Urlaub würde abbrechen müssen.

„Eric, ich muss abgelöst werden, ich …“

„Ah, da ist schon das Leuchtfeuer.“ Eric hatte ihn nicht gehört.

Und in diesem Moment sah Daniel es auch. Ein kleiner gedrungener, weiß gekalkter Turm stand auf einer Schäre. Er war auch auf der Karte leicht zu erkennen. „Genau“, sagte er, „am Leuchtfeuer backbord vorbei, als Nächstes kommt eine Steinbake. Danach zwei rote Tonnen.“

Eric sah sich nach allen Seiten um. „Danke, aber ab hier verlassen wir die betonnte Fahrrinne. Du siehst doch die Route, die ich mit Bleistift eingezeichnet habe?«

Warum sah Daniel die Linie erst jetzt? Sie hob sich deutlich und schwarz von den rosa Linien auf der Karte ab. Aber woran sollte er sich orientieren? Ohne Tonnen, Leuchtfeuer oder Baken? An den Schären, die alle zum Verwechseln gleich waren? Ihm reichte es. Er wollte nur noch, dass sie irgendwo den Anker warfen.

»Wir beide tauschen«, sagte Eric in diesem Moment.

»Ich möchte nicht steuern.« Daniel gab seiner Stimme einen festen Klang.

»Wie du magst. Dann macht es Caroline.«

Daniel warf einen Blick zu Andreas, der immer noch abwesend wirkte. Tanja war nicht wieder an Deck aufgetaucht. Caroline hatte ihren Namen gehört. Wortlos übernahm sie das Steuerrad.

Daniel setzte sich in die vorderste Ecke des Cockpits. Hatte Eric abfällig geklungen? Er traute ihm nicht mehr zu, den richtigen Kurs zu finden, und vermutlich auch nicht, seine Partnerin Andreas gegenüber zu verteidigen. Eric hielt ihn für einen Versager. Zu Recht.

Daniel saß nun in Andreas' Blickrichtung, vermied es aber, ihn anzusehen. Er folgte mit den Augen den vorüberziehenden Inseln, ohne einen Gedanken fassen zu können. Er hörte Erics Stimme, Anweisungen, die er Caroline gab, verstand aber den Wortlaut nicht.

Daniel, der Feigling, braucht eine Pause.

Seit einer Weile war es still, das ewige Motorbrummen verstummt, jemand hatte das Vorsegel ausgerollt. Ein sanfter Wind kam von hinten und schob das Boot voran. Daniel sehnte sich nach Schatten, doch die Sonne stand im Zenit und brannte auf seiner Haut.

Tanjas Kopf tauchte im Niedergang auf. Sie zögerte, kam dann die Treppe herauf und setzte sich neben Andreas. Sie hielt ihm eine volle Wasserflasche hin. »Möchtest du?«

Andreas schien aus seinem Trancezustand zu erwachen. »Ja, danke«, sagte er überrascht.

Während er gierig trank, legte Tanja wie zufällig ihre Hand auf seinen Oberschenkel. Daniel starrte auf ihre Finger, auf ihren hellen Handrücken auf Andreas' dunklem Hosenbein.

Tanja lächelte Andreas an. Nahm die Flasche zurück, trank selbst daraus und verstaute sie dann hinter sich, in einem der Staufächer, die von Eric ›Schwalbennester‹ genannt wurden.

Daniel suchte Tanjas Blick, doch sie wandte sich ab.

»Da vorn liegt die Ankerbucht«, rief Eric Caroline zu.

Sie fuhren auf zwei kleine Inseln zu, die wie ein Tor vor der Bucht lagen.

»Halt dich bei der Durchfahrt genau in der Mitte«, sagte Eric zu Caroline, »da sind Steine unter Wasser.«

Sie nickte.

Bewundernswert, wie ruhig und konzentriert sie blieb. Schon glitten sie in die Bucht. Eric rollte das Vorsegel wieder ein, schaltete den Motor an. Sie tuckerten weiter, bis er Caroline anwies, abzubremsen. Er kniete auf der Bugspitze und ließ die Ankerleine ins Wasser laufen.

»Leg den Rückwärtsgang rein. Langsam!«, rief er ihr zu. »Jetzt Gang kurz nach vorn. Stopp auf!« Die Leine spannte sich, minutenlang beobachtete Eric die Bewegungen des Bootes, bis er zufrieden wirkte.

»Wir haben eine Stelle mit gutem Ankergrund erwischt«, sagte er zu Tanja und Caroline. Er sprach nur noch mit den Frauen.

Dann zog er das Beiboot heran. »Will jemand mit an Land?«, fragte er, ohne in die Runde zu blicken.

Land ... Daniel nahm die Umgebung jetzt erst wahr. Eine Schäre mit sanften Hügeln umrahmte die Bucht in der Form eines Hufeisens. Einzelne Kiefern krallten ihre Wurzeln in den Stein. In einer höher gelegenen Mulde stand Wasser, er entdeckte rot leuchtende Tupfer: ein Teich mit Seerosen.

Daniel wäre gern mitgefahren, nur um nicht mehr an Bord sein müssen. Aber Erics Aggressionen wollte er sich auch nicht aussetzen.

Eric riss an der Leine des Beiboots und stieg hinein. Er startete den Außenborder und rauschte in die Bucht, das Röhren des Motors durchbrach die Stille, seine Bugwelle zerschnitt die spiegelglatte Wasserfläche. Am Ufer zog er das Boot auf einen flachen Felsvorsprung, kletterte den Hügel hinauf und war außer Sicht.

»Wer kocht denn heute? Ich habe jetzt schon Appetit.« Andreas klang wie immer, lässig und vergnügt, aber Daniel spürte die Anstrengung dahinter.

»Ich«, sagte er, »geht gleich los.« Er suchte erneut Tanjas Blick, wieder wich sie ihm aus. »Tanja, hilfst du mir?«

Sie stieg die Treppe hinab. Daniel folgte ihr, doch sie ging ohne ein weiteres Wort in die Kajüte und schloss die Tür.

Daniel holte die Zutaten aus den Schränken, die er für sein Nudelgericht brauchte.

Caroline kam dazu, nahm sich ein Brettchen, schnitt Zwiebeln klein. Es dauerte nur wenige Minuten, bis auch Andreas in den Salon kam.

»Was ist eigentlich mit unserem Anlegeschluck?«, meinte er, öffnete eine Flasche Rotwein, holte drei Gläser und schenkte ein. »Zum Wohl.«

Daniel hob sein Glas und trank es halb aus. Merkte Andreas denn nicht, dass alle genug von ihm hatten? Zum Glück schwieg er. Vielleicht bekam er ja doch mit, dass Daniel sich in seiner Gegenwart kaum noch beherrschen konnte.

Die Kabinentür öffnete sich, und Tanja kam in ihrem pinkfarbenen Bikini heraus. Daniel starrte sie an. Der Stoff saß so knapp! Das Oberteil bedeckte kaum mehr als ihre Brustwarzen, und das Höschen ließ ihren flachen, gebräunten Bauch frei. Die schmalen Stoffstreifen wirkten wie eine Neon-Leuchtschrift: *Fass mich an!*

»Kommt jemand mit baden?«, fragte sie mit ungewohnt tiefer Stimme und streifte mit der Hand Andreas' Rücken.

Caroline hielt mit dem Messer in der Bewegung inne.

»Andreas, du?« Tanja war neben ihm stehengeblieben, sie lehnte ihre Hüfte an seinen Oberarm.

»Nein, lieber nicht, ich ...« Er sah Tanja nicht an. »Mir ist ein wenig schwindelig, vielleicht zu viel Sonne. Ich leg mich kurz hin.« Er stand auf, nahm sein Glas und die Flasche und verschwand in seiner Kabine.

Ohne einen weiteren Blick stieg Tanja die Treppe hinauf, als wären Daniel und Caroline unsichtbar. Kurz darauf hörte Daniel ein Plätschern nah am Rumpf, sie war im Wasser.

Caroline gab Zwiebeln und Knoblauch in eine Pfanne. Das heiße Olivenöl zischte, und ein intensiver Geruch breitete sich im Salon aus. Daniels Magen rebellierte. Er griff nach einer Dose mit Tomaten, setzte den Öffner an, rutschte ab. Am liebsten hätte er die Dose gegen die Salonwand gefeuert. Dass er sich von Caroline beobachtet fühlte, machte es nicht besser. Beim zweiten Versuch bekam er den Blechdeckel auf.

»Wie lange willst du dir das Spiel noch anschauen?«, fragte sie unvermittelt.

Konnte sie ihn nicht einfach in Ruhe lassen? Was wollte sie hören? Dass er laut Kritik an Andreas übte?

»Vielleicht will Tanja mal die Kajüte mit mir tauschen?« Sie sah ihn provozierend an. Als er nicht reagierte, zuckte sie die Achseln. »Na ja, eure Sache.«

Eure Sache. Nichts davon war ihre Sache. Tanja und er waren ein glückliches Paar gewesen, bis sie den Fuß auf dieses Schiff gesetzt hatten.

»Ich weiß nicht, warum sie so reagiert«, sagte er.

Caroline verzog belustigt den Mund. »Ich schon.«

Sie wandte sich ab und begann, Teller und Besteck aus den Schränken zu holen. Daniel trug alles hoch ins Cockpit, froh, der Unterhaltung entkommen zu sein. Während er den Tisch deckte, suchte er die Bucht nach Tanja ab. Sie war weit entfernt, schwamm mit energischen Bewegungen. Ein greller pinkfarbener Punkt im tiefblauen Wasser.

Er hatte die Situation falsch eingeschätzt. Zu lange geglaubt, dass Aussitzen helfen würde. Nun hatte Tanja sich von ihm abgewendet. Andreas nahm ihn nicht mehr ernst. In Carolines Augen hatte er Verachtung gesehen, und, was fast noch verletzender war: Mitleid.

Er musste dringend seine Strategie ändern. Sich den Respekt zurückholen, den er verdiente. Wäre er nur zurück in der Kanzlei.

Daniel setzte sich auf die Bank und ließ den Blick über

die kargen Felsen wandern, die von der tiefer stehenden Sonne beschienen wurden. Im Gegenlicht funkelte die Bucht wie ein Meer aus Diamanten. Ein Silberreiher erhob sich in die Luft. Auf weiten Schwingen schwebte er in die Ferne.

Daniel hatte noch nie etwas so Schönes gesehen. Und doch fühlte er sich eingesperrt wie in einer Gefängniszelle.

Eine ganze weitere Woche lag vor ihm. Unvorstellbar.

CAROLINE

Als sie mit dem Essen begannen, war Eric noch nicht zurück. Caroline sah das verlassene Beiboot auf den Felsen liegen.

Andreas öffnete eine neue Flasche Wein, die angebrochene hatte er nicht mehr aus der Kajüte mitgebracht. Sie aßen schweigend. Die Sonne balancierte auf der Skyline der Schäre, ein letztes Aufglühen, dann eroberten Schatten die Bucht. Tanja saß Caroline gegenüber, bläuliche Lippen und Gänsehaut, sie trug noch den Bikini, und ihr Haar war nass. Sie hatte sich ein Handtuch um die Hüften geschlungen. Daniels Angebot, ihr eine Jacke zu holen, lehnte sie kühl dankend ab.

Caroline konnte nicht anders, als sie zu bewundern. Andreas hatte sie in eine Zwickmühle gebracht, die ihr ausweglos erscheinen musste. Er hatte seine Machtposition ausgespielt, Daniels Karriere zuliebe durfte sie sich nicht gegen ihn zur Wehr setzen, und dann war da auch noch Caroline, die sich leicht in eine eifersüchtige Ehefrau hätte verwandeln können.

Von der Verteidigung zum Angriff. Genial.

Doch in diesem Moment tat ihr Tanja nur leid. Sie fror, und ihre nackte Haut wirkte fahl in der Dämmerung. Andreas saß ihr gegenüber, er hätte unentwegt auf ihr Dekolleté schauen können, doch er tat es nicht ein einziges Mal.

»Zieh dir was Trockenes an«, sagte Caroline sanft, wie zu einem Kind.

Tanja ging wortlos nach unten.

Ein Motorengeräusch. Caroline wandte sich um: Eric kam zurück. Was machte er, wenn er allein an Land war? Lief er herum? Saß er unbeweglich da und blickte aufs Wasser? Dachte er an Sylvie? In den letzten Tagen hatte er nicht mal so getan, als würde er sie anrufen.

Er band das Beiboot ans Heck, kam über die Badeplattform an Deck. Sein Gesichtsausdruck war gereizt. Als er sich neben Caroline setzte, spürte sie eine wütende Energie bei ihm.

Andreas wollte ihm Wein einschenken, doch er hielt die Hand über sein Glas. »Nein, danke.«

»Das ist ein fantastischer Syrah aus dem Rhodter Rosengarten.«

Eric sah ihn herausfordernd an.

»Wieder mal der Spielverderber?«, fragte Andreas mit einem leichten Schlingern in der Stimme.

»Ich finde, du trinkst zu viel.«

Andreas lachte auf. »Wie bitte?«

»Solche Situationen wie heute in der Fahrrinne sind inakzeptabel. Mich interessieren eure Beziehungsprobleme nicht, lebt sie aus, wie und wo ihr wollt. Aber nicht beim Segeln auf meinem Schiff. Sonst breche ich den Törn ab.«

Andreas' Gesicht rötete sich, er holte Luft. Caroline kannte die Anzeichen, gleich würde er explodieren. Eric richtete sich auf, bereit für den Gegenschlag.

»Du hast recht«, sagte Andreas plötzlich in glasklarem Tonfall. »Es tut mir leid.«

Tanja kam zurück an Deck. Ihr Haar war zerzaust, und

sie trug einen weißen, flauschigen Hoodie und eine Jogginghose. Sie wich allen Blicken aus und setzte sich.

»Tanja ... Daniel. Caroline. Ich muss mich entschuldigen. Ich habe euch in eine unmögliche Situation gebracht. Und auch in Gefahr. Eric, bitte entschuldige. Kommt nicht wieder vor.«

»Entschuldigung angenommen.« Eric streckte ihm die Hand hin, Andreas schlug ein.

Tanja nickte. »Ja, ist in Ordnung.«

Daniel heftete den Blick an sein Weinglas.

»Daniel.« Andreas sah ihn an.

Daniel räusperte sich. »Na klar. Entschuldigung angenommen.«

Caroline glaubte ihm seinen lockeren Tonfall nicht. Er stand abrupt auf, begann, den Tisch abzuräumen und unter Deck mit dem Abwasch zu klappern. Carolines Hilfsangebot lehnte er ab.

»Kommst du mit auf einen Landgang?«, fragte Tanja.

Bestimmt würde sie über Andreas reden wollen. Caroline war erschöpft von den Konflikten an Bord. Doch der Abend war noch lang, die Vorstellung, mit allen gemeinsam im engen Cockpit zu sitzen, erschien ihr unerträglich. An Land konnte sie sich wenigstens bewegen.

Sie willigte ein.

»Soll ich euch rüberfahren?«, fragte Andreas.

»Danke, das schaffen wir schon«, sagte Caroline.

Sie kletterte ins Beiboot, zog am Seil des Handstarters, der Motor sprang an. Tanja stieg über die Heckstufen ein, und sie fuhren los.

Am Ufer angekommen blickte Caroline zurück. Andreas saß auf dem Deck, mit dem Rücken an den Mast gelehnt, er hielt sein Buch auf dem Schoß, sah aber zu ihnen herüber.

Sie hoben das Boot auf den flachen Felsen. Caroline kletterte auf den Hügelkamm, Tanja folgte ihr.

Als Caroline sich erneut umdrehte, waren die langgezogenen Wellen, die sie mit ihrer Fahrt verursacht hatten, verschwunden. Kiefern und Felsen spiegelten sich im glatten Wasser. Die weiße Yacht lag bewegungslos da, das Deck war leer.

Caroline war dankbar, dass Tanja nicht redete. Sie stiegen höher. Vor ihnen dehnte sich die Schäre viel weiter aus, als Caroline erwartet hatte, der Blick öffnete sich auf immer neue Hügel und Täler.

Sie erreichten den höchsten Punkt der Insel und blickten in alle Richtungen über ein Meer von Schären und Buchten, dahinter, weit draußen, die offene See. Die Dämmerung tauchte die Landschaft in Hunderte kühle Blautöne, heller schimmernd die Inseln in der Nähe, dunkler die in der Ferne. Caroline war sicher, dass Eric auf seinem Landgang genau hier gestanden hatte.

Sie setzten sich auf den felsigen Untergrund und betrachteten eine Weile das schwindende Licht, die Veränderung im Farbenspiel, die unerschöpflichen Nuancen von Blau und Grau. Nicht Tag, nicht Nacht. Das Zwischenreich der Sommernächte.

»Ich verstehe Andreas nicht«, sagte Tanja in die Stille.

Caroline sah in den Himmel. Wie transparent er leuchtete, als sei das Licht der untergegangenen Sonne in ihm gefangen.

»Ich fand dich sehr mutig heute«, sagte sie.

»Denkst du das wirklich?«

Caroline nickte.

»Was will er erreichen? Daniels bedingungslose Unterwerfung?«

»Ich glaube, es geht nicht um Daniel, sondern um mich.« Sie sah Tanja an. »Andreas will mich aus der Reserve locken. Vielleicht hat er wirklich gedacht, ich würde eifersüchtig auf dich werden.« Sie zuckte die Achseln. »Vielleicht ist ihm auch nur langweilig, oder er muss sein Ego aufpolieren. Daniel ist nicht seine Zielscheibe. Trotzdem sind Daniels Reaktionen natürlich aufschlussreich für ihn.«

»Wie er den Schwanz einzieht? Ich habe Verständnis für ihn gehabt. Aber jetzt macht er mich nur noch wahnsinnig.«

»Du bist verletzt. Wäre ich auch. Du fühlst dich im Stich gelassen.«

»Er kann nicht beides haben. Diese Art Karriere und mich.«

Sie schwiegen. Caroline spürte Tanjas Wut, sie saß mit geradem Rücken da, ihre Fingernägel kratzen über den Stein und erzeugten ein Geräusch, das Gänsehaut auslöste.

Caroline blickte wieder in den Himmel. Der Mond trat deutlicher hervor, eine gleißende Sichel, begleitet vom Abendstern. »Schau mal, wie schön.«

Tanja blieb in der starren Haltung. Caroline warf ihr einen Blick zu und erschrak über die Aggression in Tanjas Augen.

»Es wird kühl. Wollen wir zurückfahren?«, fragte sie.

»Ich finde es nicht fair, wie du mit Andreas umgehst«, brach es aus Tanja heraus.

»Wie gehe ich denn mit ihm um?«

»Er will doch eindeutig, dass ihr euch wieder näherkommt. Aber egal, was er macht, du lässt ihn abblitzen.«

Caroline verschränkte die Arme. »Vielleicht, weil ich die Versuche armselig finde?«

»Machst du es dir nicht etwas zu leicht?«

Caroline antwortete nicht.

Der Mann, der alles im Griff hatte, der stark war und ihr Sicherheit gab ... So hatte sie Andreas lange Zeit gesehen. Dann hatte sie angefangen, mit spitzem Werkzeug kleine Stücke aus dieser Fassade herauszuhauen, fasziniert und gleichzeitig ängstlich, was sich dahinter befand. Keine Gegenwehr. Nur immer tieferes Zurückziehen. Sie hatte aufgehört, ihn zu bewundern. Schließlich auch, ihn zu begehren. Seit dem Schlaganfall war ein gefährliches Gift dazugekommen: Mitleid. Sie war seine Komplizin aus Mitleid geworden. In der Kanzlei musste er weiterhin Stärke zeigen. Zu Hause brauchte er nicht zu kämpfen, da durfte er entspannen. Doch irgendwo auf diesem Weg hatten sie sich gegenseitig verloren.

Und nun warf Tanja ihr vor, nicht genug in ihre Ehe zu investieren. Tanja war nicht dumm, sie hatte begriffen, dass Daniel und sie nicht in diese Krise mit hineingezogen worden wären, wenn Caroline sich anders verhalten hätte.

Dabei sollte Tanja ihr dankbar sein. Sie hatte jetzt ihren Daniel so kennengelernt, wie er in Wirklichkeit war: ein Speichellecker, an den sie ihre Liebe verschwendete.

»In Wahrheit bist du also wütend auf mich«, sagte Caroline. »Und zu Recht. Ich hätte in diese Reise nicht einwilligen dürfen.«

Tanja nickte. »Ich auch nicht. Und deshalb nehme ich eine Fähre zurück nach Hause.« Sie stand auf. »Sobald wir auf Gotland sind.«

ANDREAS

Wieder lag ein langer Schlag vor ihnen, etwa sechzig Seemeilen, sie waren früh aufgebrochen. Vor der Reise war die Vorstellung für Andreas aufregend und romantisch gewesen – er, ein Gotlandfahrer! –, doch an diesem Morgen wollten keine glorreichen Gefühle aufkommen. Er hatte kaum geschlafen, fühlte sich matt und erschöpft. Die Kajüte kam ihm von Nacht zu Nacht enger und stickiger vor, vielleicht weil das Unausgesprochene zwischen ihm und Caroline immer weiter anwuchs und ihnen den Raum zum Atmen nahm.

Caroline hatte sich hin und her gewälzt, was ihn jedes Mal aus seinem Dämmerzustand riss, größere Bewegungen waren nicht ohne ein Berühren des anderen möglich. Zu Hause verbrachten sie nur noch selten Nächte im gemeinsamen Schlafzimmer, und er hatte vergessen, wie unruhig sie schlief.

Bis zum Mittag kamen sie zügig voran mit durchschnittlich sieben Knoten Fahrt, die Yacht lief hart am Wind bei einer mäßigen Welle von zwei Metern Höhe. Bis auf Erics Anweisungen zum Kurs und dem Stand der Segel blieb es still im Cockpit. Tanja und Daniel wechselten kein Wort miteinander. Caroline hielt ihre Knie umschlungen und blickte in die Ferne. Nur in ihrer Stunde am Ruder entspannten sich ihre Gesichtszüge.

Gegen eins ließ der Wind mehr und mehr nach, um

dann ganz einzuschlafen. Die *Querelle* schaukelte fast auf der Stelle. Die Sonne stach, nur selten spendete eine Wolke etwas Schatten.

»Mittagsflaute«, sagte Eric mit einem Achselzucken.

Andreas brachte neue Wasserflaschen an Deck, füllte eine Schale mit schwedischem Haferflockengebäck. Er war froh, etwas tun zu können. Die Stimmung an Bord hatte er zu verantworten.

Oder Caroline.

Es wäre so leicht gewesen, die Reise zu einem Erfolg werden zu lassen, für sie alle. Und an Caroline war es gescheitert.

Weder sein Flirten mit Tanja noch seine Provokationen gegenüber Daniel hatten ihm Erleichterung verschafft, sie hatten die Situation nur weiter verschlechtert.

Er hätte gern mehr getan, um die Stimmung an Bord zu drehen. Doch er sah in die abweisenden Gesichter und konnte nichts sagen. Nur Kekse anbieten.

Er schwitzte, wollte aber nichts ausziehen, um keinen Sonnenbrand zu riskieren. Sehnsüchtig blickte er ins Wasser, das verlockend klar und kühl aussah. Eine Runde schwimmen ... Aber Eric ließ sie nicht bei laufender Fahrt baden. Armselige zwei Knoten, von *laufender* Fahrt konnte man kaum sprechen. Andreas hätte jetzt den Motor angeworfen. Aber er wollte keine Diskussion mit dem Skipper anfangen.

Genauso stark wie sein Wunsch nach Abkühlung war der Drang, das Schiff zu verlassen. Einfach ein paar Stunden allein sein. Unerreichbar.

»Ist das tief hier«, sagte Caroline in die Stille.

Andreas las die Zahl auf dem Echolot. Hundert Meter lagen unter ihnen. Plötzlich fand er das Wasser nicht mehr verlockend. Er spürte einen Druck auf der Brust, die Erinnerung an das Gefühl, zu ertrinken, weit draußen und allein in der Bucht, die Augen aufgerissen unter Wasser. Blaukaltes Licht, mit jedem Meter schwindend, sich verdunkelnd zu einem trüben Braun, und in der Tiefe nur noch: Nachtschwärze.

»Alles über zwei Meter soll mir recht sein«, sagte Eric.

Ein erschreckter Laut kam von Caroline. Sie schlug mit der Hand um sich. »Verdammt, was ist das?«

Ein großes dunkles Insekt flatterte um sie herum. Caroline flüchtete zur Treppe.

»Nur eine Motte«, sagte Tanja.

Wo konnte das Tier herkommen? Sie befanden sich mitten auf dem Meer, viele Meilen von jedem Ufer entfernt. Was machte es hier?

Das Insekt ließ sich auf dem Großsegel nieder, weit unten am Baum. Andreas stand auf und betrachtete es aus der Nähe. »Das ist ein Schmetterling!«

Seine Flügel waren schwarz wie Pech, ohne das typische Auge oder farbige Tupfer.

»So einen habe ich noch nie gesehen«, sagte Eric.

»Er hat etwas Gruseliges an sich.« Caroline behielt den Falter ununterbrochen im Auge.

»Bestimmt ein Gesandter der Hölle.« Andreas wollte nur einen Witz machen, aber niemand schmunzelte. Carolines Blick war kalt.

»Der Wind kommt zurück«, sagte Eric.

Es stimmte, das Wasser kräuselte sich schon. Nicht weit entfernt bildete sich ein dunkler Streifen mit noch stärker aufgerauter Oberfläche. Ein Windfeld. Prompt nahm der

Druck auf die Segel zu, die Fahrt wurde schneller. Wie aus dem Nichts, zuerst kein Wind, nun viel davon. Auch der Himmel verwandelte sich wie im Zeitraffer, die Wattebauschwölkchen zerrissen in faserige Streifen.

Eric schien der Wetterumschwung nervös zu machen, sein Kopf ruckte auf und ab, er blickte zum Windanzeiger auf der Mastspitze, zum Kompass, auf die Geräte. Er holte Caroline ans Steuerrad, wies Daniel und Andreas an, die Segel dichter zu holen.

»Noch dichter, der Wind kommt immer mehr von vorn. Es wird ein bisschen ungemütlich!«

Er holte seinen Laptop, checkte die Wetterdaten. »Der Wind frischt stärker auf, als heute früh angesagt war. Er wird gleich direkt von vorn kommen, wir können den Kurs nach Visby also nicht mehr anlegen, sondern müssen kreuzen.«

Das hieß, sie näherten sich ab jetzt im Zickzackkurs dem Ziel, und die Segelstrecke und -dauer würden sich beträchtlich verlängern. Auch die Wellen nahmen zu. Der Bug der *Querelle* hob sich weit aus dem Wasser und prallte in der Abwärtsbewegung immer härter auf. Gischt spritzte hoch.

Der nachtschwarze Falter saß auf dem Segel wie festgeklebt.

Daniel stand plötzlich vor ihm. »Kann ich kurz mit dir sprechen?«

Andreas machte Platz neben sich auf der Bank.

»Ich meine allein.«

Andreas folgte ihm unter Deck. Der Boden des Salons schwankte in den Wellen, sie mussten sich festhalten, um sich nicht zu stoßen.

Nun würde es passieren. Daniel stellte ihn zur Rede wegen seines Verhaltens gegenüber Tanja. Er hatte also doch einen Rest an Selbstachtung ausgegraben, irgendwo in den Tiefen seiner Seele.

»Na, hoffentlich wird uns nicht übel hier unten.« Andreas schlug einen unbeschwerten Tonfall an. Er lehnte sich an einen Schrank in der Kombüse, doch er konnte das Gleichgewicht nicht halten und musste sich an den Tisch setzen.

Daniel nahm den Platz am anderen Ende der hufeisenförmigen Sitzbank. »Gibt es eine Möglichkeit, dass wir nicht nach Visby fahren?«

Andreas sah ihn überrascht an. Keine Aufforderung zum Duell? Nicht mal Vorwürfe? Daniels taffe Fassade aus der Kanzlei war längst zerbröselt, aber Andreas hatte ihn zumindest für seefest gehalten. Was für ein Angsthase. Der neue Kurs war doch nicht gefährlich!

»Du musst dir keine Sor …«, setzte er an, aber Daniel unterbrach ihn.

»Tanja verlässt das Schiff, sobald wir angelegt haben. Sie hat es mir gestern Nacht gesagt. Sie will eine Fähre nehmen.«

Das klang so, als wolle Tanja nicht nur das Schiff, sondern auch Daniel verlassen.

»Wohin willst du?«, fragte Andreas.

»Keine Ahnung. In einen anderen Hafen? Ich brauche mehr Zeit. Dann kann ich das wieder einrenken.«

Es gab also ein schlichtes Sachproblem, und das musste er für Daniel lösen.

»Es gibt nördlich auf Gotland noch einen Anleger«, sagte Andreas, »und tiefer im Süden liegt auch ein größerer

Hafen, wenn ich mich recht erinnere. Aber von da steigst du in einen Bus und bist im Handumdrehen in Visby.«

»Jeder Weg führt in die Hauptstadt, und von da nimmt sie die Fähre«, sagte Daniel mit brüchiger Stimme.

Andreas konnte ihn kaum ansehen, dieses Häuflein Elend. Das sollte sein fähigster Mitarbeiter sein? Wie hatte er sich so täuschen können? Andererseits hatte er selbst die Situation verursacht.

»Ich will Tanja nicht verlieren«, sagte Daniel leise. »Sie will nicht länger mit mir zusammen sein.«

Wie Caroline mit mir, dachte Andreas. Gotland konnte auch für sie und ihn der Endpunkt sein. Wenn Tanja wirklich eine Fähre buchte, war es nicht unwahrscheinlich, dass Caroline sich ihr anschloss. Er und Daniel mussten Zeit gewinnen.

»So schnell geben wir nicht auf«, sagte er.

Erst einmal brauchte er die Seekarte. Als er aufstand, um sie vom Navigationstisch zu holen, kippte das Boot plötzlich auf die andere Seite, und er prallte gegen den Herd in der Pantry. »Was zum Teufel machen die da oben?«

Er zog sich am Haltegriff der Treppe auf die Beine, seine Schulter schmerzte. Draußen bellte Eric Befehle. Ein Segel knallte im Wind. Die Yacht lief weiter unruhig, schlug hart in den Wellen auf. Was trieb Eric da oben, er konnte doch auch Andreas und Daniel zu Hilfe rufen, wenn er welche brauchte. Aber er würde sich jetzt nicht mit dem Skipper anlegen.

Er holte die Karte und legte sie so auf den Tisch, dass er und Daniel sich gemeinsam darüberbeugen konnten. Und dann entdeckte er die Lösung.

»Wir müssen hierhin.« Er zeigte auf eine Inselgruppe vor der Küste von Gotland.

Wenige Minuten später hatten sie im Netz herausgefunden, dass es sich bei den winzigen Inseln um Naturschutzreservate handelte, Brutgebiete für seltene Vögel, eine Touristenattraktion. Sie googelten nach Fährverbindungen. Nur eine Insel kam für sie infrage, Fågelkarlsö, sie lag am weitesten von Gotland entfernt und wurde nicht von Ausflugsschiffen angefahren. Andreas vergrößerte ein Foto. »Ein Felsplateau. Aber es gibt eine Bucht. Und das hier sieht doch aus wie ein Anleger, oder was meinst du?«

»Da ist eindeutig ein Steg zu erkennen.« Daniel richtete sich auf.

»Gut. Ich werde mit Eric sprechen. Und zwar jetzt sof...« Andreas brach ab, als er von draußen einen Schrei und laute Stimmen hörte. Daniel und er sprangen auf, wollten die Treppe hinauf, als Eric ihnen entgegenkam.

»Andreas, rauf ans Ruder, schnell!«

»Was ist passiert?«, fragte Andreas.

Eric holte den Verbandskasten aus einem Schapp hinter dem Kartentisch. »Tanja hat sich verletzt.«

TANJA

Ihre letzten Stunden auf diesem Boot waren angebrochen. Sobald sie anlegten, konnte sie von Bord gehen. Sie vermied den Blick zum Plotter, der die Ankunftszeit digital neu ausgerechnet und nach hinten verschoben hatte.

Die Flaute in den Mittagsstunden war eine Qual gewesen, doch jetzt gab es richtig viel Wind. Sie fröstelte, bald würde sie beginnen zu frieren, konnte sich aber nicht aufraffen, eine Jacke von unten zu holen. Sie kannte diesen Zustand inzwischen, eine dumpfe Lethargie, die sie auf See überfiel, weil sie noch viele, viele Stunden untätig auf diesem Platz würde sitzen müssen. Der Situation machtlos ausgeliefert.

Es gab nichts, um sich die Zeit zu vertreiben. Bei dem Wellengang, der sich weiter steigerte, konnte sie nicht lesen. Nicht unter Deck gehen. Was sie so gern getan hätte, um Daniels Blicken zu entkommen. Er hatte sie um Verzeihung gebeten, letzte Nacht. Sie glaubte ihm, dass er sein Verhalten jetzt bereute, seine Passivität, sein Ignorieren der offensichtlichen Provokationen von Andreas, überhaupt, das Einwilligen in diese Reise. Nur änderte sich dadurch nichts. Er würde nicht mit ihr das Schiff verlassen. Er würde sich nicht gegen seinen Chef stellen. Daniels Prioritäten waren klar gesetzt.

Es tat ihr weh, ihn nicht anzusehen, nicht mit ihm zu sprechen. Daniel, der sie aus dem tiefsten Tal in ihrem Leben herausgeholt und ihr eine Zukunft gegeben hatte. Von dem sie sich ein Kind wünschte.

Aber der Daniel, den sie geliebt hatte, ließ sich nicht in Einklang bringen mit dem Mann, den sie nun vor sich hatte.

Caroline und Andreas taten beide so, als sei Tanja nicht mehr anwesend, und sie war froh darüber. Caroline fiel ihr auf die Nerven, diese hysterische Reaktion auf den Schmetterling.

Eric gab Anweisungen, die Segel dichtzuholen. »Noch dichter, der Wind kommt immer mehr von vorn!«

Eric hatte, genau wie sie selbst, keinerlei Schuld an der Situation, in der sie steckten, und litt bestimmt auch darunter. Nur war er sie alle in wenigen Tagen los. Er musste keinen Gedanken mehr an diese Crew verschwenden. Während sie vor den Scherben ihrer Beziehung stand und diesen Segeltörn wohl niemals vergessen würde.

Eric verkündete, dass der Wind zu ihren Ungunsten drehte, sie müssten gegen Wind und Welle ankreuzen. Sie erkannte aber an Andreas' und Daniels Gesichtern, dass das schlechte Neuigkeiten waren. Warum verschwanden die beiden nun gemeinsam unter Deck?

Eric suchte sich einen Platz im Cockpit, er fasste mit der Hand in seinen Nacken, unterdrückte ein Stöhnen, doch Tanja hörte es. Sie setzte sich neben ihn. »Deine Schulter?«

»Es fühlt sich an, als würde jemand mit einem Messer darin herumbohren.«

»Der Schmerz sitzt hier, oder?« Tanja legte eine Hand an sein Schulterblatt.

»Ich nehme Tabletten, aber selbst hochdosiert helfen sie nicht mehr.«

»Dreh dich mal um.«

Er wandte ihr den Rücken zu, und Tanja ertastete schnell die murmelgroße Verhärtung. Sie bearbeitete den Triggerpunkt mit starkem Druck und kleinen, kreisenden Bewegungen. Eric saß verkrampft da und hielt die Luft an. Sie wusste, wie weh das tat. »Versuch, weiterzuatmen. Lass die Schultern locker.«

»Eric? Etwas ist merkwürdig mit dem Kurs«, rief Caroline.

Er wandte sich um, Tanja nahm ihre Hand weg.

»Was ist los?«, fragte er.

»Kannst du kurz herkommen?«

»Halt einfach die siebzig Grad.«

»Aber müssten wir nicht längst wenden?«

»Noch nicht. Ich sag dir Bescheid.«

Eric wandte Tanja wieder den Rücken zu, sie knetete weiter die Muskeln an den Innenseiten seiner Schulterblätter.

»Ich kann die Blockade ein wenig lösen«, sagte sie, »aber du musst an die Schonhaltung ran. Sonst verhärten sich die Muskeln immer mehr.« Sie hielt inne. »Wie ist es jetzt?«

Eric richtete sich auf, bewegte vorsichtig den Rücken. »Besser.«

»Wenn wir an Land sind, zeig ich dir ein paar Übungen.«

»Ihr müsst das Vorsegel dichter holen, sonst kann ich den Kurs nicht halten«, rief Caroline.

Eric streckte sich, rollte die Schulterblätter nach hinten.

»Warte, ich mach das.« Tanja fasste die Winschkurbel mit beiden Händen, wollte sie drehen, doch die Leine des Vorsegels war bereits so straff gespannt, dass sie sie nur wenige Millimeter bewegen konnte. Eric stand auf, wollte ihr helfen. Plötzlich kippte die *Querelle* auf die andere Seite. Der Großbaum mit dem riesigen Segel wurde mit einem lauten Geräusch herumgeschleudert, Eric konnte sich im letzten Moment ducken.

»Was machst du?« Er sprang zu Caroline. »Du sollst keine Wende fahren!«

Ein Ruck ging durch das Schiff, als sei jemand auf die Bremse getreten.

»Wirf die Vorleine los, auf die andere Seite mit der Fock!«, rief Eric Tanja zu. Während er das Steuer von Caroline übernahm, öffnete Tanja die Leine, sprang auf die andere Deckseite, um sie dort wieder festzuziehen. Das Vorsegel knallte laut im Wind hin und her.

»Hol dicht!«

Tanja kurbelte, doch sie bekam das Segel nicht straff. Dann entdeckte sie die Ursache, die Leine hatte sich unter einem Beschlag auf dem Bug verklemmt.

»Eric, die Schot hängt fest!«

Mit einem Blick hatte er die Situation erfasst. »Ich muss nach vorn zur Bugspitze.«

»Nein, ich mach das!« Tanja wollte auf keinen Fall, dass Eric erneut Caroline das Steuer überließ.

Sie ignorierte seine Rufe, kletterte aus dem Cockpit heraus auf das Laufdeck, klammerte sich an der Reling fest, *immer eine Hand fürs Schiff*, so hatte Eric es ihnen erklärt, ohne Festhalten wäre sie sofort gestürzt. Sie richtete sich auf, fand Halt in den straffen, stählernen Wanten, dann am Mast, doch nun musste sie gute vier Meter überbrücken, um den Beschlag vorn am Bug zu erreichen. Die *Querelle* wurde in den Wellen hin und her geworfen, und das Vorsegel war ihr ständig im Weg, sie musste aufpassen, dass ihr das steife Tuch nicht ins Gesicht schlug. Sie setzte sich und robbte auf dem Po vorwärts, bis sie die Leine unter dem Beschlag zu fassen bekam. Keine Chance, sie aus der Verhakung zu lösen, der Druck auf dem Seil war zu stark.

»Es geht nicht!«, brüllte sie nach hinten.

Eric rief Caroline etwas zu, das Tanja gegen den Wind nicht verstehen konnte. Der Druck auf die Schot ließ plötzlich nach, Tanja konnte sie aus der Klemme ziehen.

Sie richtete sich auf, um zurück ins sichere Cockpit zu gelangen, wich dem schlagenden Segel aus. Gleich hatte sie das Laufdeck erreicht! Etwas Hartes knallte gegen ihre Stirn, sie schrie auf, der Schmerz nahm ihr den Atem. Sie fiel auf die Knie, eine Hand umklammerte immer noch die Reling, die andere presste sie auf ihre Augenbraue. Direkt neben ihr toste das Wasser, spritzte die Gischt in die Höhe.

Niemand war am Ruder. Trotzdem hatte das Schlagen des Segels aufgehört, straff stand es jetzt im Wind.

»Was ist passiert?!« Eric war bei ihr, wollte ihre Hand wegziehen, doch Tanja presste sie auf ihr Auge.

»Geh ans Steuer!«, rief sie.

»Der Autopilot ist an. Lass mich mal sehen.« Seine Stimme klang warm, voller Mitleid. Tanja gab nach, er inspizierte ihre Braue. »Eine Platzwunde.«

Etwas klebte an ihren Fingern. Sie blutete.

»Komm!« Er half ihr, stützte sie, bis sie die Sitzbank im Cockpit erreicht hatte. Dann verschwand er unter Deck.

Tanja presste erneut die Hand auf die Wunde, obwohl sie die Blutung so nicht stoppen konnte. Sie sah zu Caroline, die starr nach vorn blickte, ihr Gesicht war weiß wie die Gischtkämme auf den Wellen.

Warum hatte Caroline ohne Vorwarnung den Kurs geändert? Tanja begriff nicht, was genau durch das plötzliche Manöver mit den Segeln passiert war, aber es hatte eindeutig zu einer gefährlichen Situation geführt, der Großbaum war unkontrolliert auf die andere Seite geschlagen und hatte Eric dabei fast am Kopf erwischt.

Ihre Stirn tat weh. Irgendwo an ihrer Schläfe pulsierte das Zentrum des Schmerzes.

Wo war Daniel, warum kümmerte er sich nicht um sie?

Sie dachte nur noch an das Ziel. An den Hafen, an festen Grund unter ihren Füßen. Nie wieder würde sie freiwillig einen Fuß auf ein Segelschiff setzen.

CAROLINE

Die Kompassanzeige zitterte hin und her, Caroline achtete kaum noch auf den Kurs, weil etwas anderes ihren Blick magnetisch anzog. Tanja und Eric, nah beieinander auf der Bank. Tanjas Hände auf Erics Schultern. Caroline sah nur seinen Rücken, er vertraute sich Tanja an, die ihn massierte.

Sie musste etwas tun, damit das aufhörte, sie musste seine Aufmerksamkeit erregen. Er war der Skipper, und sie steuerte das Boot. »Eric? Etwas ist merkwürdig mit dem Kurs!«

»Halt einfach die siebzig Grad.«

Er hatte sich kurz zu ihr umgewandt. Aber Tanja massierte bereits weiter.

Es war kein Problem für Caroline, den Kurs zu halten. Aber sie wollte nicht! Nicht, wenn sie so missachtet wurde.

»Aber müssten wir nicht längst wenden?«, rief sie.

Erics Antwort war unverständliches Gemurmel.

»Ihr müsst das Vorsegel dichter holen, sonst kann ich den Kurs nicht halten«, rief Caroline.

Endlich. Tanja ließ von Eric ab und machte sich an der Winschkurbel zu schaffen.

Caroline blickte auf den Kompass. Jetzt würde Eric zu ihr kommen, fragen, wo denn bitte ihr Problem lag. Er würde nah bei ihr stehen und sich um sie kümmern. Sie änderte geringfügig den Kurs, damit er sie korrigieren konnte.

Doch Eric sprang Tanja zur Hilfe, die irgendetwas mit dem Vorsegel nicht hinbekam. Caroline drehte das Steuerrad noch weiter. Plötzlich brach das Schiff zur Seite aus, Caroline wollte gegensteuern, doch der Druck auf dem Ruder war zu stark, sie konnte das Steuerrad kaum noch halten. Sie verlor die Kontrolle über das Schiff. Sie schrie auf, als der Großbaum auf die andere Seite schlug. Eric duckte sich blitzschnell, die schwere Metallröhre sauste nur Millimeter an seinem Kopf vorbei.

Er brüllte sie an, vollgepumpt mit Adrenalin und Wut. Sie überließ ihm das Steuer. Sank auf die Bank. Rufe, Befehle, Hektik, Tanja kletterte aus dem Cockpit, bis nach vorn zum Bug. Plötzlich schrie sie auf, krümmte sich zusammen. Irgendwer bekam die Segel in den Griff. Irgendwer steuerte das Schiff.

Aber nicht Eric. Er war bei Tanja, führte sie ins Cockpit zurück, lief dann die Treppe hinab. Als er zurückkam, folgten ihm Daniel und Andreas. Wie bleich Daniels Gesicht war. Andreas übernahm das Ruder. Eric versorgte Tanjas Stirn, über ihrer Augenbraue klaffte eine Platzwunde.

»Kann ich irgendwie helfen?«, fragte Caroline.

»Du machst am besten Pause«, sagte Eric kühl.

Er klebte ein Pflaster über Tanjas Wunde. »Ich tippe auf die metallene Öse in der Spitze des Vorsegels. Die muss dich getroffen haben. Das sollte sich ein Arzt ansehen.«

»Nein, so wild ist es nicht«, wehrte Tanja ab.

»Vielleicht muss die Wunde genäht werden. In Visby gibt es eine Notaufnahme.«

»Ich will nicht zum Arzt.« Tanjas Stimme klang anders als sonst. Hoch und hysterisch.

Die *Querelle* fuhr inzwischen mit beachtlicher Schräglаge. Sie quetschten sich nebeneinander auf die hohe Kante, während die unten liegende Sitzbank fast von Wellen überspült wurde. Caroline kämpfte mit Übelkeit, doch sie behielt es für sich. Heute würde keine Tanja ihr beistehen und sie halten.

»Wie fühlst du dich jetzt, tut es noch weh?« Wie liebevoll Eric klang.

Tanjas Antwort bekam Caroline nicht mit, ihre Worte gingen im Rauschen einer Welle unter.

Caroline dachte an Tanjas Ankündigung, die Reise abbrechen zu wollen. Ob sie das ernst gemeint hatte? Die Eiszeit zwischen ihr und Daniel dauerte an, es war Tanja, die ihn nun auf Abstand hielt. Wie sehr sie sich verändert hatte, seit dem Tag der Ankunft auf der *Querelle*. Die schüchterne Frau mit bravem Zopf in langweiligen Klamotten, die sich Caroline unterlegen gefühlt hatte. Inzwischen war sie als moralische Siegerin aus dem Konflikt mit Andreas hervorgegangen, hatte sich offensichtlich von Daniel emanzipiert und bildete ein Team mit Eric. Sie war selbstbewusst geworden. Mutig. Sie kletterte bei hohem Wellengang auf dem Bug herum, um die Situation zu retten. Dabei musste dieser Unfall passiert sein.

Caroline sah wieder den Großbaum vor sich, der wie ein horizontales Geschoss nur knapp an Erics Kopf vorbeigesaust war. Sie selbst hatte das provoziert. Er hätte sich eine noch viel schwerere Kopfverletzung als Tanja zuziehen, über Bord gehen, vielleicht sogar sterben können. Sie stand immer noch unter Schock. Sollte sie sich entschuldigen? Oder weiter vorgeben, als sei ihr die Situation unabsichtlich entglitten? Der dumme Fehler einer unerfahrenen Seglerin! Sie hätte zu gern gewusst, was Eric über sie dachte.

So zärtlich, wie er sich um Tanja kümmerte, hatte sie ihn noch nicht gesehen. Tanja war die Einzige in der Crew, die er mochte.

Wenn Tanja abreiste, würde die Stimmung auf den Tiefpunkt fallen. Am besten gab Caroline einfach auf. Betrachtete den Urlaub als endgültig gescheitert. Sie würde mit Tanja abreisen. Sie hatte das Bild schon vor Augen, sie und Tanja auf einer Fähre, dann im Zug oder im Mietwagen. Tanja neben ihr, wortlos und wütend.

Es gab nur die Wahl zwischen schlechten Optionen. Aber erst mal mussten sie den Hafen erreichen. Die Fahrt kam Caroline endlos vor. Der Plotter zeigte die Ankunft in fünf Stunden an. Weitere fünf Stunden hier hocken, die stummen Vorwürfe aller ertragen müssen.

»Der Wind nimmt noch zu, wir müssen reffen«, rief Eric. »Tanja, du bleibst sitzen und verhältst dich ruhig. Daniel, Andreas, seid ihr bereit? Wisst ihr noch die Handgriffe?«

Die drei sprachen das Manöver noch einmal durch, Caroline blieb außen vor. Tanja wirkte wie in Trance, sie reagierte kaum auf ihre Umgebung. Aber zumindest schien sie keine Schmerzen zu haben.

Nachdem das Großsegel verkleinert worden war, ließ die Schräglage der Yacht etwas nach. Aber das Schaukeln und harte Aufprallen in den Wellen blieb. Unaufhörlich türmten sie sich auf, in einem kalten Grün.

Eric gab das Kommando für eine weitere Wende. Dann trat Andreas zu ihm hinter das Steuerrad und redete auf ihn ein. Caroline konnte nichts von dem Gespräch verstehen, der Wind sirrte und pfiff. Eric schüttelte den Kopf, Andreas argumentierte und gestikulierte lebhaft, als wolle er Eric von irgendetwas überzeugen. Schließlich hob Eric mit einem Schulterzucken beide Hände. Andreas hatte offenbar gewonnen. Aber was hatte er vor?

Feiner Regen setzte ein, wie ein Schleier, der sich kühl auf Carolines Haut legte. Voraus sahen die Wolken noch dunkler aus. Alle schnallten die Rettungswesten ab, zogen wasserdichte Hosen und Jacken mit Kapuzen über die normale Kleidung, darüber wurden wiederum die Westen verzurrt wie ein Korsett. Caroline fühlte sich unförmig und unbeweglich, sie verschwand zwischen dicken, atmungsaktiven Membranen. Alle an Bord sahen aus wie Arktisforscher.

»Hört mal bitte«, sagte Andreas. »Ich habe Eric gebeten, den Kurs zu ändern.«

Caroline sah, wie Tanja aus ihrem Dämmerzustand erwachte.

»Und wieso?«, fragte Caroline.

»Der Wind legt zu und kommt so ungünstig, dass wir Visby nur mit viel Mühe erreichen könnten. Ich habe keine Lust mehr, gegen den Wind anzubolzen. Das würde aber noch Stunden so weitergehen.«

»Dachtest du, irgendjemand hier hat Lust auf diese Quälerei?«, sagte sie.

»Deshalb mein Vorschlag.« Er ignorierte ihren aggressiven Ton, klang sogar versöhnlich. »Es gibt eine kleine Insel vor Gotland, sie heißt Fågelkarlsö. Ein Naturschutzgebiet, da leben seltene Vögel. Sie liegt dreizehn Seemeilen weiter südlich, wir könnten mit einem ruhigeren und schnellen Kurs in …«, er zögerte, warf einen Blick zu Eric, der nicht reagierte, »in knapp vier Stunden dort sein.«

Daniel rückte näher zu Andreas. »Eine fantastische Idee. Ich habe etwas über diese Insel im Reiseführer gelesen. Sie gehört zu den landschaftlich reizvollsten Gegenden Schwedens. Eigentlich der gesamten Ostseeküste.«

Tanja hatte sich aufgerichtet, sie streifte die Kapuze vom Kopf. »Ich möchte da nicht hin.«

»Aber warum denn nicht?«

Eine Welle überspülte den Bug, die Gischt spritzte ins Cockpit, und ein Schwall kaltes Wasser traf Tanja von der Seite. Sie wischte sich Auge und Wange trocken. Sah Daniel an. »Das weißt du genau.«

»Du könntest dich ausruhen. Wir alle. Eine Atempause, bevor wir Gotland erreichen.« Seine Stimme klang dringlich.

»Ich muss mich nicht ausruhen.«

»Es geht ja nur um den einen Tag«, sagte Andreas. »Und dann fahren wir nach Visby in den großen Hafen.«

»Genau«, meinte Daniel. »Das ist nur noch ein gemütlicher Schlag morgen.«

Caroline beobachtete Eric, der ein Pokerface aufgesetzt hatte. »Was meinst du dazu?«, fragte sie ihn.

»Es ist heute der viel angenehmere Kurs, da hat Andreas schon recht. Es gibt allerdings keine Versorgung auf der Insel. Keinen Strom, kein Frischwasser. Von Restaurants oder Läden ganz zu schweigen. Da ist nichts außer Steinen und Vögeln.«

»Was macht das schon«, sagte Andreas. »Was wir brauchen, haben wir an Bord.«

Caroline ging nicht auf ihn ein, sah weiterhin Eric an. »Willst du da hin?«

Er zog die Augenbrauen hoch. »Der Skipper fährt, wohin die Gäste wollen. Dafür werde ich bezahlt. Die Ansteuerung ist anspruchsvoll, keine betonnte Fahrrinne, große Steine unter Wasser. Aber es ist machbar.«

Sein Gesichtsausdruck war neutral, doch Caroline spürte die Kälte in seiner Stimme. Er war immer noch wütend.

»Gut, wenn alle dafür sind … Kursänderung?«, Andreas suchte Carolines Blick.

Sie hob die Achseln und nickte.

»Großsegel und Fock fieren«, befahl Eric und steuerte nach Westen. Der Wind traf nun quer in die Segel, sie bildeten weiße, riesige Bäuche. Die Geschwindigkeit nahm zu. Mit acht Knoten Fahrt rauschte die Yacht durch die Wellen, die nun nicht mehr von vorn, sondern schräg von der Seite heranrollten und den Schiffsrumpf sanfter eintauchen ließen.

»Kann ich noch mal ans Ruder?«, fragte sie Eric.

Er zögerte, und sie bereute, ihn angesprochen zu haben.

»Klar«, sagte er dann, immer noch in diesem unterkühlten Ton.

Als sie das Steuerrad übernahm, berührten sich kurz ihre Hände. Sie sah ihn an, doch er hatte sich schon abgewendet, speicherte nun Wegpunkte zum neuen Ziel im Plotter ein. Als er fertig war, wurde die aktualisierte Ankunftszeit angezeigt: In vier Stunden, zwanzig Minuten sollten sie auf Fågelkarlsö sein.

Er setzte sich wieder zu Tanja, und sie unterhielten sich leise. Auf der Bank ihnen gegenüber studierten Andreas und Daniel gemeinsam den Schweden-Reiseführer. Zwei neue Allianzen hatten sich gebildet. Allianzen, von denen Caroline ausgeschlossen war, egal, wie alles ausging. Sie zollte Andreas Respekt für seine Entschuldigung, die er an alle gerichtet hatte. Aber falls er sich Hoffnungen auf eine Versöhnung mit ihr machte, würde sie ihn enttäuschen müssen.

Diesmal hielt Caroline den Kurs mit akribischer Genauigkeit ein. Sie würde an keinem Unfall mehr die Schuld tragen.

Irgendwann löste Andreas sie am Ruder ab, noch später übernahm Daniel. Der Regen steigerte sich stetig, Caroline fror, trotz der Wetterkleidung, weil sie nun untätig dasaß. Eric und Tanja hockten stumm nebeneinander, Wasser floss in dünnen Strömen über die Krempen ihrer Kapuzen.

Am Horizont tauchte schwach ein Licht auf, erlosch wieder. Caroline hielt es fast für eine Sinnestäuschung, doch das Blinken wiederholte sich in einem regelmäßigen Rhythmus. Die Insel! Sie war offenbar die Erste, die das Signal des Leuchtturms entdeckt hatte, doch sie sagte nichts. Sie betrachtete den unteren Teil von Erics Gesicht, der aus der Kapuze herausschaute: die Nasenspitze, die schmalen Lippen und das ausgeprägte Kinn. Seine Augen waren verborgen.

»Da! Ich sehe Fågelkarlsö!«, hörte Caroline Daniel rufen.

Das Felsplateau erhob sich jetzt schemenhaft aus dem Regendunst. Die Insel, auf der die Karten für sie alle neu gemischt werden sollten.

DANIEL

Ein Licht in der Ferne blitzte alle paar Sekunden durch den grauen Vorhang des Regens. Daniel stellte das Fernglas scharf. Er konnte einen Leuchtturm sehen. Endlich! Ein kahles Hochplateau über steilen, zerklüfteten Felswänden. Kalkstein, gebildet aus Korallenriffen des urzeitlichen Meeres.

»Die Bucht mit dem ehemaligen Fähranleger ist im Norden«, Eric nahm ihm das Fernglas aus der Hand und hielt Ausschau, dann gab er es Andreas. »Ich kann den Steg schon erahnen, aber wir müssen bei der Ansteuerung aufpassen. Hier ist alles voll von Untiefen und großen Steinen.«

»Ich habe das Gefühl, der Regen wird immer stärker«, sagte Andreas.

»Stimmt, die Sicht könnte besser sein«, meinte Eric. »Nach der Karte zu urteilen, sollten wir uns aus nordöstlicher Richtung irgendwie durchschlängeln. Wir nehmen die Segel hier schon runter.«

Eric rollte das Vorsegel ein. Beim Großsegel half auch Daniel mit. Unter Motor fuhren sie auf die Bucht zu.

»Andreas, stell dich auf die Bugspitze und schau direkt vor uns ins Wasser. Wenn du Felsen siehst, rufst du ›Stopp‹.«

Eric drosselte die Geschwindigkeit auf ein Minimum, er steuerte selbst. Daniel hatte ihn noch nie so angespannt gesehen. Wie gefährlich war das, was sie hier machten?

Alle, selbst Caroline, starrten hochkonzentriert ins Wasser. Um das Schiff herum war die Oberfläche glatt, aber in Sichtweite kräuselte es sich an manchen Stellen. Dort mussten Hindernisse unter Wasser sein, an denen sich die Wellen brachen. Das Echolot zeigte wechselnde Wassertiefen an, mal vier Meter, mal nur dreieinhalb. Bei Sonne wäre das Meer sicher hellgrün und klar gewesen, und sie hätten jeden Stein auf dem Grund erkennen können, aber Wind und Regen rauten die Oberfläche auf. Es war, wie in einen beschlagenen Spiegel zu blicken.

Nur noch drei Meter Tiefe. Kränze aus Tang schwammen um den Bug der *Querelle*. Seit Minuten hatte niemand gesprochen.

»Stopp!«, rief Andreas, »Felsen voraus!«

Eric hatte das Boot sofort abgebremst, langsam fuhr er rückwärts.

»Ich glaube, da entlang könnte es gehen!« Andreas zeigte nach rechts, und Eric versuchte es auf diesem neuen Kurs. Meter um Meter kämpften sie sich vorwärts.

Als Daniel aufsah, war er überrascht, wie nah sie dem Ufer schon gekommen waren. Teppiche von Seetang rochen faulig. Die Insel wirkte verlassen, keine Häuser, keine Menschen waren zu sehen. Nur unzählige Vögel umschwirrten die zerklüfteten Felsen mit schrillen Lauten.

Immerhin wurde das Wasser ruhiger. Eric gab etwas mehr Gas und fuhr auf den Anleger zu. Das Holz des Steges schien verwittert, einzelne Bohlen fehlten. Sie legten längsseits an.

Daniel sprang als Erster von Bord und machte die Leinen fest. Sein Körper war steif, die feuchte, klamme Kälte saß ihm in den Knochen. Er war so erleichtert, an Land zu sein, im Windschutz der Felswände. Fester Grund unter seinen Füßen. Jetzt musste alles gut werden.

Er würde sich Tanjas Wunde anschauen und sie neu verarzten. Dann für alle heißen Tee machen. Alle um den Tisch im Salon versammeln, in trockenen Klamotten, die Stimmung entspannter. Andreas holte sicher den guten Portwein hervor. Und Tanja würde es zulassen, dass Daniel seinen Arm um sie legte und sie wärmte.

Daniel kletterte an Bord zurück. Eric schickte Tanja gerade in den Salon, räumte dann mit Andreas gemeinsam das Deck auf und packte die Segel in die Persenninge ein. Für diese Arbeiten hatte Eric sonst ihn herangezogen.

Caroline saß still auf der Bank im Cockpit und blickte in die Bucht. Sie wirkte bedrückt, machte sich vielleicht Vorwürfe, weil sie am Steuer gewesen war, als Tanja sich verletzt hatte. Auch sie wurde von Eric links liegengelassen.

Als Daniel die Treppe nach unten nahm, war Tanja nicht zu sehen. Leise öffnete er die Tür zur Koje. Sie lag eingerollt in ihre Decke, den Kopf ins Kissen vergraben.

»Tanja? Alles in Ordnung? Wie geht es dir?«

»Lass mich. Ich will schlafen.«

Daniel zog die Tür zu.

Caroline und Andreas hatten die nassen Jacken und Hosen ausgezogen und hängten sie auf Kleiderbügel ins Bad, wo sie auf dem Kunststoffboden austropften. Auch zwischen den beiden herrschte eine angespannte Stimmung, und Daniel fühlte sich unwohl in ihrer Nähe. Doch wo sollte er hin?

»Zieh die Klamotten aus, Daniel«, sagte Andreas. »Es wird feucht hier drin.«

»Ich dreh noch eine Runde über die Insel.« Daniel zwang

sich zu einem freundlichen Ton. »Mal schauen, wo wir gelandet sind.« Er musste der Enge an Bord dringend entkommen. Es gab nur einen Menschen, den er um sich haben wollte, und das war Tanja.

Eric saß am Navigationstisch. Er hatte das Schaltpaneel weggeklappt und überprüfte die dahinterliegenden Kabel. »Die Heizung springt nicht an«, murmelte er.

»Woran kann das liegen?« Caroline schaute ihm über die Schulter.

»Weiß ich noch nicht.«

Andreas atmete genervt aus. »Wie sollen wir den ganzen Kram dann trocken kriegen?« Er trat näher, betrachtete die Unmengen von Kabeln. »Auch nicht leicht, die auseinanderzuhalten.«

»Die meisten sind beschriftet. Das rote zum Beispiel gehört zum Plotter. Die Heizungskabel verlaufen hier zum Thermostatregler.«

«Sind die Kabelschuhe fest?«, fragte Andreas. Daniel wunderte sich über seine Fachkenntnisse.

»Ja, an den Kontakten kann es nicht liegen.« Eric verschloss das Paneel. »Na, dann baue ich die Heizung mal aus.«

»Kann ich etwas tun?«, fragte Daniel.

Eric antwortete ihm nicht.

»Mach nur deinen Spaziergang«, sagte Andreas.

Daniel verließ das Schiff, lief bis zum Kopf des Stegs und blickte über das brodelnde Wasser in der Bucht hinweg in die Ferne. In dieser Richtung musste die Küste von Gotland liegen. Doch bei diesem Regenwetter war sie nicht zu erkennen.

Tanja durfte ihn nicht verlassen.

Er dachte an den Abend, an dem er ihr zum ersten Mal begegnet war. Wie sie ihm sofort gefallen hatte. Sein Leben mit ihr war perfekt gewesen. Ihre gemeinsamen Abende, der Alltag. Die Wochenenden. Spontane Trips ans Meer oder in die Berge. Wellnesshotels. Er überraschte sie so gern. Warum war er nicht einfach zufrieden gewesen? Wieso hatte er noch höher hinausgewollt? Partner werden. Noch mehr Geld, Arbeit, Verantwortung, Druck. Er hatte wie Andreas sein wollen. Die Souveränität. Das Selbstvertrauen. Der Wille, bis zum Äußersten zu gehen. Doch seit er auf diesem Boot war, lief es schief. Egal, wie engagiert und talentiert er sich beim Segeln einbrachte, wie geschickt er Andreas und Eric den Respekt zollte, den sie erwarteten. Er hatte den Respekt von beiden verloren. War nun die große Chance vertan? Oder konnte er das Ruder noch herumreißen?

Der Lärm der Vögel war unerträglich, er störte ihn beim Nachdenken. Sie flogen in Schwärmen durcheinander, landeten auf Vorsprüngen, balgten um die besten Plätze, stießen schrille Laute aus, stoben wieder auf. Es war ein wilder, aggressiver Tanz.

Er musste einen Weg finden, sich mit Tanja zu versöhnen und die Reise, gemeinsam mit ihr und allen anderen, zu einem erfolgreichen Ende bringen. Wenn er Partner war und mit Andreas beim Lunch saß, längst offiziell beim »Du«, sollten die guten Erinnerungen überwiegen. ›Weißt du noch, als wir abends im Cockpit saßen und diesen fantastischen Syrah …?‹

Doch morgen würden sie in Gotland ankommen. Wenn Tanja dann abreiste, konnte er nichts mehr tun. Nur auf die Zeit nach der Reise hoffen, und dass sich zu Hause alles wieder einrenken ließ. Ihm fiel der Weihnachtsurlaub ein, den er ihr versprochen hatte. Er musste das buchen. Konnte ihr dann schon mal den Link zu ihrem Traumhotel schicken. Er zog sein Handy heraus. Nur ein Balken Netz.

Vielleicht war es auf dem Plateau besser?

Daniel verließ den Steg und folgte einem Fußpfad, der ihn durch eine Ansammlung von knorrigen, kahlen Kiefern und dann steil über Felsen in die Höhe führte. Schwer atmend erreichte er das Hochplateau. Hier oben war er schutzlos dem Wind ausgeliefert. Aus etwa vierzig Metern sah er herunter auf den Steg, auf die Yacht, die von hier aus winzig wirkte wie ein Kinderspielzeug. Ein Mensch in Wetterkleidung verließ gerade das Schiff und nahm denselben Pfad wie er. Daniel konnte nicht erkennen, wer ihm folgte.

Er blickte sich um. Es gab nur kahlen Kalkstein, eine fast baumlose Grasheide. Niedrige Büsche und Kräuter krallten ihre Wurzeln in die dünne Erdkrume. Er verrieb die Nadeln einer Pflanze zwischen den Fingern. Wilder Thymian. Ein würziger Duft breitete sich aus, wie er manchmal die Küche durchzogen hatte, wenn er und Tanja am Wochenende gemeinsam kochten.

Er wollte sein altes Leben zurück. Aber trotzdem Andreas nicht aufgeben.

Am westlichen Rand des Plateaus stand der Leuchtturm, daneben ein flaches, langgestrecktes Haus. Daniel lief auf die Gebäude zu, bevor die Person aus dem Wald heraustrat und ihn auf der Ebene entdeckte. Er konnte jetzt mit niemandem sprechen.

CAROLINE

Der Regen hatte nachgelassen, die Wolkendecke riss auf, vereinzelte Lichtstrahlen brachen hindurch und ließen kleine Flecken in der Bucht erstrahlen. Caroline wandte den Blick ab. Sie wollte kein Wasser mehr sehen. Die Anfahrt zur Insel war schrecklich gewesen. Und die Aussicht, dieselbe gefährliche Strecke noch mal fahren zu müssen, um nach Gotland zu kommen, machte ihr Angst.

Aber jetzt war sie erst mal an Land. In Sicherheit. Allein über die Insel zu streifen, fühlte sich nach lang vermisster Freiheit an.

Sie folgte dem Fußpfad durch ein Kiefernwäldchen bis zu einer Abzweigung. Ein Weg führte steil hinauf auf das Plateau, ein anderer schien in sanfteren Serpentinen nach Westen zu verlaufen. Sie entschied sich für den kurvigen Pfad.

Daniel war bestimmt aufs Plateau gestiegen. Sie wollte jetzt keine Begegnung mit ihm. Vermutlich machte er sie, genau wie Tanja, für die vergiftete Stimmung an Bord verantwortlich. Sie brauchte eine Atempause von den Vorwürfen, die jeder gegen sie erhob.

An Bord war es klamm und kalt gewesen, die nasse Kleidung verbreitete einen muffigen Geruch. Tanja war in ihrer Koje verschwunden, und Eric bastelte an der Heizung herum.

Andreas hatte vorgeschlagen, sie auf dem Inselrundgang zu begleiten, doch sie hatte ihm unverblümt gesagt, sie wolle allein sein. Sie wusste, dass er reden wollte. Doch sie hatte ihm im Moment nichts anzubieten. Sie würde ihn nur noch mehr verletzen.

Eine plötzliche Böe brachte sie fast aus dem Gleichgewicht. Vor ihr ragten Bäume mit kahlen Ästen auf, Stamm und Rinde von einem weißen Belag überzogen wie von Schimmel. Große struppige Nester hingen in den Kronen. Alles wirkte abgestorben und verlassen.

Caroline lief schneller, sie wollte weg von dieser gespenstischen Szenerie. Über ihr ragte der Leuchtturm auf, auch dieser Weg wurde nun steiler.

Außer Atem stand sie bald vor dem Turm. Von weitem hatte sie ihn für rund gehalten, doch nun sah sie, dass er achteckig war. Der Sockel bestand aus groben Felsbrocken in Grau und schmutzigem Weiß, der Turm selbst verjüngte sich nach oben in ebenmäßigeren, bräunlichen Steinen. Die Plattform auf seiner Spitze war von einem dünnen Geländer umgeben, und in der Mitte schützte ein zierlicher, kleiner Glasturm das Herzstück in seinem Inneren: die blinkende Linse.

Caroline trat zu der eisernen Eingangstür und drückte die Klinke herunter. Abgeschlossen.

Sie fror, ihre Jeans klebte feucht an ihren Beinen. Sie trug nur ihre Wetterjacke, die steife, schwere Segelhose hatte sie an Bord zurückgelassen. Sie streifte die Kapuze über den Kopf und suchte eine Ecke, die ihr Schutz vor dem Wind bieten würde.

Das einstöckige, schmucklose Wirtschaftsgebäude war ebenso verschlossen wie der Turm. Sie spähte durch die niedrigen Fenster ins Innere, doch es war zu dunkel, um etwas zu erkennen.

Sie wandte sich wieder um zum Leuchtturm. Vor dem Eingang stand jemand, mit dem Rücken zu ihr, Kapuze über dem Kopf. Daniel. Er drückte die Klinke herunter, wie sie selbst es getan hatte.

Caroline blieb stehen, er sollte sie nicht bemerken. Da drehte er sich um. Es war Eric. Er steckte sich eine Zigarette zwischen die Lippen, beugte sich vor und schützte die Flamme des Feuerzeugs mit der gewölbten Hand. Über ihm das Aufblitzen des Leuchtfeuers.

Als Caroline sich näherte, hob er den Kopf, doch seine Augen lagen im Schatten der Kapuze.

»Hast du eine für mich?«

Er kramte die Packung wieder hervor, ließ sie eine Kippe herausziehen, gab ihr Feuer. Ihre Hände berührten sich kurz.

»Ich wusste nicht, dass du rauchst.«

Sie nahm einen Zug, sog das Nikotin tief in die Lunge. »Jetzt habe ich Lust darauf.«

Er zuckte mit den Schultern, blickte in Richtung des Fußpfades, der zum Schiff führte. Sie wusste, dass er gehen wollte. Dass er jeden Moment gehen würde.

»Warum sind wir hier?« Mit ihrer Frage setzte der Schwindel ein, ihr Gehirn war von Dopamin geflutet. Sie hatte vergessen, wie gut sich dieser leichte Rausch anfühlte.

»Das fragst du besser deinen Mann.«

»Du hättest dich weigern können.«

»Andreas hat recht deutlich gemacht, dass er der zahlende Kunde ist.« Eric lächelte mit herabgezogenen Mundwinkeln. »Und solange nichts Gewichtiges dagegenspricht, erfülle ich die Wünsche meiner Gäste.«

Caroline fragte sich, was so Gewichtiges dagegensprach, ihre Wünsche ebenfalls zu erfüllen.

Der Regen setzte wieder ein. Stumm senkten sie die Köpfe, nahmen den nächsten Zug, schützten die Zigaretten unter den Handrücken. Er atmete eine Rauchsäule aus, warf seine Zigarette weg.

»Ich mache mich auf den Weg«, sagte Caroline. Sie wollte nicht von ihm stehengelassen werden, an diesem trostlosen Fleck, der ihr vorkam wie das Ende der Welt.

Er nahm die Kapuze ab, zeigte ihr seine Augen. Sie war gegen seine Ablehnung gewappnet. Doch sie sah etwas anderes in seinem Blick. Unsicherheit? Auch sie streifte ihre Kapuze ab, ließ die Tropfen über ihr Gesicht laufen.

Eric streckte den Arm aus und strich eine nasse Haarsträhne aus ihrer Stirn. Sie verharrte wie im Angesicht eines Wildtieres, das bei der kleinsten Bewegung flüchten würde.

Er zog sie an sich, und sie ließ es geschehen. Er legte seine Hand in ihren Nacken, drückte ihren Kopf an seine Schulter. Sie fühlte seinen Körper durch alle Schichten ihrer klammen Kleidung, die Kälte zog sich aus ihren Gliedern zurück, und als sie den Kopf hob, küsste er sie. Nicht zögernd, vorsichtig, fragend. Eher, als würde etwas ausbrechen, was zu lange eingesperrt gewesen war. An der Heftigkeit, mit der er ihre Hüften umfasste und sie an sich presste, ihre Lippen ungeduldig mit seiner Zunge öffnete, spürte sie auch Aggression. Er öffnete ihre Jacke, seine Finger wanderten unter den Stoff ihres Shirts, liebkosten ihre Brüste. Sie spürte seine Erregung deutlich, den Druck gegen ihr Schambein. Sie legte ihre Hand auf seine Hose, streichelte ihn, spürte, wie er wuchs. Sein Atem ging schnell und laut an ihrem Ohr. Doch plötzlich hielt er inne. Caroline sah ihn an, Regentropfen hingen in seinen Wimpern. Er blinzelte.

Sein Blick richtete sich auf etwas hinter ihr. Sie drehte den Kopf und sah jemanden über das Hochplateau laufen. Daniel! Zum Glück weit entfernt. Er war eindeutig unterwegs nach unten in die Bucht. Sie warteten, bis er verschwunden war.

Die Kälte eroberte Carolines Körper zurück. Der Zauber war zerstört. »Hat er uns gesehen?«

»Weiß nicht.« Erics Hände steckten jetzt in den Taschen seiner Jacke, er würde sie nicht noch einmal umarmen.

»Geh zurück. Ich komme etwas später nach«, sagte er, ohne eine Spur von Zärtlichkeit in seiner Stimme.

Natürlich durften sie nicht gemeinsam zurückkehren.

»Bis gleich«, sagte Caroline mechanisch. Er konnte sie so nicht wegschicken. Doch er nickte nur.

Caroline betrat den Pfad, kletterte abwärts, verlor den Halt, rutschte auf glitschigen Felskanten aus, hielt sich an Wurzeln und Büschen fest. Schon bald konnte sie Eric nicht mehr sehen. Nur noch die Spitze des Leuchtturms ragte über ihr auf. Der Lichtkegel, der grell den Himmel durchschnitt und wieder erlosch.

Sie lief weiter. Wie dürre Gespenster erhoben sich die kahlen Bäume vor ihr, doch nun saßen schwarze Vögel in den Ästen und auf den Nestern. Kormorane. Dunkle Augenpaare folgten Caroline. Kein Laut, kein Vogelschrei, nicht mal das Schlagen eines Flügels. Sie spürte ihre Blicke im Rücken, bis sie das Schiff erreicht hatte.

CAROLINE

Auf dem Steg stand Andreas, er sah ihr entgegen. Hatte Daniel ihm schon erzählt, was er auf dem Plateau beobachtet hatte?

Andreas wartete, bis sie vor ihm stand. »Na, wie gefällt dir unsere einsame Insel?«

»Was machst du hier?«, fragte sie. »Lässt du dich absichtlich nass regnen?«

»Da drin ist es wie in der Biosauna.« Er warf einen finsteren Blick zur Yacht. »Die Heizung läuft auf höchster Stufe und lässt sich nicht regeln. Ich suche Eric. Hast du ihn gesehen?«

»Vorhin, von weitem. Er war auf dem Hochplateau. Keine Ahnung, wo er jetzt ist.«

Andreas antwortete nicht. Sein Blick schweifte in Richtung des Pfads, der durch die Felsen führte und in dem Wäldchen verschwand.

»Mir ist kalt.« Caroline wandte sich zum Gehen. »Biosauna hört sich großartig an.«

Sie wartete seine Antwort nicht ab, beeilte sich, zum Schiff zu kommen. Andreas machte keine Anstalten, ihr zu folgen. Sie wollte ihn nicht in ihrer Nähe haben, aber dass er dort im Regen stand und auf Eric wartete, verhieß auch nichts Gutes.

Als sie die Luke aufschob, schlug ihr die feuchte Hitze entgegen.

Daniel saß am Tisch, vor sich ein halbvolles Glas Rotwein. Sie sah, wie er eine kleine weiße Pille aus einer Dose in seine Hand gleiten ließ und sie mit dem Wein hinunterschluckte. Als er sie auf der Treppe hörte, schrak er auf, ließ die Dose unter dem Tisch verschwinden. Sein Blick war glasig.

Caroline hängte ihre tropfnasse Jacke zurück ins Bad. Sie war mit ihm allein, vielleicht kam die Gelegenheit so schnell nicht wieder. Aber es war zu gefährlich, ihn auf die Begegnung am Leuchtturm anzusprechen und um Diskretion zu bitten, er war immer auf Andreas' Seite. Außerdem konnte sie nicht einschätzen, was mit ihm los war. Vermutlich trank er nicht das erste Glas. Und was waren das für Tabletten?

Sie musste sich auf ihre Intuition verlassen. Sie kehrte in den Salon zurück, nahm sich eine Flasche Wasser aus dem Schrank.

»Seit wann läuft die Heizung wieder?«

Er antwortete nicht, nahm kaum Notiz von ihr, nicht mal, als sie sich zu ihm an den Tisch setzte.

»Wie war dein Rundgang?«, fragte sie weiter. »Hast du die Vögel in den Felsen gesehen?«

Er nickte, nahm einen Schluck.

»Die Schwarz-Weißen, ist das diese seltene Art, von der du gesprochen hast? Wie heißen die?«

»Tordalken«, sagte er dumpf. »Im Frühling brüten sie wohl zu Tausenden an den Riffen.«

Sie schwiegen eine Weile, dann sah sie ihn direkt an. »Du warst vorhin auf dem Plateau?« Sie wartete auf eine Reaktion, vergeblich. »Ich auch. Hast du mich gesehen?«

»Du meinst, oben beim Leuchtturm?« Seine Stimme klang gleichgültig.

»Ja.«

Er hielt sein Glas in das Licht der Tischlampe. »Auf der Grasheide wächst wilder Thymian. Ein sehr intensiver Geruch, wenn du an den Nadeln reibst.« Er schwenkte den bauchigen Kelch, betrachtete die Schliere, die der Wein hinterließ. »Vielleicht will Andreas ein paar Zweige zum Kochen verwenden.«

Sie stand auf. »Ja, davon solltest du ihm unbedingt erzählen.«

Daniel hatte sie und Eric gesehen, es aber Andreas noch nicht verraten.

Die Tür der Schlafkabine ging auf, und Tanja kam in den Salon. Sofort veränderte sich Daniels Haltung, sein Blick wurde wacher. »Hast du geschlafen? Wie geht es dir?«

»Es tut noch etwas weh.« Tanja goss sich ein Glas Wasser ein. Von Caroline nahm sie keine Notiz.

War sie wütend wegen des Segelunfalls? Erwartete sie eine Entschuldigung? Oder hatte sie gar nicht durchschaut, dass Caroline schuld war an den Ereignissen? Vielleicht hielt Tanja alles für ein Versehen.

»Lass mich die Wunde ansehen«, bat Daniel. »Setz dich hierhin, da ist das Licht am besten.«

Tanja befolgte seine Anweisung, lehnte den Kopf nach hinten. Daniel löste vorsichtig das Pflaster. Caroline sah kein Blut mehr, aber die Wundränder nässten.

Caroline betrat ihre Koje und zog sich aus. Die Hitze im Salon war unerträglich geworden. Nur im BH legte sie sich aufs Bett, klappte das Fenster auf. Kalte Luft strömte herein. Sie hörte den Regen auf das Deck prasseln.

Für eine Weile konnte sie sich hier verkriechen, aber es war erst früher Abend. Irgendwann würden alle wieder an

Bord sein, und sie musste sich der Situation stellen. Sie würden eng beieinander um diesen Tisch sitzen.

Nur noch ein paar Minuten allein sein. Sie dachte an Eric. An seinen Blick. Die Küsse, seine Hand auf ihrer Haut. Die gleichgültige Kälte, mit der er sie am Leuchtturm weggeschickt hatte.

Welche seiner Gefühle waren echt?

Sie täuschte sich doch nicht. Er begehrte sie seit einer ganzen Weile, auch wenn er es perfekt verborgen hatte. Wäre die Situation eine andere gewesen ... Hätten sie nicht in Regen, Wind und Wetterkleidung auf dem Plateau gestanden, für alle sichtbar, wären die Gebäude nicht abgeschlossen gewesen ... Sie hätten sich ausgezogen im Schutz des Leuchtturms. Eric hätte sie angesehen, ihren nackten Körper, wie am Strand in der kleinen Bucht. Sie gegen die raue Wand des Turms gedrückt, sie hochgehoben, sodass sie ihre Arme um seinen Hals und ihre Beine um seine Hüfte legen konnte, seine Lippen auf ihren Brüsten, er wäre groß und hart geworden, und dann wäre er in sie eingedrungen und ...

Es klopfte.

»Caroline?«

»Ja.«

Andreas steckte seinen Kopf zur Tür herein. »Was machst du?«

»Ich zieh mich um.«

Er runzelte die Stirn, konnte ja sehen, dass sie nur dalag. Er kam herein und schloss die Tür. »Hast du geraucht?«

Caroline zögerte. »Wieso?«

»Willst du wieder anfangen?«

»Vielleicht.«

Er setzte sich auf die Bettkante. »Daniel ist ziemlich verzweifelt. Tanja will die Reise in Visby abbrechen.«

»Hat sie mir gesagt.«

»Vielleicht ist das unser letzter Abend. Können wir uns nicht alle zusammenreißen?«

Das sagst ausgerechnet du?

Sie hob nur die Schultern. »An mir soll's nicht liegen.«

»Danke.«

Er sprach von Daniel und Tanja, aber er meinte sich selbst und sie.

Langsam streckte er den Arm aus und berührte ihr Haar. Sie bewegte sich nicht. Gleich würde er zurück in den Salon gehen, sie in Ruhe lassen. Stattdessen beugte er sich zu ihr herunter und küsste sie, zuerst auf die Wange, dann fanden seine Lippen ihren Mund. Caroline fühlte sich überrumpelt. Schweißtropfen liefen an ihrem Bauch herab, trotz des offenen Fensters war es zu warm in der Kajüte. Er legte sich auf sie, erdrückte sie fast mit seinem Gewicht.

»Andreas. Nicht ...«

Er ließ sie sofort los, richtete sich auf. »Ah ja, das hatte ich vergessen. Du hast ja ein Problem mit mir.«

Er stand auf, trat einen Schritt zurück. »Ich habe keine Ahnung, was du von mir willst, Caroline. *Ob* du noch was von mir willst.«

»Bleib hier. Warte ...«

»Warte, warte ... worauf denn?«

Er ging und zog die Tür laut ins Schloss.

TANJA

Die Spagetti kochten in Mineralwasser. Ausgerechnet in der Ödnis dieser Insel war ihnen das Frischwasser im Tank ausgegangen.

Caroline hatte Tanja unbedingt beim Kochen helfen wollen. Überhaupt waren alle schrecklich bemüht um sie. Tanja spürte die Anstrengung dahinter. Die aufgesetzte Freundlichkeit bei Caroline und Andreas. Und die wachsende Angst bei Daniel. Was würde morgen sein? Wenn sie Gotland erreichten und sie das Schiff endgültig verließ? Sie bereute es inzwischen, ihren Plan verraten zu haben. Hätte sie geschwiegen, müsste sie sich jetzt nicht mit den plumpen Versuchen, sie umzustimmen, auseinandersetzen. Wobei niemand das Thema offen ansprach. Sie turtelten nur um sie herum, Caroline hobelte Parmesan, Daniel deckte den Tisch, und Andreas goss ihr Rotwein ein, obwohl sie keinen wollte. Dachten sie, sie könnten die Spannungen mit ihrer Harmoniesoße zukleistern?

Die Luke ging auf, und Eric kam herein. Mit ihm drang ein Schwall Wind und Regen in den Salon. Schnell verschloss er den Eingang. Aus seiner Kleidung tropfte Wasser, bildete Pfützen neben seinen Stiefeln. »Warum habt ihr die Heizung voll aufgedreht? Das ist ja kaum auszuhalten.«

»Wir hätten es auch gern etwas kühler«, sagte Andreas. »Aber der Regler funktioniert nicht. Wir können sie höchstens ganz ausschalten.«

»Ich schau es mir gleich an.« Eric verschwand in seinem Bad.

Tanja nahm einen Lappen und wischte den Boden trocken. Sie war froh, dass er endlich zurück war. Der Einzige, der nicht vor schlechtem Gewissen ihr gegenüber zerfloss. Er kam in den Salon, in T-Shirt und Jogginghose, mit seinem Laptop in der Hand. Er trat zum Navigationstisch, wo schon Daniels und Carolines Handys lagen.

»Ich muss aufladen, wir brauchen die Wetterdaten«, sagte er. »Wir haben keinen Landstrom. Ihr könnt nicht gleichzeitig die Heizung voll aufdrehen und eure Handys anhängen. Das saugt die Bordbatterie leer.«

Caroline stand auf, zog das Kabel aus ihrem Smartphone, überließ den Anschluss Eric. Seine und Carolines Hände berührten sich einen Moment länger, als es der Zufall gerechtfertigt hätte.

Eric beugte sich über den Regler der Heizung, drehte an dem Rädchen. »Sieht in Ordnung aus.«

»Glaubst du mir nicht?«, fragte Andreas schneidend. »Das Ding ist kaputt.«

Eric wandte sich zu ihm um. »Ich darf es wohl ausprobieren?«

»Könnten wir nicht die Luke aufschieben? Ich ersticke hier drin.« Caroline sah Andreas an. »Vielleicht kannst du deine Laune dann auch runterkühlen.«

»Willst du, dass es reinregnet? Der Wind steht genau auf dem Eingang.« Er stieß mit einem abfälligen Laut den Atem aus. »Ein guter Skipper hätte die Windrichtung bedacht, bevor er am Steg festmacht.«

Eric reagierte mit versteinertem Gesicht auf die Spitze.

Tanja begriff, wie gefährlich die Situation war. Noch

nahmen sich alle mühsam zusammen. Aber wenn jemand ein Streichholz anriss, dann würde es zur Explosion kommen.

Wenn wenigstens der Raum nicht so überhitzt wäre. Aber nach wenigen Minuten war klar, dass Andreas recht behielt: An der Temperatur veränderte sich nichts, egal, wie Eric den Regler einstellte.

Tanja goss das Nudelwasser in ein Sieb, dankbar, etwas zu tun zu haben. Dampf wallte hoch wie bei einem Saunaaufguss und legte sich als glänzender Film auf die hölzernen Wände. Die schmalen Fenster waren so stark beschlagen, dass man die Außenwelt nicht mal erahnen konnte.

»Ich muss die Heizung ausschalten.« Eric holte den Werkzeugkasten und schraubte den Regler ab.

Sofort breitete sich wieder die feuchte Kälte im Salon aus. Dabei war es Hochsommer. Das hier war Tanjas Jahresurlaub.

Nur noch dieser Abend. Eine Nacht. Ein letzter Segelschlag.

Heute Nacht hatte sie vor, im Salon zu schlafen. Aufbleiben, bis alle anderen in den Kojen verschwunden waren. Neben Daniel würde sie kein Auge zutun. Seine Angst, sie zu verlieren, war berechtigt. Sie wusste nicht, ob sie ihm verzeihen konnte. Auf jeden Fall nicht hier an Bord, eingesperrt mit diesen Leuten.

Sie verteilte Nudeln und Soße auf die Teller. Daniel aß viel zu schnell. Er nahm sich kaum Zeit zum Kauen, schlang das Essen hinunter wie zu Beginn ihrer Beziehung. Es war ihr erst nach Monaten gelungen, ihm das abzugewöhnen. Ohne nachhaltige Wirkung, wie man jetzt sah. Es war, als hätte es ihre gemeinsame Zeit nicht gegeben.

»Morgen, in Visby, sollten wir essen gehen«, sagte Andreas. »Eric hat bestimmt einen Restauranttipp. Wobei es heute auch richtig gut schmeckt.«

»Finde ich auch«, sagte Daniel.

Tanja versuchte nicht einmal, ihren angewiderten Gesichtsausdruck zu verbergen. »Es ist eine Fertigsoße.«

Daniel legte seine Hand auf ihren Unterarm, sie zog ihn weg. Konnte er sie nicht in Ruhe lassen?

Caroline wirkte immer noch abwesend. Auch Eric hatte sich abgekapselt, daran hatten sich ja alle längst gewöhnt. Trotzdem hatte Tanja erwartet, dass er mal fragen würde, wie es ihr ging.

»War ein bisschen zu viel für mich.« Daniel stand auf, öffnete den Schrank unter der Spüle und kippte den Rest seines Essens in den Mülleimer.

Eric und Andreas fachsimpelten in gereiztem Ton über die Reparatur der Heizung. Tanja hörte nicht genau hin, sie hatte keine Ahnung von Technik, schnappte nur einzelne Sätze auf. Eric wollte irgendwas mit Kabeln überbrücken, Andreas widersprach: »Du brauchst ganz einfach einen neuen Regler.«

»Kriegt man so was in Visby?«, fragte Caroline Eric.

»Unwahrscheinlich«, gab er zurück. »Die Heizung ist so alt wie das Schiff. Hoffentlich gibt es überhaupt noch Ersatzteile dafür.«

»Wenn ich das geahnt hätte«, kommentierte Andreas, »dann hätte ich eine modernere Yacht für uns gechartert.«

»Willst du damit sagen, mein Schiff sei in schlechtem Zustand?«

»Ich verstehe jedenfalls, warum du an kein Bewertungsportal angeschlossen bist.«

Eric schnappte sich seinen Computer.

»Eric, warte …«, sagte Daniel, doch Eric ging in seine Kabine und knallte die Tür zu.

Daniel murmelte etwas Unverständliches und zog sich ebenfalls in die Schlafkabine zurück. Tanja war froh, dass er den Raum verlassen hatte, auch wenn nun der einzige Rückzugsort besetzt und sie mit Caroline und Andreas im Salon eingesperrt war. Die beiden wechselten kein Wort, keinen Blick. Caroline schien mit ihren Gedanken ganz woanders zu sein. Sie trocknete ab, während Tanja spülte, kam dabei unerträglich langsam voran und räumte die Teller in den falschen Schrank. Tanja sagte nichts.

Andreas saß am Tisch und blätterte im Revierführer. Als läge die Segelreise noch vor ihnen.

Eric kam zurück. Er blieb stehen, hielt gebührenden Abstand zu Andreas. »Wir müssen was besprechen. Es gibt schlechte Neuigkeiten.«

ANDREAS

Er war kurz davor, die *Querelle* zu verlassen und im Regen über die Insel zu laufen. Alles war besser, als hier im Salon festzusitzen. Ohne Heizung fiel die Temperatur spürbar, und wenn er schon frieren musste, dann lieber an der frischen Luft.

Caroline machte ihn rasend mit ihrer Teflonglätte. In dem Moment im Meer, als er zu weit rausgeschwommen war und ihn die Kräfte verließen, hatte er im Grunde schon gewusst, dass es kein Zurück mehr für sie beide gab, dass sie ihn verlassen würde. Er hätte es sich sparen können, danach noch eine Menge Geschirr zu zerschlagen.

Nun saßen sie auf diesem kalten, klammen Boot, Streit lag in der Luft. Daniel hatte seinen Aufschub bekommen, aber er nutzte ihn nicht. Seine Versuche, sich Tanja zu nähern, waren lächerlich gewesen. Unterwürfige Blicke, die nichts bewirkten, außer ihn schwach erscheinen zu lassen. Andreas war wütend auf ihn, genauso auf Tanja, gleichzeitig wusste er, dass sie am allerwenigsten verantwortlich für die Situation war.

Vor allem war er wütend auf sich selbst. Er hatte sich als Zentrum dieser Gruppe betrachtet, er hatte sie zusammengebracht, und nun driftete die Crew unaufhaltsam auseinander.

Erst mal raus hier. Er rückte ans Ende der Sitzbank, doch in diesem Moment kam Eric mit seinem klobigen Laptop an den Tisch. Uralter Schrott, wie alles an Bord. Eric blieb stehen, nah bei Caroline.

»Wir müssen was besprechen. Es gibt schlechte Neuigkeiten.«

Andreas hätte beinahe aufgelacht. »Ich dachte wirklich, die Lage könnte nur besser werden.«

Eric verzog keine Miene. »Wir kriegen Probleme mit dem Wind. Wir kommen hier nicht weg.«

»Ach was. Das muss gehen«, sagte Andreas.

»Es gibt acht Windstärken, wir haben Starkwind aus Nordnordost, der sich jetzt festsetzt.«

Festsetzt. Es ging nicht nur um den morgigen Tag? Würden sie für mehrere Tage eingeweht werden?

Tanja stand wie erstarrt am Herd.

Caroline legte das Geschirrtuch weg. »Wie wird es denn übermorgen?«, fragte sie.

Eric scrollte durch die Windvorhersage. »Auch eine Acht. Und in den Tagen darauf leider nicht besser.«

»Ist das schon Sturm?« Caroline beugte sich über das Display. Ihre Schulter und ihr Arm berührten Eric, der nicht zur Seite rückte.

»Sturm beginnt bei Windstärke neun«, sagte er zu ihr. Seine Stimme wurde sanfter, wenn er mit Caroline sprach, und auch an Caroline hatte sich etwas verändert. Dort, neben Eric, wirkte sie plötzlich gar nicht mehr abweisend.

Andreas nahm sein Glas, trank es leer. »Wir fahren morgen.«

Caroline und Eric sahen auf.

»Sicher nicht«, sagte Eric.

Und Tanja gleichzeitig vom Herd: »Ich bin auch dafür.«

»Du willst bei Windstärke acht losfahren?« Caroline sah

Andreas an. »Wie sollen wir denn durch diese Tausende von Felsen kommen?«

»Dafür haben wir ja einen hervorragenden Skipper«, sagte Andreas. »Ich bleibe jedenfalls nicht länger hier.«

Die Kabinentür ging auf, und Daniel kam zurück in den Salon. »Was ist los?«

Andreas klärte ihn auf.

»Gut, dann ... müssen wir eben warten«, sagte Daniel.

»Gefällt's dir hier, ja? Ohne Strom, Frischwasser, Dusche, mit miesem Handyempfang?«

»Du hast doch nicht mal ein Handy«, warf Eric ein.

»Halte dich raus. Ich rede mit Daniel.«

»Stimmt, ich muss das nicht verstehen«, setzte Eric nach. »Auch nicht, warum du unbedingt hierher wolltest.«

»Für *einen Tag*, nicht für eine Woche!«, Andreas konnte sich nur mit Mühe beherrschen, am liebsten hätte er Eric angebrüllt.

»Wie auch immer. Ich habe die Verantwortung.« Eric stellte den aufgeklappten Laptop auf den Tisch.

»Du hast das gewusst mit dem Wind! Und dir gesagt, *Prima, sollen die mal sehen, wie das so ist am Arsch der Welt!*«

»Andreas, jetzt übertreibst du.« Daniel schlug einen für ihn erstaunlich forschen Ton an. »Niemand konnte das wissen, ich habe auch zweimal täglich die Wetterdaten gecheckt, es war nichts dergleichen vorhergesagt. Eric hat recht, es ist zu gefährlich.«

Andreas zwang sich dazu, ruhig zu atmen. Er brauchte Wein. Nahm die Flasche und goss sein Glas voll, doch als er danach greifen wollte, kippte es um, und der Rotwein ergoss sich über Erics Computer.

»Mensch, pass doch auf!« Eric riss das Gerät hoch und

stürzte zur Pantry, wo er es mit einem Geschirrtuch trocknete.

Tanja und Caroline versuchten, die Flüssigkeit auf der Tischplatte mit Küchenkrepp aufzufangen, doch ein Teil war schon herabgetropft und bildete bordeauxrote Flecken auf dem hellen Teppich.

»Salz«, befahl Tanja. Sie machte sich unter dem Tisch zu schaffen.

»So eine Scheiße!« Eric tupfte noch immer an dem Laptop herum.

»Reg dich ab«, sagte Andreas. »Das Ding ist uralt.«

»Spar dir die Kommentare.«

»In Visby kauf ich dir ein Neues.«

»Danke, ich verzichte.«

»Das kannst du dir doch gar nicht leisten.«

»Wie bitte?«

»Du kannst doch nicht mal deine Schulden bezahlen.«

»Woher willst du denn das wissen?«

»Ich buche doch nicht blind irgendeine Yacht, ohne mich über den Eigentümer zu informieren.«

Eric starrte ihn an.

»Ich habe selbstverständlich eine Bonitätsauskunft über dich eingeholt.« Andreas spürte, dass er zu weit ging, aber musste irgendwohin mit seiner Wut. »Das erklärt auch den Zustand des Bootes. Deine Segel sind doch Lumpen, ewig gefahren. Jedes Bettlaken wäre besser.«

»Eine kleine Frage: Warum hast du mein Schiff dann ausgesucht?« Erics Stimme war jetzt unnatürlich ruhig. »Dachtest du vielleicht: Wenn der Typ nicht nach meiner Pfeife tanzt, kann ich ihn mit seinen Schulden erpressen?«

»Eric …« Caroline nahm ihm den Laptop aus der Hand.

»Andreas meint es nicht so. Bei uns allen liegen die Nerven blank. Falls das Gerät nicht mehr läuft, wird es ersetzt und Schluss damit.«

Andreas fuhr zu ihr herum. »Eric, der böse Andreas hat dein Förmchen kaputtgemacht! Behandle uns nicht wie Kleinkinder.«

In Carolines Blick lag etwas, das er noch nicht kannte. Ekel.

Eric stützte die Hände auf den Tisch und beugte sich zu ihm herunter. »Ich jedenfalls habe dich nicht vorher überprüft. Leute wie dich kenne ich zur Genüge. Du schreibst mir nicht vor, wie ich mich zu verhalten habe.«

Eric war noch naiver, als Andreas es für möglich gehalten hatte. Er hatte keine Ahnung, wozu ein Anwalt wie Andreas in der Lage war. Angefangen damit, dass er den Törn nicht bezahlen und die Anzahlung zurückfordern würde. Er konnte es nicht abwarten, Eric vor Gericht zu treffen, er würde ihm die unendliche Liste von Mängeln dieser Reise unter die Nase reiben. Ihn vernichten.

»Du kennst Leute wie mich, ja?« Seine Stimme klang sanft, entspannt, er war endlich wieder in Form. Er stand so abrupt auf, dass Eric erschrak und zurückwich. »Du bist kein Skipper. Nur ein Versager.«

Erics Faust zuckte, seine Fingerknöchel wurden weiß. Er richtete sich auf. »Wie du willst. Wir legen morgen früh ab.«

»Nein!«, rief Daniel. »Andreas! Eric, du hast selbst gesagt, es ist zu gefährlich.«

»Mir reicht es jetzt.« Eric drehte sich vom Tisch weg.

Andreas beobachtete, wie Caroline aufstand und eine Hand auf Erics Schulter legte.

Für eine Sekunde sah er sich selbst wie durch eine Kamera, sich und Eric. Er verlor kurz den Faden, den Fokus. Worüber stritten sie? Um was ging es hier?

Um Caroline, deren Mund nach kaltem Rauch geschmeckt hat.

»Wir können noch abwarten. Später entscheiden«, schlug Daniel vor.

Der Mann besaß keinen Mumm. Wie hatte Andreas nur denken können, Daniel sei geeignet, Partner der Kanzlei zu werden?

»Lasst uns nachher checken, was der Wetterdienst …« Daniel brach ab und setzte sich.

Endlich hielten sie alle den Mund. Hinter Andreas' Schläfen begann ein Schmerz zu pochen.

Eric fasste Carolines Hand, drückte sie kurz. »Gute Nacht. Geht auch früh schlafen«, sagte er zu den Frauen. »Wir brechen um sieben auf.« Er betrat seine Kajüte und zog die Tür hinter sich zu.

»Caroline!« Andreas wollte sie zwingen, ihn anzusehen.

Doch sie wandte ihm den Rücken zu, holte ihre Jacke, schob die Luke auf und stieg nach draußen. Eine Böe fegte herein, schleuderte kalte Regentropfen in sein Gesicht.

DANIEL

Nachts schwiegen die Vögel. Er stellte sich vor, wie sie in den Felsspalten hockten und dem Wind trotzten, das Gefieder aufgeplustert, die Köpfchen eingezogen. Oder lärmten sie wie am Tag, und er hörte sie nur nicht, weil das Fauchen der Böen, das Rauschen der Wellen alles übertönte?

Die *Querelle* schwankte, zerrte an den Leinen, gehalten nur von morschen Holzplanken. Daniel lauschte der Naturgewalt draußen. Er konnte sich schon nicht mehr erinnern, wie sich das anfühlte. Stille. Er spürte die Wut der Brandung. Wie sie über Felsen rollte, dunkle, von Algen bewachsene Steine, unter Wasser lauernd.

Er schwitzte unter der Bettdecke, fror, sobald er sie zur Seite warf. Die Koje war winzig und kam ihm trotzdem groß und leer vor, ohne Tanja. Sie lag im Salon auf der Sitzbank. Ob sie schlief? Sie wollte so dringend die Yacht verlassen, dass sie dafür sogar bereit war, in diesem Starkwind durch Untiefen zu segeln.

Eric war klar dagegen gewesen. Doch Andreas' Provokationen hatten bewirkt, dass sie nun wider jede Vernunft aufbrachen.

Daniel öffnete das kleine Klappfenster der Kajüte, der Wind stand noch immer auf dem Heck, kalte Luft blies hinein, das Zischen und Heulen wurde lauter. Er schloss das Fenster wieder.

Er hätte Tanja mehr zur Seite stehen müssen. Seine Wut auf Andreas wallte wieder auf. Was war seine Entschuldigung wert, wenn er sie nun alle in Lebensgefahr brachte?

Daniel schlug die Decke weg und setzte sich auf. Egal, was schiefgelaufen war auf dieser Reise, er musste verhindern, dass sie in diesem Starkwind aufbrachen.

Leise öffnete er die Tür zum Salon. Tanja lag zur Wand gedreht, er konnte nicht sehen, ob sie schlief. Er ließ einige Minuten verstreichen. Sie bewegte sich nicht.

Mit zwei Schritten erreichte er den Stauraum über dem Motor und zog den Werkzeugkasten heraus, leise, Millimeter für Millimeter. Daniel leuchtete mit seinem Handy. Ein Schraubenzieher lag obenauf. Darunter eine Zange mit scharfen Schneiden. Nein. Er musste es subtil anstellen.

Ein Teppichmesser. Er fuhr es aus und prüfte die Klinge mit der Fingerkuppe. Perfekt.

CAROLINE

Sie lag wach, Stunde um Stunde. Hoffte, dass der Wind nachlassen würde, wie es meist über Nacht geschehen war. Doch die Elemente kamen nicht zur Ruhe.

Die Morgendämmerung setzte ein, ein heller Schimmer hinter dem schmalen Fenster. Andreas lag da wie ein Toter, er reagierte nicht mal auf den Wecker ihres Handys.

Sie hörte Stimmen, stand auf und öffnete die Tür zum Salon. Tanja und Eric hatten Kaffee gekocht und saßen am Tisch, Tanjas Bettzeug lag zusammengerollt in der Ecke. Es war kalt, die Heizung war ausgeschaltet. Sie murmelten ein »Guten Morgen«. Erics Gesicht war grimmig und entschlossen. Er trank aus, spülte seine Tasse ab und stellte sie in den Schrank.

»Beeilen wir uns«, sagte er. »Je eher wir ablegen, desto besser.«

Als Caroline aus dem Bad kam, hörte sie ihn an Deck hantieren. Auch Andreas und Daniel waren inzwischen aufgestanden. Daniel saß über seine Tasse gebeugt, Andreas' Haut wirkte wächsern wie die eines alten Mannes.

Pünktlich um sieben versammelten sie sich an Deck, legten die Rettungswesten an und warteten auf Anweisungen von Eric. Seine Vorhersage war eingetroffen, der Wind hatte zugelegt. Caroline vermied den Blick in die Bucht, wo Gischt über die Felsen schäumte. Jetzt war es zu spät, Andreas zu beschwichtigen, sie brachen auf nach Visby.

»Eric!« Daniel zeigte auf die Displays der technischen Instrumente. »Der Plotter funktioniert nicht.«

»Das kann nicht sein.«

»Doch, er hat sich gerade abgeschaltet.«

Eric betätigte den Schalter an dem GPS-Gerät. Die digitale Seekarte erschien erneut, flackerte, dann wurde das Feld wieder schwarz. Er fluchte, ging unter Deck, kam nach einigen Minuten zurück. »Irgendwas stimmt mit der Elektrik nicht«, sagte er zu Daniel.

»Das Boot ist Schrott.« Andreas wandte sich ab.

»Da. Das GPS läuft wieder.« Tanja zeigte auf den Plotter, auf dem die Karte wieder zu sehen war.

Caroline erkannte eine schwarze Linie, die quer durch das Bild lief, voller Zacken und Winkel, wie mit zitternder Hand gemalt: Ihre Anfahrt zur Insel, die das Gerät aufgezeichnet hatte.

»Dann los.« Eric ließ den Motor an, ging ans Steuer.

»Aber da stimmt was nicht.« Daniel fasste ihn am Arm. »Wir müssen das Gerät überprüfen. Was ist, wenn es unterwegs ausfällt?«

»Wie kommst du nur auf so etwas? Bei dieser Luxusyacht?«, fragte Andreas.

»Stell dich auf den Bug und halt nach Felsen Ausschau«, sagte Eric zu Daniel. »Leinen los!«

Sie legten ab, erledigten schweigend ihre Aufgaben, mit aggressiven Bewegungen schmiss Andreas die Fender in die Backskiste. Er klarte die Festmacherleinen nicht ordentlich auf, warf sie achtlos hinterher. Caroline sagte nichts.

Eric hielt sich akkurat an die Linie, steuerte im Zickzackkurs durch die Felsen.

»Fahr langsam«, rief Daniel.

»Ich muss Gas geben, sonst treibt der Wind das Schiff zur Seite ab!«

Caroline fror, und sie hatte Angst. Sie sehnte sich nach einem Blick von Eric, nach etwas Zuversicht, doch er war voll auf den Plotter konzentriert. Eine Seemeile hatten sie schon geschafft. Je weiter sie sich vom Ufer entfernten, desto höher wurden die Wellen, und das Schiff wurde hin und her geworfen.

»Großsegel setzen! Zweites Reff! Das wird die Fahrt stabilisieren«, rief Eric gegen den Wind an. »Daniel, komm her, hilf Caroline.«

Ihre Glieder waren kalt und schwer, sie schaffte es kaum, einen Arm zu heben, aber sie folgte Erics Anweisungen.

Sein Plan ging auf, dank des Segels lag das Schiff nun ruhiger in den Wellen. Trotzdem beobachtete Caroline ihn ängstlich. Hatte er die Situation im Griff oder gab er es nur vor?

Tanja hockte auf der Sitzbank und stierte vor sich hin. Am schlimmsten litt offenbar Daniel, der nach vorn starrte, dorthin, wo sich irgendwann ihr Ziel zeigen musste. Gotland.

Auf dem Display des Plotters waren immer noch vereinzelte gelbe Flecke auf graublauem Grund zu sehen. Gelb bedeutete: Felsen. Sie schienen jedoch weit genug auseinanderzuliegen.

Caroline blieb in Erics Nähe. Er hatte seine Kapuze fest zugezogen, trotzdem konnte sie sein angespanntes Gesicht, die zusammengekniffenen Lippen sehen.

»Caroline, ans Ruder!«, schrie er unvermittelt.

Sie sprang auf. »Was …?«

»Der Plotter!«

Das Display war erloschen, schwarz. Eric schaltete das Gerät aus und an, wie vor dem Ablegen. Doch diesmal flackerte es nicht einmal.

Eric lief nach unten in den Salon.

»Was soll ich machen? Wie ist der Kurs?«, schrie Caroline ihm hinterher.

»Fahr so weiter, bei dreißig Grad!«

Caroline begriff schlagartig, was es hieß, wenn die digitale Anzeige fehlte. Es gab keine Orientierung: keine Position des Schiffes, keinen Hinweis, wo sich die Felsen befanden. Aber es waren welche in der Nähe, sie hatte sie gerade noch auf dem Gerät gesehen. Sie suchte das Wasser nach verräterischen Zeichen, sich kräuselnder Brandung ab. Doch die Wellen waren zu hoch, von weißer Gischt bedeckt. Sie sah nichts, und sie konnte das Ruder nicht ruhig halten, der Druck des Windes war zu stark. Sie schaffte das nicht!

Andreas stand plötzlich neben ihr. »Ich übernehme!«

Sie überließ ihm das Steuerrad, fiel auf die Sitzbank. Sie wusste nicht, wohin sie blicken sollte. Was bedrohlicher war. Das schäumende Wasser? Oder die Angst in den Gesichtern der anderen?

Eric kam nach oben, bleich, das Haar klebte feucht an seinem Kopf. Er fixierte Daniel. »Das Kabel scheint gebrochen zu sein! Wir müssen ohne Plotter klarkommen!«

Daniels Gesicht versteinerte.

Caroline umklammerte eine Relingstütze. *Wenn ich das hier überlebe, ändere ich mein Leben.*

Die *Querelle* durchpflügte das Wasser mit sechs Knoten.

Eric übernahm das Steuer, Andreas machte ihm sofort Platz. Der Streit zwischen ihnen war bedeutungslos, sie waren im Überlebensmodus.

»Wir müssen Fahrt aus dem Schiff nehmen! Segel runter!«, rief Eric. »Andreas, Klampe auf! Ich stelle das Boot in den Wind!«

Andreas öffnete den Hebel, und das große Tuch rauschte nach unten.

»Segel bergen!«

»Vergiss es«, brüllte Andreas. »Nicht bei der Welle!«

Caroline konnte seine Weigerung verstehen. Die Yacht wurde jetzt wieder hin und her geworfen, niemand konnte sich oben auf dem nassen Deck halten. Aber das Segel blähte sich unkontrolliert auf, schlug im Wind hin und her.

»Komm her«, befahl Eric Andreas.

Der gehorchte, übernahm erneut das Ruder, während Eric aus dem Cockpit kletterte.

»Nicht! Eric!«, rief Caroline. Doch er ignorierte sie, versuchte, den Mast zu erreichen. Er rutschte ab, stürzte, hielt sich gerade noch an der Reling fest. Caroline weinte vor Angst.

Plötzlich ein Schlag im Rumpf, sie hörte ein lautes Krachen, wurde nach vorn geschleudert, prallte gegen die Wand des Cockpits, schrie vor Schmerz auf. Orientierungslos.

Sie fuhren nicht mehr. Alle schrien durcheinander. Die Yacht legte sich mit einem Ruck auf die Seite. Schon überspülte eine Welle das Deck. Eric war in den Salon verschwunden. »Wasser im Schiff! Ein Leck!«, brüllte er von unten.

Caroline sah, wie er das Funkgerät aus der Halterung an

der Wand riss. »Mayday! Mayday! Mayday! From sailboat *Querelle!*«

»Mann über Bord!«, schrie Daniel. »Andreas ist weg!«

Caroline suchte das Deck mit Blicken ab. Andreas war nicht da. War er ins Wasser gefallen? Trieb er hinter dem Schiff, in den hohen Wellen? Sie sah ihn nicht. Was sollte sie tun?

»Eric!«

Warum kam er nicht nach oben? Sie hörte seine Stimme wie durch Nebel. *Mayday! Sjöraddning!*

Der Rettungsring. Sie hob ihn von der Halterung. Sie musste ihn werfen. Sichtkontakt zu dem Verunglückten halten. Aber sie sah Andreas nicht. Seine Rettungsweste war rot, doch da war nichts Rotes. Nur hohe Wellen. Hatte er die Rettungsweste überhaupt an? Sie schleuderte den Ring, so weit sie konnte. Er prallte im Wasser auf und wurde von der schäumenden Gischt verschluckt.

»Kommt, schnell!«

Daniel balancierte auf dem Vorschiff. Er löste die Gurte an der weißen Box. »Das Boot sinkt. Wir brauchen die Rettungsinsel. Helft mir!«

Die *Querelle* hatte bereits so starke Schlagseite, dass Caroline und Tanja auf allen vieren zu ihm kriechen mussten. Sie packten mit an, die Box war so schwer, als sei sie mit Zement gefüllt, aber zu dritt schafften sie es, sie über die Reling zu wuchten. Hart klatschte sie im Wasser auf. Daniel hielt sie an einer Leine, die er am Schiff befestigte. Die Kiste hüpfte in den Wellen auf und ab.

»Was jetzt?«, rief Caroline.

»Ich weiß nicht!« Daniel klang verzweifelt. Er riss fest an der Leine. Plötzlich flogen der Deckel und das Unterteil der Kiste auseinander, ein lautes Pfeifen ertönte, ein Zelt in knalligem Orange entfaltete sich.

»Kannst du sie zum Heck ziehen, und wir klettern rein?«

»Nicht bei dem Wellengang!« Daniel zog Tanja an die Reling. »Es geht nur vom Wasser aus. Spring!«

Tanja rührte sich nicht. Daniel gab ihr einen Stoß. Sie fiel, mit einem Knall öffnete sich ihre Rettungsweste.

»Los!«, rief er Caroline zu.

Caroline hob ein Bein über die Reling. Eine Welle erfasste sie, riss sie mit sich nach unten. Auch ihre Weste ploppte auf, und Caroline trieb auf der Wasseroberfläche wie ein Korken. Die dicken Luftkissen vor ihrer Brust verhinderten, dass sie schwimmen konnte. Nur rückwärts kam sie mühsam voran, wenn sie stoßartige Bewegungen mit den Beinen machte. Daniel zog die Rettungsinsel heran. Er half Tanja, dann Caroline, durch die Öffnung zu gelangen. Caroline fiel kopfüber in das Zelt, der Boden gab nach und war nass. Alles schwankte. Sie versuchte, Halt zu finden, ein bisschen Platz, um sich zu drehen, doch Tanja lag im Weg. Daniel hing halb mit dem Oberkörper in der Öffnung. Er bekam einen Hilfsgurt an der Innenwand zu fassen, zog sich ins Innere. Er landete auf Caroline, sie schrie auf vor Schmerz, sein Ellbogen hatte sie am Hals getroffen. Mit jeder Welle drang Wasser ein.

Daniel schaffte es mit Mühe, sich umzudrehen. Er zog den Reißverschluss der Luke zu. Jetzt waren sie eingeschlossen in der Kapsel, die wild hin und her geworfen wurde. Zum Glück gab es diese Gurte, an denen sie sich festhalten konnten. Es war dunkel im Inneren, und es stank so stark nach Gummi, dass Caroline würgen musste.

»Wo sind die anderen?«, keuchte Daniel.

Das Fauchen des Windes und das Klatschen der Wellen gegen die Außenwände waren die einzige Antwort, die er bekam. »Habt ihr sie gesehen?«

Caroline schüttelte den Kopf, auch Tanja verneinte. Eric war zuletzt unter Deck gewesen. Was war mit der Yacht passiert? War sie gesunken? Hatte er sich nach draußen retten können?

Und Andreas?

»Hatte Andreas seine Weste an?«, rief sie.

»Ich glaube ja.« Tanja wechselte einen Blick mit Daniel. »Aber sicher bin ich nicht.«

Sie hatten nicht aufeinander geachtet, an diesem Morgen. Sie waren alle mit sich selbst beschäftigt gewesen.

»Wir müssen sie suchen!« Caroline versuchte, den Reißverschluss der Luke wieder aufzuziehen. Mit dem Luftring um den Hals war sie fast bewegungsunfähig. »Ich will das Ding ausziehen. Wie lässt man die Luft raus?«

»Aber ist es nicht sicherer, sie anzubehalten?«, rief Tanja.

»In der Rettungsinsel sind wir in Sicherheit.« Daniel untersuchte die Verschlüsse an seiner Weste. »Hier, am Ende des Mundstücks, ist ein Deckel, mach ihn auf, dann drück das Ventil herunter. Wie bei einem Fahrradschlauch.«

Gleichzeitig mit Daniel ließ Caroline die Luft entweichen und schälte sich aus der Rettungsweste. Erneut versuchte sie, an den Reißverschluss zu gelangen.

Daniel hielt ihren Arm fest. »Wir müssen warten, bis es ruhiger wird.«

»Aber was ist mit der *Querelle*?«

»Du kannst nichts sehen!«

»Lass mich!« Caroline riss sich aus seinem Griff los und öffnete die Luke. Eine Welle brandete herein. Doch sie hatte einen kurzen Blick auf das Schiff erhaschen können. »Sie ist noch da! Vielleicht ist Eric an Bord. Verletzt!«

»Die *Querelle* wird sinken. Ich kappe jetzt das Seil.«

»Nein!«, rief Caroline.

»Sie zieht uns sonst mit hinunter!«

Daniel hantierte an der Außenwand herum, kämpfte gegen die nächste Welle, schaffte es schließlich, die Luke zu verschließen.

»Haben wir ein Handy?« Caroline konnte sich nicht erinnern, wo ihres war. Sie konnte nicht klar denken.

Daniel löste eine Hand vom Gurt, fummelte sein Smartphone aus der Jackentasche. »Vergiss es. Tot.«

Caroline sank zurück gegen die Wand. Trieb Andreas hilflos in den Wellen? Vielleicht hatte er sich zum Schiff gerettet, noch war es ja da, und er harrte mit Eric zusammen aus. Eric würde wissen, was zu tun ist. Er würde sich selbst und Andreas retten. Aber sie mussten doch die Rettungsinsel sehen. Warum kamen sie nicht?

Es war nicht auszuhalten, dass sie nichts tun konnte. Wann würde der Wind nachlassen?

Erst jetzt spürte sie, dass sie vollkommen durchnässt war. Jedes einzelne Kleidungsstück klebte kalt an ihrem Körper.

Tanja schien unter Schock zu stehen, sie bewegte sich nicht, und ihre Lider waren fast geschlossen, nur ab und zu gab sie ein Wimmern von sich. Daniels Gesicht sah gespenstisch aus in dem dunkelroten Licht, die Augen lagen in schattigen Höhlen.

»Tanja, zieh die Weste aus. Caroline, hilf ihr. Nehmt das Mundstück und blast wieder etwas Luft hinein. Wir setzen uns darauf.«

Die Idee war gut. Das Meerwasser war kalt, und der Boden der Rettungsinsel schien kaum zu isolieren. Außerdem war viel Wasser eingedrungen. Carolines Zähne schlugen aufeinander. Dazu kämpfte sie mit Übelkeit. Sie konnte diesen Gestank, gepaart mit dem ständigen Schaukeln, nicht mehr aushalten.

Sie verlor jedes Zeitgefühl. Schon lange hatte niemand mehr etwas gesagt. Das Seil war gekappt. Sie trieben dahin ohne Halt.

Daniel streckte einen Arm aus und nahm Tanjas Hand. Ihre Finger verschränkten sich mit seinen.

Daniel hatte sie gerettet. Nicht nur sich und Tanja. Auch sie. Während alle von Panik erfasst gewesen waren, hatte er die Rettungsinsel aktiviert.

»Daniel.« Caroline wartete, bis er den Kopf wandte, selbst das musste eine Kraftanstrengung sein. »Ich danke dir.«

Er stierte mit leerem Blick in ihre Richtung, schien nicht zu begreifen, was sie meinte.

Eine besonders große Welle erfasste die Rettungsinsel, hob sie in die Höhe und riss sie mit sich in ein metertiefes Tal. Die Übelkeit wurde unerträglich, Caroline übergab sich in ihren Schoß. Das Erbrochene lief zäh an ihrer Jacke herab. Es musste stinken. Aber der Gummigeruch überlagerte alles. Tanja und Daniel schienen ihren Zustand kaum wahrzunehmen oder hatten nicht die Kraft, zu reagieren. Und was sollten sie auch tun?

Caroline bekam das Würgen unter Kontrolle, ihr Magen beruhigte sich sogar. Sie versuchte halbherzig, die schleimigen Brocken von ihrer Brust zu wischen, doch sie war so erschöpft, dass sie sich kaum noch aufrecht halten konnte.

Was geschah nun mit Andreas? Mit Eric? Die Gedanken verschwammen, ihre Augen fielen einfach zu. Sie betrat einen nachtblauen Raum, der keine Ecken besaß. Boden, Wände und Decke flossen ineinander ohne eine sichtbare Grenze. Sie schwebte durch diese Nacht, die nirgendwo ein Ende, eine Begrenzung zu haben schien.

Ein Schuss fiel.

Sie schreckte hoch. Schwanken, Gestank, Stimmen. Die dunkelrote Höhle. Die Kälte. Daniel und Tanja.

»Ich schieße die zweite auch noch ab!« Daniel hing halb aus der Luke. Es knallte erneut. Er blickte nach oben.

»Was ist los?« Caroline rieb sich die Augen.

»Leuchtraketen«, rief Tanja. »Wir haben ein Notfallset gefunden. Vielleicht sieht uns ein Schiff. Oder jemand auf den anderen Inseln.«

Daniel drehte sich zu ihnen um. »Ich glaube, der Wind lässt nach!«

»Was ist mit der Yacht?« Caroline versuchte, sich aufzurichten, ihre Glieder schmerzten.

Daniel antwortete nicht.

»Daniel, siehst du sie?«

Er drehte sich wieder um, wich ihrem Blick aus.

»Sie ist weg.«

Er musste sich irren. Die *Querelle* musste da sein. Mit Andreas und Eric. »Vielleicht sind wir zu weit weggetrieben?«

»Nein. Die Sicht ist viel besser geworden. Ich kann sogar die Insel erkennen.« Er schaute wieder nach draußen.

Plötzlich richtete er sich auf. »Da ist was! Ich glaube, da bewegt sich was im Wasser!«

Caroline und Tanja versuchten gleichzeitig, näher zur

Öffnung zu kommen, was zu heftigen Schwankungen des Bodens und zu Zusammenstößen führte.

»Andreas!«, schrie Daniel und ruderte mit den Armen. »Andreas! Wir sind hier!«

ANDREAS

Als er von dem heftigen Ruck nach vorn geschleudert worden war, das Krachen gehört hatte, war ihm sofort klar gewesen: Das Schiff war auf einen Felsen gelaufen. Und schon schrie Eric aus dem Salon: »Wasser im Schiff! Ein Leck!«

Chaos brach aus.

Das war kein Loch, was man verschließen, verstopfen konnte, der Schiffsrumpf musste unterhalb der Wasserlinie aufgerissen sein. Sie würden sinken. Sie gerieten schon merklich in Schieflage. Gleich würde ihr tonnenschweres Gewicht die *Querelle* in die Tiefe ziehen, mit ihnen allen. Er sah Daniel, der versuchte, sich am Mast festzuklammern.

Das ist sinnlos, Junge!

Als Andreas die Augen wieder öffnete, war er im Wasser, sah, wie seine Rettungsweste auslöste, sich wie ein dicker, roter Ring um seinen Hals legte.

Tang und Algen schwammen in der Gischt. Wellen warfen ihn hin und her. Wind brauste in seinen Ohren.

Wo war die Vogelinsel? In der Sekunde, die ihn ein Wellenkamm emporhob, erahnte er sie als dunkler Schemen. Seine Arme bewegten sich, er wollte darauf zu paddeln, doch der Auftrieb der Luftkissen drehte ihn immer wieder in die Rückenlage. Er stieß mit den Beinen, es war anstrengend, er kam nur quälend langsam vorwärts. Aber er konnte es schaffen. Er musste es schaffen! Immer wieder schluckte er Wasser. Seine Augen brannten vom Salz. Er kämpfte. Bis seine Kraft versiegte. Er gab auf. Die Insel blieb unerreichbar.

Caroline. Ihr Name hallte durch die Leere in seinem Kopf. Dann trieb er nur noch in den Wellen. Er wurde ruhig, sogar das Zittern seiner Glieder hörte auf.

Ein Schuss ertönte. Vor seinen Augen färbte sich die Gischt blutig rot. Die Leuchtrakete schwebte über ihm wie ein purpurner Stern, dessen Schweif ihm den Weg zu den anderen wies.

»Caroline!« Er schrie jetzt. Wo war sie?

Mühsam drehte er sich um. Die *Querelle*! Von der Yacht ragte nur noch der Mast aus dem Wasser. Eine Welle traf ihn mitten ins Gesicht. Als er wieder sehen konnte, war auch der Mast verschwunden. Aber er entdeckte etwas anderes. Einen leuchtend orangen Fleck, der in den Wellen auf und ab hüpfte. Die Rettungsinsel!

Ein zweiter Schuss folgte, wieder zog ein Leuchtsignal seine Bahn am Himmel. Wie schnell es erlosch. Aber vielleicht hatte ein Schiff den Schein gesehen, eine Fähre, die zu den anderen Vogelinseln fuhr. Vielleicht kam jemand, der sie rettete.

Er konzentrierte sich auf das orangefarbene Zelt im grauen, tosenden Meer. Er sammelte seine letzte Energie und schwamm darauf zu.

CAROLINE

Jemand in einer roten Rettungsweste bewegte sich auf sie zu. Daniel war sicher, dass es Andreas war.

Andreas, nicht Eric.

»Schafft er es?«, fragte Caroline immer wieder.

Daniel behielt den Schwimmenden im Auge. »Er kommt nur langsam vorwärts.«

Es dauerte unendlich lange, bis Andreas die Rettungsinsel erreichte. Daniel half ihm, zerrte ihn ins Innere. »Hier sind Gurte. Halt dich fest!«

Tanja und Caroline rückten an die Außenwände und zogen die Beine an. Andreas fiel kopfüber herein, blieb in der Mitte liegen wie tot.

»Andreas!« Caroline beugte sich über ihn, zog die Kapuze von seinem Kopf. »Gib mir von dem Wasser«, sagte sie zu Tanja, die das Notfallset eingeklemmt zwischen ihren Beinen hielt. Caroline führte eines der Aluminiumtütchen mit Frischwasser an Andreas' Mund. Er trank in kleinen Schlucken.

»Hier ist auch was zu essen?« Tanja hielt einen eingeschweißten Riegel hoch, doch Caroline winkte ab. »Später.«

Sie halfen Andreas aus der Weste und wickelten ihn in eine knisternde, goldene Wärmedecke. Caroline hielt seine Hand fest.

Er stöhnte, fasste an seine Schläfe. »Mein Kopf. Mich

hat's erwischt.« Er atmete flach, das Sprechen fiel ihm sichtlich schwer. »Schätze, der Großbaum. Ein heftiger Schlag. Ich war plötzlich im Wasser.«

Caroline kämpfte mit den Tränen. »Du warst auf einmal weg.«

»Ich bin vom Schiff weggetrieben. War wohl eine Weile bewusstlos.«

Caroline streichelte sein fahles Gesicht. »Ohne die Rettungsweste wärst du jetzt tot. Hast du Eric irgendwo gesehen?«

»Nein.« Er schloss erschöpft die Augen, murmelte: »Es stinkt furchtbar hier drin.«

Daniel öffnete den Reißverschluss einen Spalt. »Der Wind nimmt noch mehr ab.«

Auch die Wellen waren weiter abgeflacht. Die Rettungsinsel lag ruhiger im Wasser.

»Siehst du etwas?« Caroline hoffte so sehr, dass irgendwer die Leuchtraketen entdeckt hatte.

Daniel zog sich am Gurt wieder ins Innere, schüttelte den Kopf. »Aber wenigstens kann ich die Luke auflassen.«

Das Atmen war angenehmer dank der Frischluft, die durch den Spalt hereinströmte. Andreas' Augen waren zugefallen, er schien zu schlafen. Caroline betrachtete ihn. Es war keine Liebe, die sie spürte, aber eine intensive Nähe und Vertrautheit.

Irgendwann, nach einer langen Weile, stöhnte Andreas wieder auf. Caroline schreckte hoch. Ihr war eiskalt. Sie wusste nicht, wie viel Zeit vergangen war. Vielleicht Stunden ... Niemand hatte ihr Notsignal bemerkt. Niemand kam ihnen zur Hilfe. Andreas versuchte, sich aufzurichten, fasste an seine Stirn und sank zurück. »Mein Kopf tut weh.«

»Hier sind Schmerztabletten.« Tanja reichte sie ihm.

»Ist noch mehr Wasser da?«

Sie zog ein weiteres Trinktütchen aus dem Notfallset und gab es ihm. Caroline sah Tanja vor sich, wie sie mit der Wasserflasche an Deck gekommen war und sie Andreas angeboten hatte, bevor sie ihre Hand auf seinen Oberschenkel legte.

Das war erst vorgestern gewesen. Es kam Caroline vor wie in einem anderen Leben. Sie hatten sich mit ihren Befindlichkeiten unendlich wichtig genommen. Selbstverschuldete, egozentrische, überflüssige Probleme. Jetzt hatten sie echte. Sie waren in Lebensgefahr, und niemand konnte wissen, ob und wie sie aus dieser Situation wieder herauskamen.

Daniel hielt sich an den Gurten fest, obwohl das Schwanken längst nachgelassen hatte. »Das mit dem Schlag gegen deinen Kopf«, sagte er zu Andreas, »wann ist das denn passiert? Ich war doch an Deck.«

»Ich habe dich gesehen, du hast versucht, zum Mast hochzuklettern«, sagte Andreas. »Ich dachte noch: Daniel auf dem Weg nach oben, wie immer.«

Sein Scherz missglückte. Daniel verzog nicht mal den Mund.

»Ich weiß selbst nicht, wann es passiert ist. Jedenfalls hat dieser Schlag mich einfach ausgenockt.« Andreas' Stimme klang matt und kraftlos. »Als ich zu mir kam, war ich schon weit abgetrieben, in Richtung der Insel. Dann der Schuss, euer Leuchtsignal. Genial. Ich dachte, ihr seid alle zusammen. Auch Eric. Hat er denn nicht die Rettungsinsel aktiviert?«

»Das war Daniel.« In Tanjas Stimme klang Stolz mit.

»Großartig gemacht«, sagte Andreas.

Daniels Gesicht blieb ausdruckslos.

»Keiner hat Eric gesehen«, sagte Caroline. »Er war zuletzt unter Deck. Wir haben Angst, dass er sich verletzt hat. Dass er auf dem Schiff geblieben ist.«

Andreas sah sie an. »Das wäre ja furchtbar.«

»Ruhe!« Daniel hob den Kopf.

Draußen war ein Brummen zu hören.

»Ist das ein Motor?« Er zog den Reißverschluss der Luke weiter auf und beugte sich hinaus. »Ein Boot! Die fahren direkt auf uns zu!«

CAROLINE

Es waren Seenotretter. Die Männer kamen von Gotland, hatten die Funksprüche von der *Querelle* empfangen, dann war die Verbindung abgerissen. Einer der Männer erklärte ihnen auf Englisch, eine Notfallbake auf der Yacht habe automatisch beim Sinken ein Signal an die Rettungsstelle gesendet. Ihre genaue Position. Die Leuchtsignale hatten sie nicht bemerkt.

Caroline meldete Eric als vermisst. Die Seenotretter diskutierten untereinander auf Schwedisch, gaben dann bekannt, dass sie zuerst nach Fågelkarlsö fahren würden. Falls Eric sich schwimmend hatte retten können, musste er auf der Insel sein.

Caroline saß neben Andreas auf einer harten Bank in dem Rettungsboot. Sie wollte nicht glauben, dass es noch immer Vormittag war. Sie waren nur zwei Stunden in der Rettungsinsel eingesperrt gewesen. Es war ihr vorgekommen wie eine Ewigkeit. Sie sehnte sich nach einem heißen Bad, einem Bett. Aber es würde dauern, bis sie endlich die nassen Klamotten ausziehen konnten. Ihr gegenüber saß Tanja, den Kopf an Daniels Schulter gelehnt. Niemand sprach.

Von der Anfahrt zur Vogelinsel bekam Caroline kaum etwas mit. Das Motorboot war schnell und wendig, offenbar umschifften die Retter mühelos die vielen Felsen. Sie legten an. Durchs Fenster konnte Caroline den morschen Holzsteg sehen. Die Crew ging von Bord, einer der Männer blieb bei ihnen.

Sie kamen zurück mit schlechten Nachrichten: Es gab keine Spur von Eric. Nicht an den steinigen Stränden, nicht in dem Wäldchen, auf dem Plateau oder beim Leuchtturm. Caroline hörte das Knarzen des Funkgeräts, Stimmen, die Anweisungen und Positionsbestimmungen durchgaben: Aus Gotland wurde ein Hubschrauber angefordert, und ein Spezialteam mit Tauchern, um das Wrack der *Querelle* zu suchen.

Caroline blickte auf die kabbeligen Wellen in der Bucht. Das Bild ließ sich nicht zurückdrängen. Erics Leiche in dem dunklen Schiffsbauch, seine Augen offen, der Blick ins Nichts gerichtet, sein Haar, schwebend im trüben Wasser.

CAROLINE

Durch die hohen Fenster des Hotelrestaurants konnte man ein Stück des Hafens von Visby sehen. Die Masten auf den Segelbooten schwankten, der Wind ging noch immer lebhaft. Hinter den Yachten lag das Meer, grau und aufgewühlt.

Niemand hatte Appetit, und doch saßen sie hier, nachdem sie sich auf dem Zimmer ausgeruht hatten, in flauschige Bademäntel gehüllt, während ihre Kleidung vom Service getrocknet worden war.

Caroline hatte für Andreas und sich Einzelzimmer verlangt. Niemand von ihnen hatte Geld oder Kreditkarten von Bord gerettet, aber ein Anruf von Daniel hatte genügt: Die Kanzlei regelte alles.

Andreas war gerade erst aus der Notaufnahme zurück. »Die haben mich gründlich durchgecheckt«, sagte er. »Nur eine Unterkühlung. Keine Gehirnerschütterung.«

»Da hast du wirklich Glück gehabt«, sagte Daniel.

Andreas bestellte eine Flasche Rioja. »Wir haben alle Glück gehabt«, meinte er.

»Eric nicht«, sagte Caroline.

Tanja streichelte mechanisch über Daniels Unterarm. »Hoffentlich finden sie ihn bald.«

»Allerdings. Ich möchte nach Hause, so schnell es geht«, sagte Andreas. »Was sagt die Polizei, wie lange halten sie uns noch hier fest?«

»Ich kläre das morgen früh«, sagte Daniel.

Die Kellnerin zeigte Andreas das Etikett, er nickte. Sie entkorkte routiniert die Flasche, goss ihm einen Probierschluck ein. Er schlürfte, schob ihn im Mund herum, bewegte den Kiefer, als würde er kauen. Caroline hatte ihm unzählige Male bei dem Ritual zugesehen, aber in diesem Moment entschied sie, dass sie das nie wieder sehen wollte. Sie konnte so nicht weitermachen.

Ihr Leben war endlich. Andreas' Schlaganfall hatte das Gefühl verstärkt. Sie lebte nicht so, wie sie leben wollte. Sie versäumte etwas. Das Gefühl war schon lange da. Auch die Wut auf Andreas, der daran Schuld hatte.

»Vorzüglich.« Andreas nickte der Kellnerin zu. Sie goss allen ein.

»Ich bin nicht mehr Chefredakteurin der *My Style*«, sagte Caroline.

Alle wandten sich ihr zu, sie blickte in erstaunte Gesichter.

»Was soll das heißen?«, fragte Andreas.

»Mir ist gekündigt worden.«

»Wie ... wann?«

»Vor vier Wochen. Ich habe es nicht erzählt, ich wollte uns den Urlaub nicht verderben.«

»Und du denkst: Jetzt ist er ja sowieso verdorben?«

Caroline verzichtete auf eine Antwort.

Tanja und Daniel schwiegen.

»Der Törn fing so wunderbar an. Die ersten Tage, der gegrillte Dorsch auf Bornholm, die Schären, der Schweinswal.« Andreas richtete sich auf. »Aber heute, das war ein Fehler. Wir hätten nicht losfahren dürfen.«

»Wenn du Eric nicht provoziert hättest ...«, sagte Caroline.

»Habe ich was über Eric gesagt?« Andreas sprach so laut, dass sich Gäste an den Nebentischen umwandten. »Warum verteidigst du ihn?« Er lehnte sich zurück, verschränkte die Arme. »Ja, ich habe überreagiert. Ich bin nicht stolz darauf. Aber Eric hatte die Verantwortung für Crew und Schiff. Ihm ist die professionelle Distanz abhandengekommen. Und das ist wohl kaum meine Schuld.«

Sein scharfer Ton war unmissverständlich. Caroline fand es widerlich, wie selbstgerecht er war, wie schnell er wieder mit sich im Reinen zu sein schien. *Du* warst am Steuerrad. *Du* hast das Schiff auf den Felsen gesetzt. Schon vergessen? Aber niemand würde ihm dafür einen Vorwurf machen. Und auch sie musste es sich eingestehen: Wenn er sie am Ruder nicht abgelöst hätte, wäre dasselbe wohl ihr passiert.

Tanja rückte ihren Stuhl. »Ich glaube, ich gehe aufs Zimmer. Ich will nur noch ins Bett.«

»Tja, also ... ich habe auch keinen großen Appetit.« Daniel suchte Andreas' Blick. »Wäre es okay, wenn ich Tanja begleite?«

»Selbstverständlich, wir sind alle müde. Aber bevor ihr geht, möchte ich noch einmal anstoßen. Auf dich, Daniel.« Andreas nahm sein Glas und wandte sich ihm zu. »Das war eine gefährliche Situation. Du hast schnell reagiert und mutig gehandelt. Ich bin stolz auf dich, das war großartig.«

»Danke, Andreas.« Daniel deutete eine Verbeugung an. Er stand auf. »Gut, dann ... sehen wir uns bestimmt beim Frühstück.«

»Ich komme mit nach oben.« Caroline wollte auf keinen Fall allein mit Andreas zurückbleiben. Als sie aufstand, brachte ein Kellner ein Telefon mit einem Anruf für sie. Sie versuchte, das mit schwedischem Akzent durchsetzte Englisch des Anrufers zu verstehen. Schließlich bedankte sie sich und legte auf.

»Was ist?« Andreas sah sie an, auch Tanja und Daniel warteten neben dem Tisch.

»Die Taucher haben das Wrack untersucht. Eric ist nicht an Bord gewesen.«

TANJA

Sie betrat vor Daniel das Hotelzimmer und ließ sich aufs Bett fallen. »Ich ertrage ihn keine Minute länger.«

Daniel schwieg.

»Sich jetzt aufzuspielen als die Instanz, die dein Verhalten zu bewerten hat. ›Großartig, Daniel! Ich bin stolz auf dich!‹ Und er selbst? Diese angebliche Bewusstlosigkeit. Wir hätten doch mitbekommen, wenn der Großbaum ihn getroffen hätte. Weißt du, was ich glaube?« Sie hob den Kopf. »Er hat sich einfach aus dem Staub gemacht.«

Daniel sank auf die Bettkante und verkrampfte die Finger ineinander. »Ich bin schuld, dass die Yacht gesunken ist.«

Sie setzte sich auf. »Was? Wie meinst du das?«

Er hielt den Blick gesenkt. »Ihr denkt, ich habe euch gerettet. Von wegen. In der Nacht, bevor wir von der Insel losgefahren sind, habe ich das Kabel vom Plotter mit einem Teppichmesser angeritzt.« Die Spannung wich aus seinem Körper, als habe ihn jede Kraft verlassen.

»Das glaube ich dir nicht. Warum …?«

»Ich wollte nicht losfahren in diesem Sturm. Ich hatte Angst. Irgendjemand musste was tun.«

Tanja versuchte immer noch, zu begreifen. »Du wolltest …«

»Ich *wollte*, dass der Plotter nicht funktioniert und wir auf der Insel bleiben! Aber das Ding hatte nur einen Wackelkontakt. Es ging wieder an, nachdem Eric an den Kabeln herumgefummelt hatte. Und dann fuhr er los.«

»Warum hast du es nicht gleich durchgeschnitten?« Sie klang zynisch. Aber sie konnte nicht anders.

»Eric hätte sofort gesehen, dass jemand es bewusst zerstört hat. Und er hätte gewusst, dass ich es war. Andreas wollte ja unbedingt fahren, du auch. Und Caroline, einer Frau ohne technische Kenntnisse, hätte er es sicher nicht zugetraut.«

»Und wenn schon, es ist nicht deine Schuld, dass Eric ...«

Er stand auf, tigerte unruhig auf und ab. »Hörst du mir überhaupt zu? Die *Querelle* wäre nicht auf einen Felsen gelaufen, wenn der Plotter funktioniert hätte. Ich muss ständig daran denken.« Er vergrub das Gesicht in den Händen. »Eric muss es einfach geschafft haben. Sonst bin ich schuld, dass ein Mensch gestorben ist.«

»Nein, das stimmt nicht.« Sie trat zu ihm. »Du wolltest erreichen, dass niemandem etwas passiert.«

»Sie werden das Wrack bergen«, sagte er so leise, dass sie ihn kaum verstehen konnte. »Und dann kommt alles raus.«

»Daniel. Du hast aus bester Absicht gehandelt. Wenn du hier von Schuld reden willst, dann liegt sie bei Andreas und Eric, die unbedingt losfahren wollten. Wenn du so willst, auch bei mir. Auch ich wollte nur noch von dieser Insel weg.«

Er hob den Kopf. »Wärst du wirklich in Visby von Bord gegangen? Warum hast du mir keine Chance gegeben?«

Sie hörte den Vorwurf in seiner Stimme. In seinen Augen war sie der Grund für den Umweg auf die Insel und damit die Ursache des ganzen Unglücks.

»Du hast ja klar gezeigt, wo deine Prioritäten sind. Bei deinem Chef.«

»Hast du dich mal fünf Minuten in meine Lage versetzt?«

»Allerdings«, sagte sie. »Aber du dich auch mal in meine?«

»Tanja, bitte verzeih mir. So was wird nie wieder vorkommen. Wenn wir erst unser normales Leben wiederhaben …«

»Normales Leben? Wie meinst du das?«

Er runzelte die Stirn. »Ich behandele ihn mit professioneller Distanz. Wie früher.«

»Aber Daniel. Nichts ist mehr wie früher.«

»Auf der Arbeit schon.«

»Hast du nichts begriffen? Andreas hat dich dazu gebracht, dieses Kabel zu manipulieren. Ich wollte mich von dir trennen. Dieser Mann ist Gift. Nicht nur für unsere Beziehung. Für alles, was er berührt.«

»Willst du, dass ich einfach aufgebe? Sollen wir die Verlierer sein, obwohl er alles verbockt hat?«

Tanja schüttelte den Kopf. »Ich könnte es nicht aushalten, ihn jeden Tag sehen zu müssen.«

»Du hast nicht jahrelang vor ihm gebuckelt. Ich kann doch jetzt nicht zurück. Up or out. In einer anderen Kanzlei fange ich von vorne an.«

»Er hat dich kleingemacht. Glaubst du ernsthaft, dass du jemals auf Augenhöhe mit ihm arbeiten kannst?«

Daniel schloss die Augen, als könnte er sie und ihre Argumente damit verschwinden lassen.

»Gut«, sagte sie, »dann verbieg dich weiter für ihn.«

Er wandte sich zum Fenster und sah hinaus. Der Himmel riss auf, grell blitzte die Sonne durch die Wolkenfetzen.

Als er sich wieder umdrehte, erschrak sie, wie fahl sein Gesicht war. Wie entschlossen er aussah.

»Verlässt du mich, wenn ich Partner werde?«

Sie betrachtete ihn lange. Er hatte abgenommen auf diesem Törn. Seine Haut war blass geblieben, als hätte er die Sonnenstunden nur unter Deck verbracht. Die Reise hatte auch ihn viel gekostet. Vermutlich sogar mehr als sie.

Andreas Kepler würde weder Daniel noch ihre Beziehung zerstören.

»Ich bin sicher, du brauchst weder Andreas noch seine Kanzlei.« Sie trat zu ihm. »Aber wenn du das unbedingt durchziehen willst, werde ich versuchen, dich zu unterstützen.«

Er hob seine Arme, so vorsichtig, als könnte sie doch noch weglaufen, legte sie um ihre Hüfte, zog sie an sich. Sie ließ es zu.

»Ich danke dir«, murmelte er in ihre Halsbeuge. »Warum machst du das?«

»Du hast mir heute das Leben gerettet. In dem Moment habe ich den Mann gesehen, den ich liebe und immer lieben werde. Egal, was du in Zukunft machst, diesen Mann werde ich immer in dir suchen.«

CAROLINE

Sie sah sich im Schlafzimmer um. Ihr zerwühltes Laken, die unberührte Betthälfte von Andreas.

Ihr Haus fühlte sich seit der Reise nicht mehr an wie ein Zuhause.

Sie lauschte, unten war die Haustür zugefallen. War Andreas gekommen? Oder gegangen? Sie informierten sich gegenseitig nicht mehr über ihren Tagesablauf. Wenn er im Haus war, hielt er sich in seinem Arbeitszimmer auf, wo er auch schlief.

Sie hatte das Telefonat nach Schweden gerade beendet. Der Polizist, mit dem sie bisher zu tun gehabt hatte, war nicht zu erreichen gewesen, dreimal hatte man sie weiterverbunden, bis sie eine Auskunft bekam. Es gab immer noch keine Spur von Eric.

Sie trat auf die Terrasse. Auf dem Balkontisch lagen ihre Zigaretten, sie steckte sich eine an. Sie rauchte viel. Der Geschmack des Tabaks erinnerte sie an Eric.

Noch war die Suche nicht abgebrochen.

Die Mittagshitze staute sich an der Hauswand. Nach dem Tief, das vor allem in Skandinavien für schlechtes Wetter gesorgt hatte, war der Sommer zurückgekehrt. Es fühlte sich absurd an. An Bord hatten sie gefroren. Hatten Thermounterwäsche und Wetterjacken getragen. Eric hatte sie geküsst, und Regen war über ihr Gesicht gelaufen.

Sie drückte die Zigarette aus, ging hinein, setzte sich an

den Schreibtisch und rief die Webseite der *Querelle* auf. Eric und Sylvie.

Wusste Sylvie, was geschehen war? Hatte jemand sie über das Unglück informiert?

Im Hintergrund die elegante, schneeweiße Yacht, die nun, an einem Felsen zerschellt, auf dem Meeresgrund lag. Auf diesem Foto war die Welt noch in Ordnung. *Segeln Sie mit uns in die einzigartige Landschaft der schwedischen Schären.*

Eric sah wie ein Fremder aus. Der Eric aus der Vergangenheit, der mit dem gleichgültigen Blick. Caroline klickte auf den Kontakt-Link. Ein weißes Textfeld öffnete sich, ihr Cursor blinkte, und sie begann zu tippen.

Wenn ich die Zeit zurückdrehen könnte ...

Sie starrte lange auf ihre Worte. Was wäre dann? Was würde sie anders machen? Die Reise gar nicht erst antreten? Dann hätte sie Eric nicht kennengelernt.

Sie löschte den Text und schrieb: *Ich vermisse dich.* Klickte, ohne nachzudenken, auf ›Senden‹ und war bei ihm, auf der Insel, spürte seine Nähe, seine Zärtlichkeit. Sie konnte die Tränen nicht mehr zurückhalten. Ließ sie einfach laufen, den Kopf auf die Arme gelegt.

Es klopfte.

Mit dem Ärmel wischte sie ihre Wangen trocken, schloss die Homepage.

Andreas blickte ins Zimmer. »Störe ich?«

»Was ist?«

Er kam herein, blieb aber in der Nähe der Tür. »Ich will es Daniel heute sagen.«

Sie sah ihn nicht an.

»Ich ernenne ihn zum Partner. Wozu noch warten? Er ist

von allen der Beste. Lutz konnte ich jetzt auch überzeugen. Ich habe den Vertrag schon vorbereitet.«

»Schön.«

Er blieb im Zimmer stehen. »Dir ist es egal.«

»Ich habe damit ja nichts zu tun. Daniel hat gute Nerven, das ist sicher.«

»Ich werde ihm nie vergessen, dass er dich gerettet hat.«

Caroline hörte einen Anflug von Wärme in seiner Stimme. Von Sehnsucht nach ihr.

Daniel hatte sie gerettet, weil Andreas nicht da gewesen war. Warum war er verschwunden, im Moment der größten Gefahr? Sie fragte nicht, weil sie Andreas' Antwort nicht noch einmal hören wollte. Der Schlag gegen seinen Kopf. Daniel hatte ihm nicht geglaubt. Glaubte sie ihm?

»Redest du nicht mehr mit mir?«, fragte er. »Wie soll das weitergehen?«

»Du hattest keine Kopfverletzung.«

Er hob den Kopf. »Was?«

»Du warst nicht verletzt. Wie kann das sein, wenn der Baum dich so hart getroffen hat?«

Er sah sie irritiert an. »Was willst du damit sagen?«

»Ich weiß es nicht, Andreas. Ich weiß nicht, was mit dir passiert ist.«

Andreas ging zur Tür. »Ich wünschte, ich könnte mich erinnern.«

»Ich auch«, sagte sie.

Er wandte sich ab, wie in Zeitlupe, als würde er auf ein Zeichen von ihr warten.

»Andreas.«

»Ja?«

Sie musste ihm von dem Anruf in Schweden erzählen.

Von Eric. Aber egal, wie er darauf reagieren würde, sie würde es nicht ertragen können.

»Nichts.«

Er verließ das Zimmer ohne ein weiteres Wort.

TANJA

Ein Taxi war unterwegs, um sie abzuholen. Das Sommerfest der Kanzlei würde in einem neu eröffneten Restaurant am Mainufer stattfinden.

Tanja trug ein Etuikleid, der Stoff war ungewohnt steif, und das seidene Unterkleid raschelte bei jeder Bewegung. Sie war nach Feierabend beim Frisör gewesen, hatte sich das Haar hochstecken lassen.

Daniel stand vor dem Spiegel und brauchte drei Anläufe, um sich die Krawatte zu binden. Er sah sie an. »Du siehst so anders aus.«

»Anders gut oder anders schlecht?«

»Wunderschön. Ich muss dich bestimmt die ganze Zeit anschauen.«

»Dazu wirst du keine Zeit haben. Du bist heute der Mittelpunkt.«

Er trat hinter sie und küsste sie in die Halsbeuge. »Danke, dass du mitkommst.«

Sie hatten nicht mehr über die Reise gesprochen. Aber er wusste, dass es sie große Überwindung kostete, Andreas zu begegnen.

Es klingelte.

»Na dann, auf in die Schlacht.« Er wirkte angespannt.

Auf der Fahrt blickte er aus dem Fenster, sie ließ ihn in Ruhe.

Andreas empfing sie am Eingang des Restaurants, das

in einer stillgelegten Fabrikhalle lag. »Kommen Sie, wir sind draußen auf der Terrasse.«

Er legte einen Arm um Daniels Schultern, den anderen um Tanjas. Sie verkrampfte sofort. Ihr Körper war für eine Sekunde auf der *Querelle*, eingeklemmt zwischen ihm und dem Steuerrad. Doch ihr Kopf war hier, bei Daniel. Sie beherrschte sich, atmete weiter, ließ sich von Andreas durch das dunkle, loftartige Restaurant führen. Die rohe Unbehaglichkeit der Fabrikhalle machte Tanja unruhig. Da nützten auch die Designermöbel nichts oder die stylischen Hängelampen aus Retroglühbirnen.

»Lehnberg kommt später auch noch«, sagte Andreas. Als eine Servicekraft mit einem Tablett voller Sektgläser vorbeikam, nahm er eins und ließ sie endlich los.

Auf der Terrasse, die den Blick auf den Fluss bot, schien die Belegschaft der Kanzlei schon vollständig versammelt zu sein. Grüppchen standen in der Sonne beieinander, plauderten. Am Ufer gegenüber sah Tanja moderne Lagerhallen, Bürogebäude. Idylle sah anders aus, aber der Sommerabend war lau, perfekt für eine derartige Feier. Und die Location war gerade in aller Munde.

Tanja blickte sich um, auf der Suche nach vertrauten Gesichtern. Da war Caroline. Tanja hatte sie erst auf den zweiten Blick erkannt, so verändert sah sie aus. Sie hatte ebenfalls eine neue Frisur, einen kurzen, strengen Herrenhaarschnitt. Dazu trug sie einen schwarzen Anzug. Ihre Lippen waren blass. Die Augen sahen ungeschminkt aus, wirkten aber dunkel umschattet und riesig in ihrem schmalen Gesicht. Sie stand neben Lutz Trautmann, der auf sie einsprach, sie wirkte abwesend. Als ein Kellner kam, stellte sie ihr leeres Glas ab und nahm sich ein neues.

Daniel wurde von Kollegen, und vor allem von den Kolleginnen, umringt. Tanja war nicht eifersüchtig. Sie wollte versuchen, sich für ihn zu freuen.

Er lachte, erzählte, stieß mit der Gruppe an. Doch er war nicht richtig bei der Sache, wirkte angestrengt und unkonzentriert. Seine Blicke irrten durch den Raum. Was war los mit ihm?

Andreas hatte schon am Eingang nachgefragt, ob es ihm gut gehe. *Ja, ja, alles bestens.*

»Tanja.«

Sie drehte sich um. Caroline stand vor ihr, Verzweiflung in den Augen, sie brachte kein Lächeln zustande.

»Was ist los?«

»Sie haben die Suche nach Eric eingestellt.«

Carolines Worte trafen Tanja wie ein Schlag in die Magengrube. Das bedeutete, dass Eric ertrunken sein musste. Tot.

»Es tut mir so leid.«

Das sinkende Schiff, die dramatischen Minuten an Deck, das Ausharren in der Rettungsinsel, die Angst, nicht gefunden zu werden. Alles war noch präsent. Sie fühlte eine große Nähe zu Caroline. Sie würden nie Freundinnen sein, aber die Stunden in Todesangst würden sie für immer verbinden. Caroline und sie siezten sich nicht wieder, wie es die Männer taten.

Tanja legte ihre Hand auf Carolines Arm. »Ich hatte so sehr gehofft, dass sie ihn finden.«

Caroline entzog sich der Berührung. »Sie haben erst vorhin angerufen, deshalb bin ich …« Sie brach ab. Streckte den Rücken durch. »Ich wollte nur, dass du Bescheid weißt. Lass uns nicht darüber sprechen. Wir können hier nicht herumstehen wie auf einer Beerdigung. Nicht an Daniels großem Tag.«

Sie blickten beide zu ihm hinüber.

»Ich freue mich für ihn«, sagte Caroline, und es klang ehrlich. »Er hat es verdient.«

»Es ging nun viel schneller, als er es erwartet hatte.«

»Wenn sich alle einig sind.«

Das Gespräch versiegte.

Tanja dachte wieder an Eric. Die große Freiheit, sein Leben auf diesem Schiff, das sie anfangs für so romantisch gehalten hatte. Sie hatte kaum etwas über ihn gewusst. Nur, dass er nicht glücklich gewesen war. Sie dachte an die Verhärtungen zwischen seinen Schulterblättern, die sie unter ihren Fingern gespürt hatte.

Die Yacht hätte nicht sinken müssen. Mit einer anderen Crew an Bord wäre Eric noch am Leben.

Caroline winkte einen Kellner herbei, tauschte ihr Glas erneut gegen ein volles.

»Was ist eigentlich los?«, fragte sie dann.

»Wieso?«

»Daniel müsste doch vor Glück platzen.«

Es war offensichtlich, dass er es nicht tat. Er war blass. Und wie schlecht sein Anzug saß.

Daniel hatte sich für den falschen Weg entschieden. Tanja hatte ihn mit ihren Argumenten nicht erreicht. Jetzt konnte sie nichts mehr tun. Außer ihm zu helfen, den Abend durchzustehen.

Caroline beobachtete Daniel weiter und zog die Augenbrauen in die Höhe.

Was ging hinter ihrer Stirn vor? Sie sollte Daniel in Ruhe lassen und sich um ihr eigenes Leben kümmern, das offenbar überhaupt nicht in Ordnung war. Sie sah selbst schlecht aus. Sie sollte sich dringend mal mit ihren psychischen Problemen auseinandersetzen.

Tanja bereute ihre negativen Gedanken sofort. Eric war tot. Natürlich fühlte Caroline sich miserabel.

In diesem Moment knisterte ein Mikrofon, Andreas eröffnete das Büfett. Die Grüppchen auf der Terrasse lösten sich auf. Tanja konnte Daniel nicht mehr sehen. Sie legte ihre Hand auf Carolines Arm. Ihre Haut war kalt.

»Kann ich dich allein lassen?«

Caroline nickte. Winkte einem Kellner, nahm sich ein neues Glas.

Tanja betrat die Halle, wo sich eine Schlange vor der langen weißgedeckten Tafel mit den silbernen Warmhalteplatten, Schüsseln und Saucieren bildete. Daniel war nirgendwo zu sehen.

Sie bog ab in Richtung der Garderoben. Hier waren die Hängelampen noch stärker gedimmt, spendeten weiches Dämmerlicht. Hohe Spiegel hingen an den dunkel gestrichenen Wänden. Tanja war für eine Sekunde überrascht von ihrem eigenen Anblick. Das enge Kleid, die elegante Frisur, die schimmernden Perlen an ihren Ohren. Sie hatte sich in eine Frau verwandelt, die ihr fremd war. Dabei hatte es eine Zeit gegeben, in der sie sich genau das gewünscht hatte: Ehefrau eines Kanzleipartners zu sein, mit Caroline auf gleicher Stufe. Jetzt konnte sie sich nicht mehr erinnern, was ihr daran erstrebenswert erschienen war.

Hinter ihr tauchte jemand im Spiegel auf. Daniel! Sie drehte sich um, ging ihm entgegen. »Ich habe dich gesucht. Was ist denn los?«

»Du hast recht gehabt. Ich brauche ihn nicht.«

»Andreas?«

»In diesem Moment nimmt er mir ein großes Interview weg.«

Sie nahm seine Hand. »Wie immer heimst er am Ende die Lorbeeren ein.«

Daniel nickte.

»Was hast du vor?«

»Ich rede mit ihm. Diesmal wird *er* überrascht sein.«

»Hast du dir das gut überlegt? Ich finde es richtig, ihn zur Rede zu stellen, aber du hast selbst gesagt, die Arbeit von Jahren hängt für dich dran.«

»Eigentlich wusste ich es schon, als wir in Visby in diesem Hotel waren. Es kam mir nur unvorstellbar vor, mich von meinem Lebenstraum zu verabschieden.«

Seine Gesichtszüge waren angespannt und erschöpft, vor allem aber entschlossen. »Ich habe ihn immer bewundert. Ich verdanke ihm viel. Doch ich denke, mit dem heutigen Abend sind wir quitt.«

ANDREAS

Seine Partner trafen gleichzeitig mit ihm ein, wie immer eine halbe Stunde vor Beginn des Sommerfestes. Zum letzten Mal Kepler Trautmann & Weiß. Heute Abend würde Schmidt dazukommen.

»Na, hast du dich vom Urlaub erholt?« Lutz Trautmann legte Andreas eine Hand auf die Schulter.

»Aber klar.«

Lutz und Julian Weiß wussten vom Untergang der Segelyacht, von Daniels geistesgegenwärtigem Einsatz, nur die Dramatik seiner eigenen Rettung hatte Andreas heruntergespielt. Sie sollten ihn nicht für schwach halten. Hinter seinem Rücken redeten sie sowieso über ihn. Seine Form war nicht die beste. Er hatte Daniel gegen Widerstände durchboxen müssen. Jetzt wollten sie Resultate sehen. Erfolge.

Doch für den Moment schien die Welt im Gleichgewicht zu sein. Drei Steuermänner in ruhigem Fahrwasser, ihre gemeinsame Erfolgsgeschichte ein kraftvoller, stetiger Fluss. Drei starke Partner, drei gefüllte Gläser Champagner.

»Auf uns.«

Die drei stießen an, Lutz sah ihm nicht in die Augen.

»Ich habe Lehnberg eingeladen«, sagte Andreas.

»Und?«

»Er kommt.« Andreas spielte seinen Trumpf schon jetzt. Es war wichtig, dass der Abend gut begann.

Seine Partner tauschten einen Blick.

»Sehr gut«, sagte Lutz.

Sie positionierten sich in der Nähe des Eingangs, begrüßten gemeinsam die Gäste, die nach und nach eintrafen. Ausgesuchte Mandanten, Kolleginnen und Kollegen aus der Frankfurter Szene der Wirtschaftsstrafverteidiger, Professoren der Universität, auserlesene Presseleute.

Andreas erschrak, als Caroline aus dem Taxi stieg. Sie kam ganz in Schwarz, gekleidet wie für eine Beerdigung. Es war ein milder Abend. Warum trug sie nichts Sommerliches? Sie war ihm so fremd mit diesem kurzen Haar. Sie war abgemagert, seit der Reise fiel ihm das noch stärker auf. Es war nichts Weiches, Weibliches mehr an ihr.

Lutz begrüßte Caroline überschwänglich, machte ihr Komplimente, als würden ihm die Veränderungen gar nicht auffallen. Sie hatte ihn immer gemocht, doch jetzt brachte sie kaum ein Lächeln zustande.

Die Terrasse füllte sich, die Choreografie des Abends vollzog sich, präzise wie ein Uhrwerk. Dezente Loungemusik perlte aus unsichtbaren Boxen. Junge Kellner mit vollen Tabletts bewegten sich geschmeidig wie Tänzer zwischen den Gästen.

Es war verabredet, dass Daniel etwas später eintraf. Seine Ernennung war noch nicht offiziell, würde zum überraschenden Höhepunkt des Abends werden.

Als er das Taxi verließ und mit Tanja auf den Eingang zulief, sah Andreas sofort, dass etwas nicht stimmte. Daniels Gesichtszüge waren starr. Das Gesicht eines Verlierers.

»Willkommen!« Andreas legte die Arme um die beiden, führte sie zur Terrasse. Nahm für einen Moment den Duft von Tanjas raffiniert hochgestecktem Haar wahr. Eine

Strähne hatte sich gelöst und fiel auf ihre nackte Schulter. In dem enganliegenden Kleid und den Pumps kam sie ihm mindestens so stark verändert vor wie Caroline, nur ging bei Tanja die Entwicklung definitiv ins Positive.

Daniel war verkrampft, er bewegte sich wie ferngesteuert.

»Alles klar bei Ihnen?«, fragte Andreas.

»Ja, ja, alles bestens.«

»Lehnberg kommt.«

Daniel reagierte kaum.

Andreas winkte energisch einen Kellner herbei. Vielleicht war es die Aufregung, und Alkohol würde helfen.

Er überließ Daniel dem Smalltalk mit Kolleginnen und Kollegen, beobachtete erleichtert, dass er sich fing.

Am Rand der Terrasse nahm er Caroline und Tanja wahr, in ein intensives Gespräch vertieft. Nach ihren Gesichtern zu urteilen, musste es sich um düstere Themen handeln.

Er nahm sich ein neues Glas, konnte aber seinen Ärger nicht mehr herunterschlucken. Warum ließen sich alle gehen? War er der Einzige, dem die Bedeutung dieses Abends klar war?

Daniel stand immer noch bei der eigenen Clique, stieß mit den Sekretärinnen an. Die wichtigen Mandanten waren anwesend, im Moment kümmerten sich Lutz und Julian um sie, doch die Partner der befreundeten Kanzleien verlangten ebenfalls Beachtung. Das hier war Daniels Abend, seine Inthronisation war zwar noch nicht vollzogen, aber Andreas hatte gezielt ein paar Gerüchte gestreut. Die Blicke waren auf Daniel gerichtet, es war seine Chance, Kontakte auf Augenhöhe zu festigen. Er musste jetzt ins Haifischbecken springen.

Andreas wollte gerade aktiv werden und ihn aus der Komfortzone herausholen, doch ein Blick auf die Uhr verriet ihm, dass es höchste Zeit war, das Büfett zu eröffnen. Er trat zum Mikrofon, improvisierte eine kurze Ansage. Ein Mandant verstrickte ihn in ein Gespräch über rechtliche Details, dem Andreas vor Ungeduld kaum zu folgen vermochte. Als er den Mann endlich abgewimmelt hatte, war Daniel verschwunden.

Auch Lutz Trautmann verließ eilig die Terrasse. Andreas folgte ihm und sah, wie Lutz am Eingang Lehnberg in Empfang nahm. Warum war Lutz über seine Ankunft informiert, nicht er selbst? Andreas ging den beiden lächelnd entgegen. Lehnberg wollte nur stilles Wasser, schien aber in entspannter Stimmung zu sein. Während sie zu dritt Smalltalk hielten, sah sich Andreas immer wieder unauffällig um. Wo steckte Daniel?

Irgendetwas stimmte nicht mit ihm. Er hatte den Vertrag, der seine Position als Partner besiegeln sollte, noch nicht unterschrieben. Eine reine Formalie, wie Andreas gedacht hatte. Doch auf einmal war er sich nicht mehr sicher.

Lutz begleitete den Aufsichtsratschef zum Büfett. Da kam der Herausgeber von *Wirtschaft & Compliance* auf Andreas zu. »Glückwunsch, Herr Kepler, zum Happy End mit der Global Offshore Invest.«

Andreas beschloss, die Floskeln zu überspringen. »Machen wir ein Interview darüber?«

Der Herausgeber zögerte. »Lutz Trautmann hatte vorhin erwähnt, dass Daniel Schmidt der eigentliche Akteur in dem Verfahren war?«

Andreas hob die Brauen. »Herr Schmidt war sehr hilfreich. Mein bester Mann. Er kann sicherlich ein paar Hintergrunddetails beisteuern. Aber ich vermute, Ihnen geht es um die größere Strategie dahinter …«

»Richtig.«

Daniel betrat den Raum und sah zu ihnen herüber. Ausgerechnet jetzt musste er auftauchen! Und er lief auch noch direkt auf sie zu.

»Dann passt das«, sagte Andreas schnell. »Sie wissen ja, wie Sie an einen Termin mit mir kommen.«

Ein Fotograf kam, und sie lächelten gemeinsam in die Kamera.

Nun war Fingerspitzengefühl gefragt. Mit einer großen Geste nahm Andreas Daniel in Empfang. »Da sind Sie ja, just in time. Gerade wollte ich Sie …«

Daniels Gesicht sah merkwürdig aus, weiß und vollkommen faltenlos, wie das eines Jungen. Doch an seinem Hals prangten die altbekannten roten Flecken. Er nahm den Herausgeber der Zeitschrift gar nicht wahr.

»Ich muss mit Ihnen reden«, sagte er zu Andreas. »Allein.«

***

Nach dem Gespräch brauchte Andreas etwas Stärkeres als Champagner und holte sich an der Bar ein Tonic mit doppeltem Gin. Er schwitzte, hätte gern sein Jackett ausgezogen, doch das verbat sich in diesem Rahmen. Er wusste nicht, was überwog: seine Wut auf Daniel oder seine Enttäuschung. Keine Ernennung. Wie stand er selbst nun da, vor Lutz und Julian? Es war mehr als peinlich. Jahrelang hatte er den Kerl aufgebaut.

Als Caroline den Raum betrat, war sein erster Impuls, ungesehen zu verschwinden. Er brauchte jetzt eine Aufmunterung, nicht noch mehr Probleme. Aber sie hatte ihn entdeckt, kam auf ihn zu. Als sie bei ihm war, legte er den Arm um ihre Taille. Sie wurden beobachtet. *Um Keplers Ehe soll es ja nicht zum Besten stehen.*

»Amüsierst du dich?«, fragte er, den Mund nah an ihrem Ohr.

»Nein. Du?«

Er lächelte. Zu seinem Erstaunen blieb sie auf Tuchfühlung mit ihm. Er spürte den glatten, kühlen Stoff ihrer Hose an den Fingerkuppen und darunter ihren Beckenknochen.

»Lustiger Abend. Daniel hat mir gerade eröffnet, dass er nicht Partner werden will.«

»Nicht dein Ernst.«

»Doch.«

»Hätte ich ihm gar nicht zugetraut. Und warum?«

»Andere Pläne.« Er stellte sein Glas ab. »Mehr weiß ich auch nicht.«

Sie nahm seinen Gin Tonic und trank einen Schluck. »Ich fahre für eine Weile weg.«

»Was heißt das? Wohin?«

»Ich muss mir klar darüber werden, was ich will.«

»Du verlässt mich.«

Sie schwieg.

»Stimmt es?«

»Ich weiß es nicht.«

Sie legte ihre Hand auf seinen Arm. Dann wandte sie sich ab, durchquerte das Halbdunkel des Restaurants.

Andreas folgte ihr, sah noch, wie sie auf die Straße trat. Das letzte Bild war ihre schwarze Silhouette im Gegenlicht der tief stehenden Sonne. Dann fuhr ein Taxi vor und brachte sie weg.

SECHS WOCHEN SPÄTER

CAROLINE

Es fiel ihr noch immer schwer, die Auszeit zu genießen. Das Nichtstun, die Bank in der Sonne am Hafen, auf der sie jeden Vormittag saß, der Blick auf Conquet-sur-Mer und die Bucht. Sie musste sich zur Ruhe zwingen, nach den Jahrzehnten im schnellen Takt zwischen Job und anderen Verpflichtungen.

Sie war drei Wochen durch Frankreich gereist, bis ihr bewusst wurde, dass sie längst ein Ziel hatte: zu sehen, wo Eric aufgewachsen war. Und hier, in seinem Geburtsort, meinte sie manchmal, eine Verbindung zu ihm zu spüren. Der Ort besaß eine raue Schönheit, der sie sich nicht entziehen konnte. Auch die Menschen mit ihrer Reserviertheit gegenüber Fremden erinnerten sie an Erics Wesen.

Von ihrer Bank im Hafen aus konnte Caroline den weißen Lieferwagen auf dem Parkplatz sehen, der dem bärtigen Mann gehörte. Sie bereute den unbedachten Anruf bei Tanja nun noch stärker. Es konnte nicht Eric gewesen sein.

Andreas hatte es aufgegeben, sie zu fragen, wann sie zurückkommen wollte. Wie es weitergehen sollte. Wenn er erfahren würde, dass sie glaubte, Eric begegnet zu sein, würde er sich um ihren Geisteszustand sorgen.

Fing sie wirklich an, Gespenster zu sehen?

Sie wartete, bis die Flut den höchsten Stand erreicht hatte. In den letzten Wochen hatte sie so viel Zeit auf der Mole verbracht, dass ihr die Gezeiten vertraut waren. Flut bedeutete, dass sich die rot, gelb oder zartgrün gestrichenen Häuser der Uferstraße im Wasser spiegelten und die Masten der Segelboote über die Dächer zu ragen schienen. Ebbe hieß, die rostbraune, schmutzige Schutzmauer des Hafens lag frei.

Die alte Thérèse näherte sich, wie jeden Tag um Punkt elf Uhr, bezog Posten auf der Mole, um die Möwen zu füttern. Alle in Conquet-sur-Mer kannten sie, und die Touristen kamen mit ihren Kindern, um dem Spektakel zuzusehen: der Frau mit dem verwitterten Gesicht und gebeugten Rücken, umschwirrt von lärmenden weißen Vögeln. Sie warf Fleischbrocken aus einem Eimer in die Luft, und die Möwen fingen die Stücke im Flug. Manche der Tiere waren so zutraulich, dass sie versuchten, auf Thérèses Schultern und ausgestreckten Armen zu landen. So innig sie sich den Möwen widmete, so standhaft ignorierte sie ihre menschlichen Zuschauer, und niemals sprach sie ein Wort mit jemandem.

Caroline sah ihr aus der Ferne zu. Sie war selbst zu einer Frau geworden, die sich an Rituale klammerte. Die immer gleiche Bank. Das Möwenspektakel. Anschließend ein Abstecher zur steinernen Kapelle am Ende der Landzunge, die die Bucht umrahmte. Notre Dame de Grâce. Gern hätte sie neue Wege eingeschlagen, aber sie wusste nicht, wohin sie gehen wollte.

Also machte sie sich auf zur Kapelle, lief an den Schiffswracks vorbei, die in einer Reihe auf dem steinigen, mit schwarzem Tang bedeckten Ufer lagen, sich selbst und der Natur überlassen. Verwitterte Bootsrümpfe, abblätternde Farbreste. Holzskelette, in denen die Geister aus der einst glorreichen Zeit der Langustenfänger herumspukten.

Thérèse kam ihr entgegen, den leeren Eimer in der

Hand. Caroline lächelte, doch die alte Frau schritt mit starrem Blick an ihr vorbei.

Caroline betrat die kleine Kirche, fühlte die Kälte, die das Gemäuer ausstrahlte. Wie meist war sie allein. Sie setzte sich in eine der schlicht gezimmerten Holzbänke, betrachtete die Anker und Rettungsringe an den Wänden und die Schiffsmodelle, die im hellblauen Holzhimmel des Gewölbes hingen, Nachbildungen bretonischer Zweimaster. Sie stellte sich vor, wie die Fischerfrauen hier einst für die Heimkehr ihrer Männer von der See gebetet hatten.

Die Kapelle hatte bisher immer eine beruhigende Wirkung auf sie gehabt, heute aber löste sich die Anspannung nicht.

Eine Tür neben dem Altar öffnete sich knarrend. Ein Mann im Arbeitskittel kam und brachte eine Vase mit weißen Lilien herein. Nahm auf dem Rückweg den Strauß verblühter Blumen mit hinaus. Beachtete Caroline nicht.

Ein intensiver Duft strömte aus den Blütenkelchen bis zu ihr. Den schweren, seifigen Geruch von Lilien hatte sie nie gemocht. Sie stand auf und verließ die Kirche. Draußen öffnete sie die App der Airline und buchte einen Rückflug nach Deutschland.

***

Nachmittags wanderte sie stundenlang den Uferweg an der Steilküste entlang, den Blick auf die Bucht gerichtet. Das kleine Segelboot mit dem Holzrumpf, mit dem der Bärtige die Marina verlassen hatte, war nirgendwo zu sehen. Als sie in den Hafen zurückkehrte, lag es am Steg vertäut. Der weiße Lieferwagen war verschwunden.

In der Ferienwohnung fiel Caroline mit schweren Gliedern aufs Bett. Sie schloss die Augen. Die Begegnung mit dem Mann, der sie an Eric erinnert hatte, verblasste. Statt der elektrisierenden Erinnerung an ihn fühlte sie nichts als eine betäubende Leere und Erschöpfung.

Als sie erwachte, war es dunkel im Zimmer. Es war tiefster Abend. Trotzdem duschte sie und machte sich auf den Weg zur Crêperie. Die Tische an der Hafenpromenade waren von jungen Leuten besetzt, die Cidre aus Keramiktassen tranken. Auch im Inneren war es voll, doch sie hatte Glück, ein letzter Tisch war frei. Sie bestellte, *le même que toujours*, einen Crêpe Complète und einen Weißwein. Später einen zweiten Wein. Sie lehnte sich zurück, trank langsam, beobachtete die Gruppen an den Tischen, lauschte dem Stimmengewirr, dem Lachen.

Eine Frau mit blondem, kinnlangem Haar kam ins Restaurant und lief zielstrebig zum Tresen. Caroline kannte sie. Das Foto auf der Webseite. Die Frau an Erics Seite. Der rot geschminkte, lächelnde Mund. Caroline war sich sicher. Die Frau war Sylvie Haller.

Sie begrüßte den Inhaber, der hinter dem Tresen Getränke einschenkte, mit Wangenküsschen. Sie tauschten ein paar Sätze, die Caroline nicht verstand, der Geräuschpegel im Raum war zu hoch, dann schob der Wirt Sylvie durch die Flügeltür in die Küche. Nach wenigen Augenblicken kam sie zurück, kauend, zog einen Hocker zum Tresen, wo er ihr ein Glas Wein hinstellte.

Sylvie Haller, hier, in Erics Geburtsort? Eric war der Frage, ob Sylvie auch Französin sei, ausgewichen.

Sie war offensichtlich auf dem Sprung, blickte oft zur Tür, saß nicht mal richtig auf dem Hocker, sondern lehnte nur daran. Trank den Wein zu schnell, sprach und gestikulierte hektisch, als wolle sie in kürzester Zeit unglaublich viele Informationen mit dem Wirt tauschen. Die beiden wirkten vertraut, eingespielt, selbst die Art, wie sie sich ständig gegenseitig ins Wort fielen. Einmal legte er seine Hand auf ihren Arm.

Als der Wirt an einen Tisch gerufen wurde, stand Caroline auf und ging zum Tresen.

»Pardon Madame?« Sie wartete, bis sich Sylvie zu ihr umdrehte, »Êtes-vous Sylvie Haller?«

»Qui?« Ihr Blick war neugierig, offen.

»Sie sprechen Deutsch, nicht wahr? Darf ich Sie etwas fragen?«

Falls sie überrascht war, ließ sie es sich nicht anmerken. »Natürlich. Worum geht es?« Sie sprach mit französischem Akzent.

»Um Eric Fauré.«

Sylvies Ausdruck veränderte sich. Caroline suchte nach Anzeichen von Trauer, aber sie erkannte nur Misstrauen in Sylvies Blick.

»Ich war vor kurzem mit ihm auf einem Segeltörn. Mein Mann und ich waren Chartergäste auf der *Querelle*. Sind Sie informiert, was mit Eric passiert ist?«

»Wieso? Nein.«

»Sie wissen nichts von dem Unfall? Das Schiff ist vor Gotland gesunken. Eric ist ertrunken.«

»Erstaunlich.« Sylvie wirkte jetzt amüsiert. »Wie kommt's dann, dass er hier quicklebendig herumläuft?«

Caroline musste sich auf dem Tresen abstützen. »In Conquet-sur-Mer?«

»Habe ich zumindest gehört.«

Caroline ließ die Freude, die Erleichterung nicht zu. Es konnte nicht sein. Sie traute dieser Frau nicht. »Sie haben keinen Kontakt zu ihm?«

»Definitiv nicht.« Sylvie leerte ihr Glas, sah sich nach dem Wirt um. »Ich muss gehen.«

»Warum stehen Sie dann mit ihm auf der Webseite, als Paar?«

»Wie bitte? Was für eine Webseite?«

»Von dem Charterschiff. *Querelle*.«

Sie schüttelte den Kopf. »Sagt mir nichts.«

Caroline öffnete die Seite auf ihrem Smartphone, zeigte ihr das Foto.

»Das ist die *Bien-aimé*. Hat er das Schiff umgetauft? Typisch.« Sie gab Caroline das Handy zurück. »Ich muss zu meinem Kind, es passt nur kurz jemand auf.«

Caroline verbat sich, zu fragen, ob Eric der Vater des Kindes war. »Kann ich ein Stück mitkommen?«, fragte sie stattdessen.

»Wirklich, lassen Sie mich mit Eric in Ruhe.«

»Ich habe ihn als vermisst gemeldet, in Schweden. Alle, die mit an Bord waren, machen sich Vorwürfe. Und Sie behaupten mal eben so, er sei am Leben.«

Sylvie musterte sie. »Stehen Sie auf Eric?«

Caroline schwieg. Ein paar Sekunden zu lang.

»Ludovic!« Sylvie trat zu dem Wirt, verabschiedete sich, flüsterte ihm etwas zu. Er betrachtete Caroline mit einem unfreundlichen Blick.

»Ich komme gleich wieder und zahle«, rief Caroline ihm auf Französisch zu, während sie Sylvie auf die Straße folgte. Sylvie verließ die Uferstraße an der nächsten Ecke und lief auf eines der alten Steinhäuser zu, in dessen Erdgeschoss sich eine Wäscherei befand. Erst jetzt entdeckte Caroline den Schriftzug im Schaufenster. *Laverie Haller*. Der Ort war so klein und sie schon unzählige Male durch die Gassen gelaufen, doch auf das Schild hatte sie nie geachtet.

Sie hielt Schritt mit Sylvie, bis sie vor dem Eingang standen. »Bitte, können wir uns nur kurz unterhalten?«

»Von mir aus.«

Sylvie drückte die Haustür auf, die nur angelehnt war. Caroline folgte ihr in einen dunklen, engen Flur und eine Treppe nach oben. Es war offensichtlich, dass Sylvie sie loswerden wollte. Aber sie musste mehr erfahren.

Durch eine offene Tür sah sie Sylvie in einem Kinderzimmer, sie beugte sich über eine Babywiege. In einem Sessel daneben saß eine alte Frau, die sich jetzt mit einem Stöhnen erhob.

Sylvie küsste sie auf die Wange. »Merci Mamie.« Sie half der alten Frau hoch. Die hängte sich bei Sylvie ein, und gemeinsam verließen sie das Zimmer.

»Bonsoir Madame.« Caroline trat zur Seite, um ihnen Platz zu machen.

Nachdem Sylvie ihre Großmutter in die untere Etage gebracht hatte, lotste sie Caroline in eine kleine unaufgeräumte Küche und bot ihr einen Platz am Tisch an. Sie selbst lehnte am Herd. »Das Foto, das Sie da haben, ist fünf Jahre alt. Seitdem bin ich nicht mehr mit Eric zusammen.«

Caroline dachte an das Baby, das offensichtlich aus einer neuen Beziehung stammte.

»Er stellt es ganz anders dar«, sagte sie. »Wir dachten, wir gehen mit Ihnen beiden auf den Törn. Kurz vor der Abfahrt hat er uns gesagt, Sie seien plötzlich krank geworden.«

Sylvie schüttelte den Kopf. »Er hat es nicht akzeptiert,

dass ich mich getrennt habe. Ich wette, er ist genau deshalb wieder hier. Er soll mich einfach in Ruhe lassen.«

»Kennen Sie Eric schon lange?«

»Wir sind beide hier aufgewachsen. Im Ort kennt man sich. Er ist dann mit seiner Mutter nach Deutschland gezogen. Irgendwann kam er zurück. Er hatte sich das Schiff gekauft, wollte sein Geld mit Chartertörns verdienen. Wir haben geflirtet, und plötzlich hat er mich gefragt, ob ich mitkomme. Es hörte sich nach der großen Freiheit an, und ich war verliebt in ihn. Vielleicht wollte ich auch einfach nur hier raus.« Sie verschränkte die Arme. »Es hat jedenfalls nicht funktioniert.«

Caroline dachte daran, wie sie vor der Reise das Foto von Eric und Sylvie gesehen hatte. Wie sie gedacht hatte: Sylvie versucht, mit ihrem Lächeln Erics Gleichgültigkeit wettzumachen. *Querelle*. Am Ende waren sie also im Streit auseinandergegangen.

»Seitdem habe ich ihn nicht getroffen. Mehr kann ich Ihnen wirklich nicht dazu sagen.« Sylvie drehte sich um und räumte benutztes Geschirr, das sich neben dem Herd stapelte, in eine Spülmaschine.

»Ich bin ihm begegnet«, sagte Caroline. »Heute Vormittag im Hafen. Aber er sah anders aus. Ich war mir nicht sicher.«

»Vermutlich ist er bei seinem Onkel untergekommen. Eine der drei Villen auf den Klippen. Bei der Grotte.«

Caroline kannte die Häuser auf der Steilküste, die dem Meer und dem Wind so schutzlos ausgesetzt waren. Mit ihren dunkelgrauen Türmchen und Giebeln wirkten sie wie Spukschlösser. Die Grotte in den Felsen war eine Touristenattraktion. Caroline war noch nicht dort gewesen.

Sylvie wandte sich zu Caroline um. »Ich weiß nicht, was Sie von Eric wollen. Aber ich kann Ihnen schon jetzt versprechen, dass Sie es nicht bekommen werden.«

***

Am nächsten Abend saß Caroline am Strand, sie grub ihre Zehen in den noch warmen Sand, bis sie die feuchte Kühle darunter spürte. Es sollte ihr letzter Tag in Frankreich sein. Ihr Flug ging am Vormittag, ein Taxi war vorbestellt, ihre Tasche stand gepackt an der Tür ihres Appartements.

Sie hatte gebucht, bevor sie Sylvie getroffen hatte. Und nun war Eric am Leben. Von Sylvie getrennt. Frei.

Über ihr auf der Klippe ragten die drei steinernen Villen auf. Sie besaßen Terrassen zum Meer, die eine atemberaubende Sicht bieten mussten. Jetzt waren Türen und Fenster geschlossen. Der Wind rüttelte an den Läden.

Die Abendluft war frisch, sie hatte keine Jacke mitgenommen. Die letzten Touristen verließen den Strand. Sie war allein.

Die Wellen waren immer höher geworden. Mit einem Donnern rollten sie auf den Strand, wo ihre Kämme brachen. Als schäumende Gischt stoppten sie kurz vor Carolines Füßen und kehrten ins Meer zurück, der Kraft des Mondes gehorchend, der als bleiche volle Scheibe am Himmel stand. Die Flut kam. Wenn sie noch zur Grotte wollte, dann musste sie sich beeilen.

Mit steifen Gliedern stand sie auf. Sie erklomm die Felsen, die den Strand begrenzten. Der Blick in die benachbarte Bucht öffnete sich.

Da sah sie das Segelboot.

Sie erkannte es sofort an dem dunklen Holzrumpf, es war dasselbe, mit dem der bärtige Mann heute Morgen den Hafen verlassen hatte. Eine Leine endete straff gespannt im Wasser: Es lag vor Anker. An Deck war niemand zu sehen.

Caroline sprang von den Steinen herunter, zog die Turnschuhe aus und klemmte sie in eine Felsspalte.

Vor ihr lag die Grotte, eine dunkle Höhle, Caroline konnte nicht erkennen, wie tief sie in den Felsen hineinragte. Die Strahlen der untergehenden Sonne trafen den zerklüfteten Eingang und ließen die Felsen in einem Kaleidoskop aus allen nur erdenklichen Farben aufglühen.

Ein Mann stand mit dem Rücken zu ihr in der Höhle. Eric. Sein Oberkörper war nackt. Er trug Arbeitshandschuhe, seine Hände griffen in eine weiße Kiste und hoben etwas heraus. Einen Hummer. Er kam Caroline riesig vor, sein Panzer glänzte dunkelviolett im Licht.

Eric setzte den Hummer vorsichtig auf dem Boden ab. Dann holte er ein Multitool aus seiner Jackentasche, klappte es auf, beugte sich über das Tier und knipste die Kabelbinder durch, die seine Scheren zusammenschnürten. Der Hummer lag regungslos da. Eric steckte sich eine Zigarette an, beobachtete das Tier. Nach wenigen Zügen warf er die Kippe weg und wandte sich zum Eingang der Höhle um.

Er sah sie. Langsam ließ er die Hand mit dem Werkzeug sinken, schob es in die Tasche. »Caroline.«

Sie konnte nichts sagen, es war nicht zu fassen, dass er da war. Nur ein paar Meter entfernt.

Er kam zu ihr, langsam und zögernd. Blieb vor ihr stehen, roch nach Zigaretten und Schweiß. Carolines Körper reagierte sofort auf ihn, sehnte sich danach, von ihm berührt zu werden.

»Ich hatte nicht erwartet, dich wiederzusehen«, sagte er.

Caroline war gefangen in seinem Blick. Ihre Lippen erinnerten sich an seine Küsse am Leuchtturm.

Der Hummer bewegte plötzlich die Scheren. Caroline wich zur Seite.

»Keine Angst. Er ist benommen von der Gefangenschaft. Ich habe dir doch von dem Hummer erzählt, den mein Vater in einer Plastiktüte in den Kofferraum geworfen hat. Als Kind war ich davon überzeugt, dass diese Grotte verzaubert ist. Ich dachte, wenn er überleben kann, dann hier. Aber seine Fühler waren abgebrochen. Er war zum Tode verurteilt.« Er betrachtete den Hummer zu ihren Füßen. »Manchmal schaue ich in der Fischhalle, ob ich ein heiles Tier finde. Heute hatte ich Glück. Der Bursche hier könnte es schaffen.«

Die langen, hellroten Fühler des Hummers tasteten umher. Als eine Welle ihn berührte, kam er in Bewegung, krabbelte mit seinen spinnenartigen Beinen über die Felsen. Ein letztes Mal traf ihn ein Sonnenstrahl, ließ die rote Maserung seiner Flanken aufleuchten. Dann verschwand er in einer tiefen Felsspalte.

»Er sucht ein Versteck. Erst heute Nacht, wenn er auf die Jagd geht, wird sich zeigen, ob er überlebt.«

Lichtreflexe flirrten auf Erics Gesicht, als er sich zu ihr beugte und sie küsste. Sie spürte seinen Körper, seine Hände auf ihrer Haut. Doch der Zauber hielt nicht. Das hier war nicht real.

Sie löste sich aus seiner Umarmung, sah ihn an. »Ich habe geglaubt, dass du ertrunken bist. Wir alle dachten das.«

Er wich ihrem Blick aus.

»Warum hast du dich nicht gemeldet?«

»Daniel weiß, dass ich am Leben bin.«

»Was?« Caroline versuchte, seine Worte zu begreifen.

Wenn Daniel es wusste, wusste es dann auch Tanja? War sie deshalb am Telefon so kurz angebunden gewesen?

»Daniel hat ein Kabel manipuliert, in der Nacht vor dem Unglück. Deshalb ist der Plotter ausgefallen. Ich habe es bemerkt, aber nichts gesagt. Ich habe es darauf ankommen lassen.«

»Dass die *Querelle* auf einen Felsen läuft?«

Sein Gesicht war ausdruckslos.

Sie verstand. Er hatte nicht verletzt im Inneren der Segelyacht gelegen, er war nicht hilflos im Meer umhergetrieben. Er hatte sein Schiff aufgegeben und zurückgelassen. Und nicht nur sein Schiff.

»War es dir egal, ob wir das überleben?«

»Nein!« Seine Antwort kam schnell. »Ich wusste, dass die Notfallbake ein Funksignal sendet. Dass jemand euch zur Hilfe kommt. Ich habe die Rettungsinsel gesehen. Ihr wart in Sicherheit.«

Kaltes Wasser umspülte plötzlich ihre Füße.

»Die Flut.« Eric streckte die Hand aus und berührte sie. »Du hättest früher herkommen sollen.«

Sie hatte die ganze Zeit gedacht, das einzig Wichtige sei, dass er lebte. Aber wie sollte sie ihm verzeihen, dass er sie im Stich gelassen hatte?

»Wir sind zu der Vogelinsel gefahren, mit den Seenotrettern. Du warst nicht da. Wie bist du nach Frankreich gekommen?«

Er rieb über seine Stirn. »Ich bin stundenlang geschwommen, in Richtung der anderen Inseln.«

Er musste verzweifelt gewesen sein. Fest entschlossen, sein bisheriges Leben hinter sich zu lassen.

»Du hättest ertrinken können.«

Er nickte. »Aber ich hatte Glück. Der Skipper einer Segelyacht, die von Stora Karlsö nach Gotland unterwegs war, hat mich entdeckt. Ich habe einen Namen erfunden. Ihm eine erfundene Geschichte erzählt. Ich sei bei dem Starkwind über Bord gegangen, meine Crew hätte mich nicht retten können. In Visby hat der Skipper mir Geld geliehen, ich bin sofort auf die nächste Fähre gestiegen.«

»Und jetzt sind deine Probleme gelöst?«

»Keine Sorge, die holen mich schon wieder ein.« Er sah sie an, sein Blick war auf einmal aggressiv. »Ich habe das doch alles nicht geplant! Es war eine Kurzschlussreaktion. Ich war so wütend. Wie Andreas mich bloßgestellt hat. Gedroht hat, mich zu vernichten. Dann ständig Fremde um mich, Leute wie Andreas. Ich habe es gehasst. Mit Sylvie konnte ich es irgendwie ertragen. Aber nicht allein.« Er schüttelte den Kopf. »Egal, was passieren wird, es ist gut, dass die Zeit auf der *Querelle* vorbei ist.«

»Seit wann weiß Daniel es?«

»Erst seit ein paar Tagen.«

Er strich mit den Fingern über die scharfen Kanten der Felswand. »Ich wollte nicht, dass er sich für meinen Tod verantwortlich fühlt.«

»Nur Andreas sollte es nicht wissen. Und deshalb auch nicht ich?«

Er kam näher, legte seine Hand in ihren Nacken, warm und schwer. »Caroline, verzeih mir.«

Sie wich einen Schritt zurück, er ließ den Arm sinken.

Immer höhere Wellen brandeten in die Grotte. Bald würde die Höhle im Meer versunken sein.

Draußen strich der kühle Wind über Carolines Arme.

Das Wasser ging ihnen bis zu den Knien. Ein scheppperndes Geräusch: Erics Beiboot wurde von den Wellen gegen die Steine geworfen.

»Es ist gefährlich, bei dem Wellengang über die Felsen zu klettern«, sagte er. »Komm mit an Bord. Ich bringe dich sicher in den Hafen.«

»Danke. Ich habe da erst kürzlich schlechte Erfahrungen gemacht.«

Er nickte. Musste lächeln.

Sie konnte ihn nicht länger ansehen. Wandte sich ab. Erklomm den ersten Felsen, fand ihre Schuhe und zog sie an, kletterte weiter, bis sie ein Plateau aus abgeflachten Steinen erreichte.

Als sie sich umdrehte, stand er bereits auf dem Segelboot und holte den Anker ein.

Wie hatte sie denken können, dass Eric ihre Rettung sein könnte?

Er setzte die Segel. Wind blähte sie auf. Er steuerte nicht den Hafen an, sondern fuhr aufs offene Meer.

***

In Paris wartete Caroline auf ihren Anschlussflug nach Frankfurt. Sie hielt sich lange an einem Zeitschriftenstand auf, entdeckte die neue Ausgabe der *My Style*, aber nahm sie nicht in die Hand. Schließlich kaufte sie die Konkurrenzmagazine, die sie auf einem Platz im Wartebereich vor ihrem Gate flüchtig durchblätterte. Schöne Menschen, schöne Dinge. Diese Welt ging sie nichts mehr an.

Ihr Handy klingelte. Tanjas Name stand auf dem Display.

»Caroline, mir ging dein Anruf nicht aus dem Kopf. Entschuldige, dass ich so kurz angebunden war, auf der Arbeit ist es immer schwierig. Heute ist mein freier Tag. Ich dachte, ich melde mich noch mal in Ruhe.«

»Wie nett von dir.«

»Bist du noch in der Bretagne?«

»In Paris. Mein Rückflug geht gleich.«

»Du warst in Erics Geburtsort?«

Als Caroline schwieg, fuhr sie fort: »Warum?«

»Es war nur so ein Gefühl ... Ich wollte mir darüber klar werden, was ich für ihn empfunden habe. Jetzt kann ich damit abschließen. Ich bin froh, dass ich dort war.«

»Caroline, ich ...« Tanja brach ab. »Ach, das ist nichts fürs Telefon. Wir sollten uns treffen, gleich, wenn du zurück bist. Nur wir beide. Noch mal reden.«

»Wie läuft es bei euch? Andreas war sehr überrascht, dass Daniel ihm so aus dem Nichts abgesagt hat.«

»Ich weiß. Aber es war die richtige Entscheidung. Daniel ging es sehr schlecht, er musste einen Entzug machen. Aber jetzt eröffnet er seine eigene Kanzlei. Er sucht gerade nach passenden Räumen. Ich werde auch wechseln, ich habe mich als Masseurin in einem Reha-Zentrum beworben, und es sieht ziemlich gut aus.«

»Das freut mich.«

Caroline dachte an Tanjas Kinderwunsch. Auch den würde sie sicher noch erfüllt bekommen.

Tanja klang so glücklich. Sie und Daniel waren wieder im Leben angekommen. Mehr noch: in einem neuen Leben.

»Ich muss Schluss machen. Grüß Daniel bitte von mir.«

Nach dem Telefonat saß Caroline lange unbeweglich da

und sah durch die Panoramafenster auf die Wiese, die das Rollfeld zerschnitt.

Irgendwann knisterte der Lautsprecher, eine Stimme rief zum Boarding auf.

Draußen startete ein Flugzeug, hob ab in den klaren Himmel. Ein Sonnenstrahl traf blitzend auf die Tragflächen.

Caroline stand auf und lief auf das Gate zu.

NACHWORT UND DANK

Liebe Leserinnen und Leser,
Segeln ist die schönste Fortbewegungsart der Welt, lassen Sie sich bitte von den Romanfiguren nichts anderes einreden. Probieren Sie es aus, stechen Sie in See, entdecken Sie Tausende idyllische Schären, nur suchen Sie nicht die Inseln auf der Seekarte, die in diesem Roman vorkommen – sie sind erfunden, wie die Figuren und die Handlung.

Achten Sie darauf, wen Sie mit an Bord nehmen. Und nennen Sie Ihr Boot niemals *Querelle*.

Ich danke denjenigen, die mir ihre Zeit und ihr Wissen geschenkt haben, um mich beim Schreiben zu unterstützen:

Stefanie Detje, Constanze von Hallensleben, Kirsten Hehmeyer, Olaf Freese, Johanna Hurdalek, Frederike Zabel, Roland Walter, Bea Kemer, Katrin Deibert, Isabell Serauky, Reinhard Mohr, Romy Fölck und vor allem Nikolai Venn.

Großer Dank für die vertrauensvolle Zusammenarbeit gilt meinem Verlagsteam bei hanserblau/Hanser Literaturverlage, insbesondere meiner Lektorin Anna Riedel. Ich danke auch Meike Herrmann und meiner gesamten Literaturagentur für die verlässliche, wunderbare Betreuung.

Ich danke Kurt Kliem, mit dem ich durchs Leben segeln darf und ohne dessen Liebe und Unterstützung ich den Roman nicht hätte schreiben können.

Kristina Hauff, im August 2022

LESEPROBE AUS: »UNTER WASSER NACHT«

Unter dem Nebel lauerte das Wasser.

Thies saß auf seinem Stein. Die Elbe überflutete die Auen, nahm Land in Besitz, wie es ihr gefiel. Die neuen Uferlinien verbargen sich im Dunst, und die andere Flussseite war nicht zu erkennen, sosehr er auch die Augen anstrengte. Er gab es auf und lauschte.

Macht dir die Stille Angst?, flüsterte die weißgraue Nebelwand vor ihm. Du weißt nichts über mich, wisperte der Fluss.

Ein Tuten wehte heran, das Nebelhorn der Fähre. Dann hörte Thies auch den Motor tuckern.

Schon so spät.

Er streckte den Rücken durch und stand auf. Der Anleger lag etwa hundert Meter entfernt. Er wollte Edith nicht begegnen. Wenn es jemanden gab, der den Fluss noch mehr hasste als er, dann war sie es, die Fährfrau wider Willen. Er wollte ihre stummen Blicke nicht ertragen. Nicht wissen, was genau sich dahinter verbarg. Unausgesprochenes. Es ging ihm schlecht genug.

Das Lachen einer Frau durchdrang den Nebel. Tief, kehlig. Unwirklich in dieser stillstehenden Welt. Unbekümmert klang es, energiegeladen. Es kam selten vor, dass Edith so früh schon Passagiere hatte. Und noch nie hatte er gehört, dass sie sich mit ihnen unterhielt. Aber da draußen waren zwei Stimmen, leicht zu unterscheiden. Monoton und ausdruckslos die eine, das war Edith. Lebhaft und warm die andere, fremde Stimme. »Komm Joschi, na, komm zu mir!« Sie lockte Ediths alte Hündin, eine Mischung aus Rottweiler und Berner Sennenhund.

Das Geräusch des Motors schwoll weiter an, bis sich die Umrisse des altmodischen weißen Schiffs aus dem Dunst schälten. Edith stand im Führerhaus, ließ, als sie das Ufer erreichten, die Rampe herunterklappen und öffnete die Schranke.

Wenn er sich beeilte, konnte er unbemerkt verschwinden. Stattdessen sank er zurück auf den Stein. Gestand sich ein: Er war neugierig. Der Nebel verwischte alle Konturen, doch je weiter sich die Umgebung auflöste, desto akzentuierter nahm er Geräusche wahr, Satzfetzen.

»… etwas tun, das Ihnen mehr Freude macht«, sagte die unbekannte Stimme.

»Ach, Mädchen … reicht das Geld … bis ich sterbe … machen Sie denn in der Gegend?«

Die Antwort war unverständlich, vermutlich wandte die Fremde ihm nun den Rücken zu.

Erstaunlich klar Ediths nächste Worte: »Hier ändert sich nie etwas.«

Schemen bewegten sich, jetzt sah Thies die beiden deutlicher: Edith ging an Land, streckte der Frau ihre Hand entgegen, die griff danach und setzte einen Fuß ans Ufer. Sie trug Gepäck, stellte es ab. Sie war ein gutes Stück größer als Edith. Die Hündin stakste über die Rampe auf die Wiese. Die Frau beugte sich vor, lockte sie erneut. »Joschi. Komm her.«

»Sie ist fast blind. Und sie mag keine Fremden.«

Die Hündin näherte sich der Frau, die bückte sich und

streichelte sie. »Ich mag sie jedenfalls«, sagte sie. Mit einem kurzen Abschiedsgruß schulterte sie den Rucksack.

Edith blickte ihr nach, dabei schüttelte sie den Kopf.

Die Fremde lief an Thies vorbei, sie nahm die Straße in den Ort, einen anderen Weg gab es nicht. Es sei denn, man kannte den Fußpfad durch die Wiesen, der zu Thies' Hof führte. Zusätzlich zum Rucksack trug sie eine Reisetasche. Sie sah zu ihm herüber. »Morgen.«

Er murmelte einen Gruß.

Sie blieb stehen. »Der Nebel löst sich auf. Auf der anderen Seite ist es schon klar.«

Nach ihrem Aussehen musste sie Mitte oder Ende vierzig sein. Dunkles, langes Haar fiel über ihre Schultern. Groß war sie wirklich. Sie trug eine kurze, robuste Lederjacke, darunter ein wadenlanges schwarzes Kleid und Stiefeletten.

Er nickte. Sie ging weiter, verschwand hinter der Baumgruppe, dort, wo die Straße sich zum ersten Mal bog.

Als er wieder zum Fluss sah, war der Nebel verschwunden. Sonnenlicht erhellte das Wasser wie Schlieren von Milch. Der leblose Körper trieb vorbei, dicht unter der Wasseroberfläche, sein blaues Superman-T-Shirt blähte sich auf, und für einen kurzen Moment leuchtete ein blondes Büschel Haar im Licht. Thies blinzelte, und der Körper verschwand. Wie immer. Als habe ihn ein Strudel auf den schlammigen Grund gezogen.

Edith sah herüber. Er ließ ihren Blick an sich abprallen.

»Joschi!«

Die Hündin trottete hinter ihr her, zurück auf die Fähre, und legte sich auf ihren Stammplatz vor dem Führerhaus.

Thies verwuchs mit dem Stein, bis er das vertraute Quietschen hörte, mit dem Edith die Rampe hochzog. Sie nahm Kurs auf das andere Ufer. Er ließ sie bis zur Mitte fahren, dann erst stand er auf. Er schlug den Pfad zu seinem Haus ein. Auf halber Strecke drehte er um und ging in die Gegenrichtung. In den Ort.